英雄不在家

顏敏如——著

三場稀有的邂逅

尤根・索格

還記得那是個美麗的秋天早晨，我在辦公室裡，電子郵件中突然出現一封陌生人的來函。那是一名台灣女子，她希望能把我對阿富汗人馬樹德的報導譯成中文。這真是個意外的驚喜，我欣然答應。事情至今已有十年，當時我並不知道，這個奇遇會演變成一本書的出版。

馬丁・布伯說，人生就是邂逅。是啊，我，一名瑞士記者，和馬樹德的邂逅是經過再三波折才成就的。對他訪談的時間並沒延續太久，之後，我們分道揚鑣。我們又是彼此不相識的陌生人，過著各自的生活，好似那場見面不曾發生過一般。我們幾乎同樣年紀。我是個自以為是，生活在富裕瑞士的冒牌革命者，直到今天，我的生命不過是些小傷、小痛、小喜的結合；而馬樹德的一生卻遭遇多少殘暴與慘酷的雕琢與刻劃，最終結束在連神都要離棄的阿富汗。

我和馬樹德之間活沛的對比與巨大的差距，不但對敏如造成相當大的震撼，更如影隨形地在她的生活中翻攪，她必須把這種瘋狂（如她自己所言）寫下，才能擺脫所受到的糾纏與盤踞。

馬樹德的死訊是我在前往安哥拉途中接獲的，那是我寫他的故事刊出兩三天之後的事。而文章出刊以前的一個月，我就在他遭到暗殺的同一房間裡對他進行採訪。嚴格說來，我和馬樹德之間從未開始有一般人與人之間的邂逅，所以也就沒有所謂的結局。直到敏如打算寫出我和他的故事時，我才又和馬樹德相遇，而且是在一場夢幻中，在一種即便事件多少與事實相符，卻是那麼離奇甚至荒誕的夢境裡重逢。

敏如是第一位，也很可能是最後一位徹頭徹尾知道我人生的人。《英雄不在家》內容中的一半承載我的生命史，現在就要跋山涉水千里迢迢地去到我不熟知的台灣。這個事實多麼奇特！

「如果你只看到一個個的個人，這就和從月球上看人沒什麼兩樣。唯有把人和人一起看，才會是一幅真實的畫……看到一個人和另一個人，也就看到兩個有活力的個體，而人就必須是如此，共同，齊力：給出、收受；攻擊、防禦……」布伯說。

我怎麼知道自己會去採訪阿富汗的游擊隊長？我怎麼知道我會答應敏如的要求，而對她講述我的人生？又怎麼知道由敏如所編織的故事會去面對華語讀者？

三場邂逅，是啊，真是三場稀有的邂逅啊……

二〇一一年六月　蘇黎世

Drei seltene Begegnungen

An jenem schönen Herbstmorgen im Büro, daran kann ich mich noch gut erinnern, tauchte eine fremde Email in der Mailbox auf. Eine Taiwanerin meldete sich, sie möchte meine Reportage über den Afghanen Massoud ins Chinesische übersetzen. Eine Überraschung, der ich gerne zustimmte. Das sind zehn Jahre her. Damals wusste ich nicht, dass diese Begegnung zur Entstehung eines Buches führen würde.

Alles Leben sei Begegnung, sagt Martin Buber. Ja, die Begegnung zwischen mir (als Schweizer Journalisten) und Massoud war auf Umwegen schliesslich zustande gekommen. Das Interview war ein kurzes Zusammensitzen, danach gingen wir auseinander. Wir waren uns wieder fremd, lebten unser eigenes Leben, als ob das Einandersehen nie geschehen wäre. Wir beide sind etwa gleichaltrig. Ich war ein selbstgefälliger Pseudo-Revolutionär und führe bis heute ein von kleinen Euphorien, kleinen Verletzungen und kleinen Trauigkeiten gefülltes Leben in der reichen Schweiz, während Massouds Leben von Gräueln und Grausamkeit massiv geprägt war und im ruinierten, von Gott verlassenen Afghanistan endete.

Minju war von diesem lebhaften Kontrast, von dieser kolossalen Diskrepanz fasziniert, verfolgt, sie musste diese Verrücktheit (wie sie selber es nennt) niederschreiben, um die Besessenheit los zu werden.

Vom Tod Massouds habe ich im Flugzeug auf dem Weg nach Angola erfahren. Dies waren zwei oder drei Tage, nachdem meine Geschichte über ihn publiziert worden war und etwa einen Monat, nachdem ich mit ihm gesprochen hatte (im selben Raum, in dem er getötet wurde). Da war mir klar, dass die echte Begegnung von Mensch zu Mensch mit ihm nie begonnen hatte und deshalb auch kein Ende finden würde. Erst als Minju die Absicht hatte, eine Geschichte über ihn und mich zu schreiben, begegnete ich Massoud wieder, in einem Traum, in dem alles surreal sein mag, obwohl die Begebenheiten mehr oder weniger auf Tatsachen basieren.

Minju ist die erste und wohl auch die letzte, welche dieses Geschehen aus meinem Leben im Ganzen erfährt. Nun wird die Hälfte von „der Held wohnt nicht hier“ beladen von meinen persönlichen Angelegenheiten hunderttausend Meilen über Berge und Gewässer in Taiwan landen, einer fernen Insel, die ich nicht viel kenne. Was ist das für eine ungewöhnliche Tatsache!

„Betrachtest du den Einzelnen an sich,dann siehst du vom Menschen gleichsam nur so viel, wie wir vom Mond sehen; erst der Mensch mit dem Menschen ist ein rundes Bild... Betrachte den Menschen mit dem Menschen, und du siehst jeweils die dynamische Zweiheit, die das Menschenwesen ist, zusammen: hier das Gebende und hier das Empfangende, hier die angreifende und hier die abwehrende Kraft...“ so Buber.

Wie hätte ich wissen können, dass ich den afghanischen Guerilla-Führer besuchen würde? Wie, dass ich die Einladung Minjus annehmen und ihr über mein Leben erzählen würde? Dass die von Minju gewobene Geschichte an die chinesischsprachige Leserschaft gelangen würde?

Drei Begegnungen. Ja, drei seltene und unerwartete Begegnungen...

Eugen Sorg
Zürich, Juni 2011

英雄意識

呂大明

一、聖人之心

希臘三大悲劇家艾斯奇勒斯（Aeschylus）、索福克里斯（Sophocles）、優里匹蒂斯（Euripides），他們以優美的文字，驚心動魄的情節來描寫他們筆下的悲劇英雄，也許還在潛意識隱藏祭祀酒神戴奧尼修斯的聖人之心，法國人所說——coeur sacre。

酒神戴奧尼修斯旅遊各地，幫人種植葡萄，葡萄樹每年都要凋萎，戴奧尼修斯也每年都要死亡一次，而且是凌遲碎割而死。

顏敏如創作的態度也是聖人之心，她的文字精煉、去腐存菁，抱著為藝術而藝術的態度，她要描寫的英雄人物就存在她精神世界。她的創作態度是嚴謹的，為了體會她筆下英雄人物生活背景，她遠到興都庫沙漠旅行，她一筆一筆琢刻英雄的血淚史蹟，那是一枝藝術的刀筆。

訪壞人》。

二、昇華的文學境界

顏敏如天份加上努力，沉默地寫了幾十萬字，已出版小說兩本《此時此刻我不在》與《拜訪壞人》。

顏敏如的哲學不是超脫世事，她將人生的苦難背負在自己的肩上，她雙眼流著的眼淚，一點一滴是對生命的憐憫與痛惜，崇拜英雄與內心的英雄意識，也是基於英雄雖不以佛學普渡眾生，卻以出生入死的勇氣去解救人生的苦難。

顏敏如在小說結束前說：「我站在平台上，四周是綿延的高山，一股冷從我體內逐漸昇起，那不是讓人顫抖的冷，是種絕望。」

這是一段極為沉痛又極為精緻的描寫。翻閱顏敏如的小說，讀者逐漸離開世俗的世界，進入文學昇華的境界。

三、關心人類的命運

顏敏如的文字脫離吟花咏月閨秀女子優柔的圈圈，她對人類的命運投注更多的關懷，她生活在高度經濟發展的瑞士，卻對人類獻出勇氣、毅力，甚至生命的英雄人物刻意深入地描寫，她見到一片悲慘的世界，與她生活的瑞士迥然相異；饑餓、貧窮、戰爭、骨肉流離失散……這些筆下人物佔據她生活的空間，日思夜夢……

顏敏如也有說故事的天才，這就要讀者細細品賞：

「屍體就分散在爆炸過後的廢墟裡，死了的人身首異處，四肢分割，親人拿著袋子一塊塊地裝，後來就連同袋子一塊埋了，連口棺木也沒有。夜裡睡下時，不知道明早是否還有機會醒來，男人早上出門，不知道晚上是否回得了家……」

這段悲慘的描寫觸動人類內心的至痛，也喚醒人類悲憫的崇高情懷。

顏敏如不是悄悄在文學邊緣走過，她的每一腳印都留下血痕。

屈原自沉汨羅，賈誼經過屈原投水的地點，哀痛地寫下〈弔屈原賦〉，有「鸞鳳伏竄兮，鴟梟翱翔。」賈誼悲悼心儀的才人，也隱含著自傷。鸞鳳已遠走高飛，只留下鴟梟到處飛翔……

顏敏如並不在她小說中顯露自傷的情緒，她關心的是眾生的命運。我個人極崇拜賈誼的才華，但對顏敏如關心人類的命運仍然十分欽佩。

西元二〇一一年五月十五日完稿於凡爾賽

自序

看不到月亮的夜晚，星星卻是一整個黑空地亮著。兩名年輕男人走在前面。冷風襲襲。幾次問，這麼漆黑的四下，他們為什麼看得見路？怎麼知道腳步應當如何擺置？「好幾年，走慣了。」是唯一得到的簡短回答。

我騎坐的駱駝穩步前進在山石嶙峋的荒野峻嶺之中。牠不急，我的心悠悠地醒著，在一條顛簸暗蕪的冷路。

幾年遊走世人所認為的危險地區，因為逃脫不了心底幽微的聲聲呼喚。我想知道人們口中的傳評，究竟和事實相距多少。我想了解神秘古國裡的子民為何無法明白，一名女子如我，怎能穿梭遊歷、來去自如；正如同我無法明白，他們的小女兒如何以一個歪鍋煮出十二個人的伙食那般。

「駱駝平均可以活多少年？」「三十年。牠們工作二十三年，最後七年就在房子四周走走。」

我的坐騎是隻識途老駱，牠安靜而規矩，牢靠得足以讓人放心在牠背上打坐沉思。我的雙腳寒冷。

南西奈的沙漠山嶺，是否和喀布爾南郊的荒山有著相似的品質與氣勢？可是我的英雄在北邊。往北向上才是我該去的地方。

那個和蘇聯軍隊周旋，和塔利班沒有勾結的阿富汗人，我不認識，他卻有如在我腦中流竄的精神螻蟻，不剷除，日子又該怎麼過？是的，我的英雄在我腦中生活多年，他的形影在我身體內外川流不息。他踐踏我的腦神經，使我日夜頭疼煩躁。他從那個不長一物卻又茂盛豐沛的陌生山谷，帶著他遍受撻伐卻又驚心動魄的故事，開動他顛沛流離卻又能飛越雲端的越野吉普車，穿過地域時空，來到夏日裡草樹就要綠得滴汁的小鎮，硬要在我的生活中拉扯，不給安寧。他的故事不落實在我筆下，即便遙遠的或就近在咫尺的那個應該死亡的時刻來到，我也不能入土為安。

寫下吧，雖然是延宕多年，困難重重。然而，另一個性別、另一個國度、另一種領域、另一種思想、另一番經歷、另一頁人生，該當如何處理？怎麼型塑？如何拿捏？面對再也無法理出頭緒的成堆資料，在一種不得不平行書寫另一長篇文字的情況下，我在五個月內塑造出心目中的那個人，那個據說只要不遭到暗殺，便能改變阿富汗國家命運的人。

兩名貝都因男人走到後頭了，他們說，接下來這一段路駱駝認得。

「怎麼看得見，沒有光線啊！」「駱駝在夜裡看得比白天清楚。」「噢，像貓。」

近三千公尺的高山。我的腳好冷。

故事寫完了，我又在另一國度裡流浪，為的是要將那英雄從我記憶中剪除，不給他蹉跎我歲月的理由，更要他還我心緒的沒有羈絆。就在我徒步登上山頂，呼吸著冷冽的空氣，看到參著灰黑天空背景的橘紅光線出現時，似乎聽到嗡嗡轟轟的機器聲響，那載著阿富汗游擊隊指揮官被炸裂開身體的直昇機正在升空。遠在西奈半島的我，怎麼還能聽得到十年前他斷氣時的聲息……

目次

英雄不在家

1

「阿曼夏，為什麼你到現在還能活著？」

是以這句話開始和你談話的嗎？我當初真是這麼問你的嗎？是啊，想盡辦法見到要採訪的人，不顧手段地搶到所需要訊息的記者生涯，造就了我這麼一個不近人情的中年男子。在喀布爾街頭，那個坐在一小片木頭滑板上緩緩行駛而來的瘦男人，我看不見他笑開一個窟窿的嘴巴，以及那隻伸出掌心乞討的髒手，就只是直落落地問：

「你是怎麼遺失兩條腿的？」

你只是安靜地笑笑，阿曼夏，半睜著疲累的雙眼，說：「我也不知道自己為什麼還活著。我們的命運全在阿拉的手裡。」

那是在等了三天之後，攝影師納坦已經快耐不住性子，他把鏡頭擦了又擦，偶爾也抱怨在蘇黎世的收入不理想。我們坐在楓樹下各自想著心事，也站起來踢石頭或以鞋沿在土上塗鴉，就像小孩被母親叨唸卻不許走開那般。我們在世界的盡頭，躁熱無風。世界的盡頭真是沒有風吹的嗎？

除了我們，這空地周遭也有其他人蹲著、坐著、站著。只要有一點你將要出現的消息，阿曼夏，立刻會傳到各個耳裡。任何有問題希望你能解決的人，全都耐心地等待，像等待一個山林寨主、一個蒙古可汗。

就在我把環山樹叢的枝椏形態都背熟以後，終於可以進到那個像貨櫃一樣的辦公室裡。長方形空間的三面牆各亮著窗子，窗上有白紗簾，依牆平行蹲著兩張披上白布的長沙發。就在我們四下張望時，突然閃入一個身影。那是你，阿曼夏。你迅速掃了一眼，直到我兩秒後回神而望向你時，你已把我和納坦深深看入眼裡，並且不留給我們和你目光交換的時間，只是迅速無聲地走到前端桌旁坐下。

「你應該一直是很小心的。」我說。

「和蘇聯交鋒的那些年，我從不在同一個地方過夜兩次。我起得早，在清晨第一次祈禱之前，或天還不夠亮得讓飛行員完全看清楚四周情況的時候，就已經上路了。早上行動時，我往往不知道中午或晚上會在什麼地方吃飯，在哪裡過夜。我們從來不事先計劃。甚至在某個地方、某棵樹下或某個園子裡和人談話的時候，仍舊不斷地緩慢向前推移，所以蘇聯的炸彈攻擊，常有六到十小時的誤差。」

我們在你的指揮總部見面，記得嗎？就在阿幕達亞流域的沖積平原上。飛揚的塵土一路包裹著滾動的車胎，身體熱得就要爆炸開來。

躺在潘吉爾峽谷礫石上的蘇聯坦克殘骸也還沒鏽透，你的補給物資就已經翻越一個山頭，從北面和塔吉克斯坦交界處運來。原是轟隆隆的大卡車，一旦駛上了黃沙大漠，也就自動消音。沒人看過這些貨車何時進來，何時出去；也沒人知道車上有多少槍枝和多少箱子彈。而藏身在兩桶石油間的黑臉，該算是你的人還是對方的間諜？不多不少，那一大片土地還好端端地黏在這星球上，怎麼換了政權也就換了意識形態？蘇聯是要取你性命的死敵，這個像是死於大衛之手的壞巨人一倒下，換回了提供你各項裝備的俄羅斯，差距不過兩年的時間，歷史就這麼會翻掌？

聽過嗎，阿曼夏？西方說，你促使蘇聯垮臺，也間接推倒了柏林圍牆。你當然不認為也不在意這些。蘇聯垮臺和柏林圍牆倒塌與你並不相干。西方缺少英雄，他們其實心儀一個能為他們做決定、扛責任的人，以避免無休止的會議、冗長的辯論，還有和媒體面對面的廝殺。他們盼望英雄，卻不相信在西方會出現英雄。就連一個類英雄也讓他們害怕；害怕神話一旦成真，自己立刻顯得齷齪。他們不允許西方有英雄，所以他們找上在中亞的你，既沒有威脅，又有所慰藉，更能圓夢。

「塔利班放話說，年底前他們就會佔領潘吉爾，統一全國。你認為呢？」我問。

「不可能，這話沒經過思考。我以前就說過，現在還是強調，軍事行動不能解決這個國家的問題！」

「可是你一直不斷在作戰啊。」

「我們始終抗拒外力的干預，特別是抗拒巴基斯坦的干預；我們的行動是要把塔利班逼上談判桌。」……

我正要提出下一個問題，外面卻浩浩蕩蕩進來了幾個人。

「阿曼夏，我們這幾個人能不能不要再從家裡帶吃的到前線？」一個聖戰士這麼問。他的運動鞋磨損得快成為布屑。

「阿曼夏，我走了一天來這裡。能不能派車把我爸爸的屍體運出村子來埋葬？」問話的年輕人瘦削極了，身上的長衫好似掛在衣架上晃。

「阿曼夏，把我兒子放出來吧。田裡工作需要人手，他一忙，就不會再偷了。」包著骯髒頭巾的父親這麼請求。

還有一個從喀布爾逃出來的演員，誇張地模仿塔利班頭子慕拉歐瑪，惹笑了大家。他向你要錢，打算拍部聖戰片，你三言兩語打發他走了。在我對你的訪談前後，陸續有些人來找你解決問題。他們老是把私事帶到你面前，你也允許他們的持續打擾。我把小錄音機開開關關，告訴自己要沉得住氣。偶爾想起千里外阿爾卑斯山上沁涼的泉水。

潘吉爾峽谷縱線長約一百二十公里，有些平臺上的蔥鬱彌補了不容易逃出眼際的禿野荒山。你死守只佔全國十分之一面積的土地；身為指揮官，卻要人直接喊你的名字。你往往和各戰線組長在黏土房裡研判軍情。陽光偏斜地射入昏暗的空間，照映出一張張黝黑的臉孔和粗糙的雙手。地上攤開蘇聯軍隊留下來的大幅地圖，吸引你們低頭搜尋可以更好藏身的地點、決定在哪個山頭架射機槍，或猜測敵人可能通過的棧道。在這樣的臨時軍情處，有時會進來幾個人，讓原本侷促的小房更加擁擠；有時又出去幾個人，讓槍枝也有喘息的空間。人來人往全是要向你請示或需要你的認同。只要有你的親筆簽字，折揉得不成樣的字條也就成了令狀。

吃飯時段是以收起地圖的時間為準。只要地圖一捲起，紅黑相間的長條地毯往地上一鋪，胃腸立刻取代腦子的運作。伙夫端來白飯、薄麵包、葡萄乾炒雞肉，還有幾顆青椒，大家從各自的盤子上抓了東西往嘴裡送，吃飯不過是七、八分鐘的事。

阿曼夏，這釦子配昨天那件夾克，行不行？阿曼夏，這管槍修好了，要直接還給莫賀嗎？阿曼夏，爸爸要我先結婚才上山，可以嗎？……從戰爭與和平，到為牆界而吵鬧不休的鄰居排解糾紛，都是你管事的範圍，因為人們信任你。

祈禱的時間到了，你一個箭步往外走，把小跪毯鋪在地上，半舉雙手，掌心向上，閉起眼睛默唸經文。你送客到門口，也不反覆道別，是腦海裡預定的下一個行動催促你結束沒有理由的再拖延。你的動作俐落，每一個時間點都有一件事情佔據。有時你臨時起意，三兩步便走向防彈吉普車，保鑣隨從立刻跳起，一行人快速鑽進不同的車裡，車隊就在山嶺間顛簸起來。

知不知道這棟樓到底在改建什麼？鋪在電梯裡的厚紙板已經超過兩個禮拜了。也是雜誌社國際版的大衛問。我搖了搖頭。電梯突然劇烈晃動起來，接著快速旋轉。正當我懷疑上下行的電梯怎麼可能繞著圓周轉動時，整個黑暗的小空間卻急速往下沉……

2

「你確定阿曼夏下週會回到潘吉爾？」我焦急地問哈契米。

「這種事當然沒有人能百分之百確定。信不信由你。我已經為你打了好多次電話回潘吉爾了，電話費很貴的。你們雜誌社能不能寫點東西攻擊Swisscom？怎麼從蘇黎世打電話去阿富汗貴出這麼多，不公平嘛……」

九十年代初蘇聯剛撤軍不久，我再次去到阿富汗。有天在喀布爾閒逛時認識了哈契米，當時他已和瑞士妻子離婚，回到自己的國家開布店，就在那條外國人必定會光顧的長街上。知道我來自蘇黎世，哈契米立刻給我一個足以壓碎肋骨的擁抱。他問我，班霍夫大街頭的那家糕餅店還在不在？還在，還在，我說。他問我，上蘇黎世大學的那段小纜車還開不開？還開，還開，我答。

根據哈契米的敘述，很可以想像他的前妻和我一樣，是六十年代從瑞士到阿富汗追逐不同人生的年輕人。那時候的我們，厭惡資本主義，認定自由民主黨員都是一群盤據在國會裡最偽善的傢伙。我們當時的訴求其實很簡單，壓迫與不正義必須退位，愛和自由才是最高指導原則。

想來，哈契米的女人也一定受到阿富汗大片罌粟田的震撼。迎著陽光的罌粟花，柔順地搖曳在清風中，粉紫、粉紅的色彩，如同我摟在懷裡的克莉斯丁。哈契米的女人不但嚐到了新口味的鴉片煙，還把異國情人帶回瑞士。我和克莉斯丁在遊罷阿富汗後就直接南下，去到那個有著大眼睛女人的國度。

離婚後回喀布爾開店的哈契米，在九十年代中期喀布爾局勢混亂時又侯鳥似地回到蘇黎世來。由於報導工作的需要，我時不時還和他聯絡。知道他來自潘吉爾，就更不能失掉他這條線索。為了追蹤你的足跡，阿曼夏，我已花了許多時間，下了大功夫，總不能在這最後關頭放棄。好不容易說服總編，我和納坦跑這一趟，比起支持去美國報導二十一世紀第一次總統大選的人馬要便宜吧。

既然哈契米對我們能見到你相當有把握，和他談完電話，我立刻通知雜誌社的秘書訂機票。納坦也習慣了這種說走就走的生活，除非他到紐約的工作室去了，否則早一天或晚一天告訴他，問題都不大。我的工作有著潛在的危險性，並不適合有固定家庭生活的人。特別是去賴比瑞亞那次，實在是種高空走鋼索卻不繫繩子的經驗。

當時我們兩人連同當地翻譯雇員阿沙被持槍的士兵押入那棟凋敝的二層樓時，我還以為不過問問話，很快就沒事。被「當局」請去談話的情形，在我們採訪過程中碰多了，有時還意外地受到招待，喝茶聊天。不料那次情況大不相同。我們一上樓，才看到四個端槍的傢伙早已等在辦公室裡。其中一個立刻把納坦的相機搶走，另一個則冷冷地說：「你們是誰派來刺探的間諜？老實說話，免得浪費時間。」

「我們是記者，間諜不會這麼容易讓你們上手的。」我努力沉著地回答。

「少廢話，我們已經注意了一段時間。你們拍了國防部附近的設施，只要照片一洗出來，看你們還怎麼狡賴！」

問話的人眉毛一揚，示意談話結束，大家看著辦。

年輕的阿沙早已縮到牆角，懼怕的神情一反他原本輕鬆蹦跳的樣子。我大概可以猜測得出，他對自己落入這些人手裡後會有些什麼反應。阿沙一定想像著自己的睪丸會被切下、烘乾，然後吊在路障鐵絲上當裝飾品，就像這城裡容易看到的景象。

我們的情形也好不過阿沙的焦慮。在等待洗照片的時間裡，我和納坦踱步到陽臺上，眼神飄移地眺望那個古怪而悲傷的城市。納坦的確拍了些照片，真正的內容他自己可能也記不清了。在那室外空間裡，我似乎聽到了我們兩人沉重的呼吸。時間正往前飛奔，四周靜極了，首都蒙諾維亞這一帶的街上竟然連隻貓也見不到。我們沒有任何幫手，真出事了，等到伯恩的外交部得到消息時，我們怕不早已是白骨一堆！正當我腦子又混沌又空白時，納坦緩慢地靠近，並輕聲說：「我想起來，底片換過了。他們拿去的是人物照，拍建築物的這捲還在我口袋裡。」

在我們彼此說不上話的一小段時間裡，納坦一定是把他整天工作的過程努力思索一遍，才有了這個救命的結論。

擔心負責拍照的納坦被搜身，就在我們走回辦公室的同時，那捲可能惹事的底片便悄悄滑入我的褲袋裡。

娜蒂亞熟睡在她的嬰兒床上，我們為她點了盞柔和的小燈。太陽照射在充滿臭氣，四處可見的垃圾堆。燈旁有個接收器，我們在客廳裡可以隨時聽到嬰兒房裡的動靜。瘋了的女人把自己包在長布裡。男人臉上有數條疤痕。精品店裡的白色長袖絲衫。長滿頭蝨的小女孩。水晶玻璃小鹿比天鵝貴些。塗污了的嘴。灌滿糞便的褲子。磨豆咖啡正冒著香氣。赤裸結疤的髒腳……

想要到指揮部採訪你不是簡單的事，阿曼夏。我們在巴基斯坦的伊斯蘭瑪巴德下機後，立刻出發往邊境去。好不容易找到的藏在山嶺間的小城竟然出奇地繁榮，只是映在土瓦土牆上的陽光不發亮。我們隨便找了個小旅館，放下行李後就到處去打聽聯合國小飛機的消息。只要能起飛，就是夜半我們也會毫不遲疑地一衝而上，立刻出發。

你的行蹤就像秋天裡隨風舞起相互嬉戲的枯葉，阿曼夏，以為就要落地，卻又忽地飛起。只要人們聚在山泉前等你，你就會在二十三公里外的碉堡出現。只要第四組人員準備好槍枝就等你下令時，你早已到達第三組防守的據點，和弟兄們擠在壕溝裡談話。正因為你這飄忽不定的行止，我和納坦一面漫步在巴基斯坦小城裡的市集攤販之間，一面卻又因恐怕錯過會晤你的機會而焦急。

這座位於巴基斯坦和阿富汗邊界間的山城雖有高比例的阿富汗人，居民的來歷成份卻相當複雜。不論我們走到何處，背後必定聚集了許多不懷好意的心眼。不勞我們去到神學士塔利班的學校，他們的人不是正離我們三五步遠的地方，就是已經悄悄地四處傳輸有外人來到的消息。小販們都友善有禮，大大小小的籃子裡堆滿乾果、豆子、石榴……只是全像披上了一匹灰布。車子駛過，揚起塵雲，細小沙粒毫不猶豫地飛落在煎板上；那至少一公尺直徑的大鐵板上躺著幾塊正冒著熱氣、傳出香味的肉餅。

往西，更靠近邊界那一帶，也就是分不出究竟是阿富汗還是巴基斯坦的山間較平坦地區，是阿富汗難民的聚落。破敗的帳篷一路延伸到視野之外，帳篷與帳篷之間，也就是家與家之間，糞便與尿騷味特別充沛；身上掛著碎布般衣服的小孩在到處有發臭髒水的地上跑來跑去；流著黃色鼻涕的男孩邊哭邊叫，他的母親卻只是手支著頭在一旁發呆。有個女孩從一個帳篷鑽過一個帳篷地求救乞討，說她爸爸瘋了，只有鴉片或嗎啡才能讓他恢復正常，可是她沒錢，不知道怎麼照顧他……數百個人排著長長的隊伍，手中除了餐券，還拿著盆子、鍋子、杓子。他們互相推擠、咒罵、揍毆，都想趕快接近那個可以裝得下三個人的大鍋前領食物。

夜晚了，聚落一片漆黑，空氣潮濕而沉重。蟑螂從孩子的小腿爬上大腿，再鑽進發出酸味的破毯子裡；老鼠努力咬噬原本就盡乎沒有的剩餘糧食。分娩的女人因劇痛而哀號，蹲著把小孩從下體拖了出來……

3

你在潘吉爾的出生地，人稱小世界或小叢林，是地圖裡興都庫什山上不會標出的一個小點。身為舊王朝時代軍官的兒子，阿曼夏，你自然比務農、小販的孩子多些機會；而你在喀布爾的一段童年生活更是從來不缺玩伴。男孩們聚在一起總愛比個高下，看看誰是真英雄。在大夥兒分成兩批打仗時，你就是自己所屬那隊理所當然的指揮官。你把「手下」分成兩組，讓第一組正面攻擊小丘上的敵軍，第二組則繞到另一側，從後面包抄攻擊。這個策略往往奏效，小時候玩耍時有效，和蘇軍纏鬥時有效，在和塔利班拼搏時的潘吉爾峽谷保衛戰，也有效。

你在喀布爾的法文學校畢業後，在家自修一年，準備投考工程建築系。當時你父親有塊地，原本租給附近農民種果樹。你為了籌錢唸書，便把這地承租下來，試試以自己的方法種植是否能有較好的收成。

平日教小孩讀書積存的三百萬阿富汗幣，現在全投入這塊果園，你存心要賭一賭自己的運氣。法哈德和他的女人負責照顧果樹，他們就住在田邊的小屋裡。這對忠心的夫婦，一東一西，一前一後地工作著，勤勉而安靜。你為了專心功課，不願意住在常有親友鄰居往來的家裡，索性自己架起帳篷在果園旁棲身。餓了，便在小爐子上煮點東西；洗衣服就得多走些路到河邊去了。

你成天苦讀，休息時才和法哈德討論照顧果樹的技巧；什麼枝要剪，什麼蟲該除，只要傾聽自然，就不容易有做錯事的時候。陽光照到了雞群，雞鳴；照到了鳥群，鳥飛；十七歲的你就這麼簡簡單單過了好些日子。果子成熟時，沒料到收穫竟然比想像中好得太多。運到喀布爾的市場，著著實實賣了個好價錢。

「阿曼夏，」你父親說，「你賣蘋果、桃子的錢超過租金很多，已經還本了。把那些杏子讓給我吧。」

「不對啊，」你回說，「我們的合約上寫著，我可以擁有租地上所有的收成。賣杏子的錢，我打算做家庭開銷。究竟要怎麼用，我當然事先還會和你商量。」

為了不當面忤逆父親，你等他睡下後，趕緊把杏子裝入大袋裡，立刻出發去賣給批發商，然後把錢交給法哈德保管。父親知道你使了小壞，卻也不和你計較。一年之內，你的確存夠了上理工學院的學費。

踢過來！踢給我！補位！快，快！切入！不行！插上！犯規！我沒做，沒有！是頭撞還是胸撞？別碰我！這棟樓和那棟樓的小孩互打！警察，我爸穿著制服來了！石頭、玻璃瓶齊飛！警察吹哨！蘇黎世火車站，混亂！水柱，快，快閃！他以為他是誰？上！我們分頭跑……

我從學校走回家時，通常不從公寓大門進去。我喜歡繞一圈，到後面有各家各戶園子的地方看看。如果媽媽恰巧在採蔬菜，我會停在籬笆旁喊她。不下雨的時候，天空是那麼地藍，和風搖盪著鄰家花圃裡的向日葵，一大片的湛黃讓我覺得放心、踏實。媽媽總是讓我上樓去吃她做的點心，有時是胡蘿蔔蛋糕，有時是奶油酥餅，有時是我在葛雷家吃到他媽媽做的什麼好東西，回來要求媽媽也做的。

我們公寓的右側有片相當大的綠地。草長長了，會有人開著除草機來剪草。這除草機不但體積大，引擎聲也相當嚇人。除草先生悠哉地坐在機器的軟椅上，慢慢從這一頭開到那一頭，再慢慢從那一頭開回這一頭，反反覆覆，不知有多少趟。不上課的下午，附近的男孩們就會不約而同地聚集在這綠地上。我們一群玩伴就跟在除草機後面高聲說笑，有時跑到前面向那先生扮鬼臉，示意他動作快些，好讓我們能夠早點踢足球。

天熱時，我會偷騎二哥的腳踏車去游泳。露天游泳池裡有個三彎的高架滑梯水道，是我最喜歡的大玩具。上鐵梯後，坐下來，腳一蹬，就彎彎曲曲溜下來。水花濺在陽光裡發亮，耳邊是其他人的呼叫聲，遠處阿爾卑斯山上的積雪隱約可見。我就這麼爬上、溜下，再爬上、再溜下，直到沒力氣了，才躺在草坪上的樹蔭裡睡覺。有次，我忘了二哥上吉他課的時間，沒及時把腳踏車還回去，所以就一天裡犯了兩條罪狀。第一是，偷騎車的事終於被發現；第二是，害得二哥不去上課又沒請假。而「腳踏車被弟弟騎走」的理由，還得看他平時上課的表現，才知道老師會不會相信。

下雨天，愁苦天。只要天氣一變，我的世界便要憂鬱起來。玩伴不見了，足球消失了，雨把草坪染成了灰綠，迷濛的玻璃窗外只有幾隻飛天的黑鳥。無聊得慌了，只好去翻媽媽放在桌上的小說看。

還沒上學時，我總羨慕兩個哥哥每天有高明的事可做。大哥長我八歲，對他的印象總不比對二哥那麼清晰。大哥是我必須聽話的對象，二哥才是我的老大。有時二哥會允許我加入他們大孩子的世界；比如，去他同學家的地下室偷喝酒什麼的。每天早餐時，只要聽到有人在樓下叫「賽格」，我就會衝到陽台，看著下了樓的二哥和同學沿著草坪間的小路走去學校。等到我自己上了小學，才知道，原來學校比我想像中的更有意思。不是老師或課程引起我的興趣，而是同伴增加了，遊戲的花樣翻新了。我每天高興地上學，快樂地放學，從來不知道什麼是做功課、什麼是準備考試，也從來不知道什麼是成績不好。

我們的公寓座落在蘇黎世較陰暗的地方，所謂的陽光區當然就是有錢人的聚集地。我們的社區見證了蘇黎世的發展。這裡原本住著藍領工人或某個單位的公務員，都是些社會主義忠實的擁護者。到了七、八十年代，才有老師或學者的進住。我爸爸是警察，空閒時間，他會在園子裡種些藍莓、黑莓之類的植物。大哥似乎和爸爸很有話講，他會幫忙在園子裡打樁，好讓莓子可以沿著鐵線攀爬。媽媽是在我入小學時才開始從事秘書工作。她懂法語、英語，喜歡上班，這倒不只是因為她可以從工作中有自己的存款。

到了我可以上中學的年齡時，整個社區只有三個孩子有能力讀高中，而我這個警察家的老三就是其中之一。在當時的環境裡，和我同齡的孩子大都選擇職業學校，不但可以提早賺錢，以後想轉讀各種學院也不會有問題；而上高中就是件稀少而值得驕傲的事了，通常是教授、老師或有錢人家的孩子較有可能做得到。讀高中意味著上大學，走上學術研究之路，所以必須是因喜歡讀書而成績好的人所做的選擇。

我原先被小學老師看成是可造之材，上了中學才猛然發現，原來學校是要人坐下來唸書的地方。從來不讀書的我開始變得不知所措，因為不知道怎麼做才能有好成績、才能讓老師另眼相看。我的拉丁文尤其糟，後來請表哥教了幾次才豁然開朗，原來只要掌握了字裡玄機，只要理出規則，拉丁文並不如我想像中那麼困難。

除了功課的壓力之外，在班上，我總覺得自己是個無家可歸的流浪漢。同學們的家庭都相當富裕，他們的作風、行事也和我社區裡朋友的很不一樣，在這種環境裡我渾身不自在。全班我只和另一個不受歡迎的傢伙有來往，我們幾乎是「聞」到了彼此，一拍即合。

和其他班級一樣，我們教室門旁也掛了個時課表。有天，我趁大家不注意時，把不喜歡的老師的課全塗黑了。課表看起來，黑格子比白格子多得多。這事經過了好幾天才有人發現，所以也就很難找得出「兇手」。像這類的事，我絕不向最好的朋友提起，因為最好的朋友會向他最好的朋友講，而那個最好的朋友也會向他最好的朋友說，結果是大家全知道了。

我每天坐在課堂上無所事事，只覺得那些學科進不到我的身體裡，想不透為什麼我必須浪費時間來滿足這個體系。我在中學時的不快樂，媽媽當然看在眼裡、疼在心裡。有天她下班經過社區的大草坪，看見我和朋友們在發亮的陽光下踢足球開懷輕鬆的樣子，認為那才是真正的我。她是個敏感而容易知足的人，見不得自己的孩子壓抑、受苦。特別是和那位只會奉承上層而歧視下層階級的老師談過話之後，她已經準備把我帶出學校。甚至在決定是否能繼續留在這個班級的考試之前，我便已狠狠地離開。我在這個令人欣羨的高中裡，只有短短幾個月的時間。

4

我們終於來到指揮總部。阿曼夏，你不容易找。

帶路的是個二十出頭的年輕人。我們走在彎曲的山道上，不時聊聊。年輕人的英語相當好，說是逃難時在巴基斯坦學來的。我們坐在辦公室外面等你時，他一面把玩納坦的相機，一面問納坦：「你認為歐洲女人會喜歡我嗎？」

「當然！」

我無法知道納坦是否真心，他倒是一付誠實的樣子。

「你確定嗎？」年輕人不放心地問。

「當然！」

納坦的回答永遠是簡短而有力。此後，會受到歐洲女人青睞的想法便一直盤據在這年輕人的心頭。只要和我們眼光接觸，他的笑容便顯得特別溫柔；當我們和他對笑時，心裡都充滿了，納坦說他會讓歐洲女人喜歡的事。接著我們有三天在樹下長久的等待。

你閃進辦公室，就在我們的視線錯過交集的剎那，我有種被偷窺的感覺，阿曼夏。你身材挺直，動作俐落，整個人散發出一種神秘的、苦澀的典雅。一頭濃密而梳理妥貼的捲髮，以及有些許花白的下巴鬍子，襯托著有如刻刀雕出的臉部線條；那雙柔軟的皮靴子沒有任何裝飾；剪裁合身的軍服顯示你一股逼人的派勢。你的神情那麼深邃、那麼撲朔，讓人無法立即對你進行判派，卻冥冥中知道，你是一本不容易讀懂的英雄典譜。訪談一開始，你那雙半閉著的，看似疲累已極的眼睛，立刻顯得專注而慎重。你的注視，讓人不得不誠實。

「說說看，阿曼夏。蘇聯撤軍後，你一定滿懷期望要聯合其他人，讓阿富汗好好站起來，可是九十年代中期前後喀布爾空前的亂象，不但阿富汗人本身，就連國際社會也對喀布爾的政權相當失望。你認為自己也應該負起責任嗎？」

「當時圍繞在我身邊的，沒有一個人準備好要怎麼治理國家。大部份的人因為戰爭而中斷學業，我們缺乏有能力監督整個行政體系的人材。警察單位也沒有可以制止擁有武器者的法理工具。」

「國際上的說法是，代表不同部族的各個領導者為了爭奪最高領導權而進行武裝鬥爭，整個喀布爾城是軍閥割據的局面。這些人的手下殺、姦、搶、擄，壞事做盡，人們恨之入骨，而你的手下竟然也參與其中。那麼，阿曼夏，你在這些事件裡究竟是什麼角色？你怎麼定位自己？」

「那時我全心投入戰鬥，實在沒有餘力去注意到其他社會事件的發展過程。我希望你們媒體能夠看出一個事實，阿富汗的局勢之所以變得那麼複雜，外來勢力的介入要負大半的責任。在評論阿富汗之前，不妨先問問，蘇聯、巴基斯坦、伊朗、美國等等，先後在阿富汗做了些什麼？他們曾經獲得了什麼利益，現在或今後還打算獲得什麼利益？」

從轟炸機裡丟出來的炸彈像雪一樣地飄著。一顆落到地上的炸彈開始彈跳起來，滾到在山坡上野餐的家庭。孩子們玩皮球炸彈。丟過來，丟過去；丟過來，丟過去……

只要為歷史畫出輪廓，它會給自己上彩。九十年代初，正當蘇聯勢力完全撤出它的南疆腹地，全世界忙著宣告冷戰結束，企盼一個權力公平重組的未來時，阿富汗卻以粗糙的方式，默默地治療自己的傷口。

在冗長的會議之後，阿曼夏，雖然聚集在潘吉爾的各方決定要結束喀布爾的共黨政權，你卻明白，由山嶺男人組成的聖戰士，可以將雞皮與雞身在一翻掌間彼此剝離，也可以把卡車引擎拆除，裝在被打下的蘇聯直昇機裡，在沙漠地裡跑上跑下，卻完全不具備平衡各部族搶奪資源的能力。你認為還要靜觀變化，等待更適當的時機，主張不要立即攻入喀布爾。

「要小心了，阿曼夏！現在你們雖然看法一致，可是像他那麼容易嫉妒的人，總有一天會出賣你的。」這是好友拉曼在好幾年前對你提出的忠告。

那善嫉的人，正是和你同屬於拉巴尼教授伊斯蘭社會黨的黑克馬提亞。七十年代初，你正在理工學院就讀時，早早就和黑克馬提亞認識了。十多年後的戰鬥中，你必須應付兩條戰線，除了蘇聯之外，誰也沒料到，另一頭竟然就是受到巴基斯坦大力支持的黑克馬提亞部隊。

這人不單事事與你作對，直到後來，就連在各方難得的一次共識，決定暫緩攻入首都的決定下，黑克馬提亞仍執意要單獨行動。當時你和他的緊急通話已錄音做成紀錄；你深皺著眉頭，載著耳機和他對談的照片，也刊登在粗糙的報紙上。你反覆相勸，說喀布爾已相當脆弱，必須先讓它有喘息的機會，既然共黨總統那吉布拉有意投降，應該經過大家協調後，才以和平手段結束那個受蘇聯扶持的政權。然而，這些說法並沒能阻止黑克馬提亞的計畫。

你在筆記中寫著：「只有個人的權力才是他們的興趣所在。他們從來不談到老百姓，從來不提到國家……」。你原本要搜集錯誤，宣告災難，卻又不願挑撥離間，只覺得雙手被縛、雙腳被綁。國際社會看著，阿富汗人民等著，紛擾的萬箭向你飛射而來。

那時情況非常緊急，你不得不進城阻撓黑克馬提亞的意圖。你對手下在首都可能有的行動並沒有把握。進城前，你讓他們以《古蘭經》發誓，絕不敲詐勒索、絕不做不應該做的事。你擔心這些從十五歲開始就空著肚子在山巔跋涉的年輕人，一旦到了較舒適的喀布爾城內，會做出無法收拾的蠢事。你告誡他們：「要謹防一些錯誤的娛樂和表面上的富裕。要把每個孩子看成是自己的孩子，把每個女人當成是自己的姐妹。要處處表現自己是個好穆斯林。」

局勢是那麼混亂，一夕間，喀布爾如同一座敞開四方大門的城堡，帕斯圖、土庫曼、塔吉克斯坦、烏茲別克、哈紮拉……各方人馬迅速湧入。大監獄的門打開了，無數的重刑犯分逃各處。他們到軍火庫搶奪槍枝、彼此結盟，幹下更多、更駭人的勾當。兩支武裝部隊各自佔領喀布爾河兩岸成排的樓層，交火對射的結果，面對面的兩棟長樓表層被打成了蜂窩。有些人背著長槍在大街小巷招搖，居民見了害怕，也就遠遠避開。城西人煙較少，大段路旁的小丘上，應該是當職的守衛，卻以騎腳踏車的人為目標，比賽誰能以一槍打倒騎車的人。

公家單位裡的保險箱全撐開了肚膛，文件、檔案損毀、被劫。以黑克馬提亞為總理的新政府接手的是，產權混亂、所有權沒有根據、職權無法追查的殘敗系統。沒有正規軍、沒有警察、沒有情治，整個喀布爾城風聲鶴唳。

阿曼夏，第七組的弟兄輪姦了一對姐妹……阿曼夏，卡努尼搶了雜貨店，現在卻不見人影……阿曼夏，疏艾吃了烤肉以後，不但不給錢，還踢翻了小販的板車……阿曼夏……

正當你以國防部長身份忙於和各個部隊周旋時，一個安全機制停頓、警政失靈的社會，竟然有你手下的參與！你的痛心失望，可想而知。只要手下犯案的當時被逮，你一律處以重刑！

原是共產黨徒的多士頓眼看共黨就要失勢，便轉向和你結盟。後來又因為巴基斯坦大力支持黑克馬提亞，多士頓認為倒向他必定有利可圖，便暗地裡把你出賣了。這使得你所處的情況更加嚴峻，你位於喀布爾和峽谷之間的房子也成了轟炸的對象。

天一暗下，車輛變得稀疏，街上少有行人，有如瘟疫肆虐過後的空城。偶爾傳來女人的尖叫聲、孩子的哭鬧聲，讓站駐在聯合國大樓外的守衛伸長脖子傾聽，一下子又都回復平靜。城南東北段一片火海時，設備簡陋的消防隊來得太遲，只能眼看著火舌如何將人的心和血化為灰燼。

有天，你夜裡才回家，妻子仍醒著為你等門。你看著妻子，神秘地笑著說：「帕蕊，我今天又和死神擦身而過。」

你的女人從來不在你面前顯出擔憂的神情，她努力按捺下為了你的安危而時常就要狂跳不已的心。而你唇邊的那一抹微笑，在妻子眼中是你掩不住的酸澀的驕傲。她一面安靜地聽，一面按摩你的腳，讓你能稍做鬆弛。

事情是這樣的：只要你一行動，通常有三部車同行。你習慣登上第二部車。可是那天一早，你卻無來由地坐進了第一部車。出發不久，第二部車突然在你身後轟然一聲，爆炸開來，三名在車裡的手下當場斃命。其他人立刻下車查看，一時之間，卻也料想不出會是誰下的毒手。

當天夜裡，在你回家的路上，車隊在靠近你住處不遠一條僻靜的道路上被迫停駛。車燈照著一個躺在地上不願離開的人。等到手下確定沒有危險了，你才下車。走近一看，原來是部隊裡的一名組長。這人哭著說：「壓我吧，輾我吧，讓我死了吧，阿曼夏！阿拉和你同在，我失敗了，我出賣你，讓我死了吧！」早上的爆炸案，當晚就水落石出。第二部車裡的炸彈就是這名組長偷偷安置的，幕後主使者便是黑克馬提亞。

在你擔任國防部長將近四年的期間裡，激進份子明白你不可能向他們的要求妥協，取你性命的企圖也就比蘇軍更加劇烈。一生中，不遭埋伏、不受行刺的威脅，對你早已有如水往山上流那般不自然。

在非常時期努力維持正常生活不是件簡單的事。你雖有健康靈巧的孩子，卻很少有時間陪伴他們。為了能就近照顧妻小，你特地把住家遷往離喀布爾較近的小鎮。

這是你的女人第一次看到峽谷以外的世界。百貨公司、中學、醫院、餐館、服裝店……全都引起她莫大的好奇。你們的住處座落在半山腰上，相當寬敞舒適，這原來是一家成衣工廠的其中一間屋子。夏天，熱風總是要捲起千堆塵雲；這山腰住處不比在峽谷裡靠河的小屋子清涼。

帕蕊是個乖巧而又惹人憐愛的小女人。你選她為妻，起初的確給你的老丈人帶來不小的困擾。一個沒受過教育的少女怎麼配得上潘吉爾雄獅？即便是你和她之間差距十七年的歲月不談，阿曼夏在相當倚重的手下家人之中選擇妻室，別人會怎麼猜忌？是她的父親，也就是深受你信賴的、開雜貨店的小老闆莫拉，不自量力、一心高攀？反反覆覆，經過家族討論，也徵求帕蕊本人的同意之後，當時為了怕引起蘇軍注意，曝露可以轟炸的正確地點，你們在極機密的情況下完婚。就連最忠實的心腹，也在你的第二個孩子出世之後，才得知原來你已有了家室。

三十多年來，你似乎第一次知道怎麼說話。從結婚那天開始，只要和帕蕊單獨在一起，你便不斷對她訴說你的工作、你的思緒、你的擔心與憂愁。也唯有在和她相處時，你才能暫時釋放恐懼、放棄武裝，因為她的柔情不著邊際。帕蕊明白，你喜歡她在身旁守著；即使在你讀書或寫字時，你仍希望她就在身邊靜靜地坐著。帕蕊也瞭解，知識程度的差異是唯一隔閡你和她的藩籬，可是你從不在這件事情上有任何表示。然而你並不知道，她喜歡聽你「帕蕊、帕蕊」地滿屋子叫。時常，她聽見了，卻故意不回答，以便能快樂地一遍一遍聽你喊：帕蕊，帕蕊，妳在哪裡？

因著你的身份與工作，夫妻總是聚少離多。時常，你捎人傳來就要回家的消息，卻又因突發事件而耽擱。帕蕊卻總也學不來習慣等待。有天，她在屋內隱約聽到遠遠駛近汽車的引擎聲，以為是你回家來。她迅速梳好頭髮、塗上胭脂。她的心因歡喜而跳躍。她把整個人貼在窗牖上，免得因等不住了就要往外衝。就這麼壞了你的聲名，可怎麼好？

車子停下，她興奮得叫出聲來。你親近的一位朋友下了車，卻不見你身影。「怎麼只有阿布杜拉?!」一瞬間，帕蕊有如被失望重重地摔在地上，那麼重要的事情你還不知道啊！她只能傷心地躲著哭泣，卻不可以明目張膽地踏出房門直問阿布杜拉，為什麼阿曼夏不跟著回來。你岳父和阿布杜拉共進晚餐時才婉轉地說：「請告訴阿曼夏，他又有了一個女兒……」

喀布爾的聯合會議冗長而沒有結果，暗地裡的權力鬥爭，如同橫擋在飛機前不讓它起飛的裝甲車。幾天之後，趁聚會結束，人人都走光時，阿布杜拉才有機會和你單獨談話。

「什麼？又有個孩子！可是我一直不知道帕蕊什麼時候……」

你慚愧又興奮，不知道自己的妻子又曾經懷孕，也不知道家裡又添了孩子。這次，你趕搭直昇機回家看女兒。

不論戰事多麼激烈，你的思緒從未離開家人，也從未想過把他們送到國外避難，你甚至還對帕蕊說：「把孩子留給妳媽媽，妳跟著我。在軍營旁邊搭個帳篷，這麼一來，我們就可以天天見面了。」

你是如此深愛著家庭，幾乎就要不顧現實的難處而莽動了。

應該是男人工作、女人持家、孩子上學的好時節，怎奈戰爭幽靈仍是如此糾纏不放。部族間奪權的紛擾以及為了鞏固勢力不擇手段的行徑，和困苦民生做一比較，你無法瞭解，為什麼這些人可以因著自己的利益而看不見老百姓攪和在爛泥裡的生活。這些愁苦全在你的面龐烙下清晰的印記。

然而，阿曼夏永遠是頭頑強的雄獅。在炸彈隨時會找到你的屋牆做為落腳處的情況下，你仍然努力維持一個完整的家，你仍然為家人闢了園子，種了果樹，架了葡萄棚，還為孩子裝了個鞦韆。

一個晴朗的早晨，陽光照得刺亮，就在等車子接你進城的空檔裡，你有了個新的想法。

「帕蕊、帕蕊，妳趕快出來。」

你一邊吃著水果乾，一邊在園子裡踱來踱去，就是拿不定主意。帕蕊從廚房趕了來，雙手還溼著，問你究竟是什麼事，叫得這麼著急。

「我想再給小孩挖個土坑，妳覺得應該在葡萄棚旁邊，還是在鞦韆旁？」

一個有妻子、有孩子的男人就要變得柔軟、變得沒有主見了。你卻喜歡這個柔軟，這種沒有主見。在自己的家裡，你要盡情享受什麼是魯莽，什麼是不計後果。你除了有防不勝防的政敵之外，時間更是個見不到、摸不著，永遠也無法知道它是如何算計的敵人；它，不讓你陪著孩子長大。

這麼多年難以固定在某個地方睡覺、某個場所吃飯的你，現在終於有了個較尋常安定的家。你把寄放各處的書本和國外親友所送的禮物全運了來。在距離住處約兩百公尺的一個公家房子裡，你佈置了屬於自己的辦公室。通常你一大早出門，夜裡才回來。有時公事、私事是不分的，有時公生活和私生活是劃不出界線的。「帕蕊，今天中午第三組和第七組有人來吃飯」、「帕蕊，左山腳下的那兩家鄰居要來商量事情，東西夠嗎？」、「帕蕊，今晚有重要的會議，妳要早點準備。」……有訪客留下吃飯時，你的女人就要忙壞了。雖然時常一來二十多人，她也不願僱用廚娘幫忙，就怕有人要多話，說是國防部長家裡利用特殊身份佔便宜。最多，她只讓跟著從峽谷出來的一個十二歲女孩，幫忙看著年幼的孩子。有時你也下廚做點小差事，帕蕊就喜歡你在身邊繞來繞去、問東問西的感覺。其實有道湯，還是你教帕蕊做的。那是你學生時代出逃到巴基斯坦，和大夥一起生活時學會的。你們分工，一個切洋蔥、一個切肉。至於要放什麼調味，必須在火灶上熬多久，就得全靠你指揮了。對帕蕊來說，一個爸爸、一個媽媽，還有他們的孩子——這就是一個家。

「有事情，就去找阿曼夏」。人們通常都是這麼認定。多年來你在潘吉爾峽谷領導對蘇軍的反抗勢力，早已成了阿富汗東北部的精神領袖。除了夜裡安眠的時間，家裡或辦公室隨時都有尋求協助的鄉親。「我的車壞了，不能工作就不能養家……我兒子的功課很好，應該可以得到獎學金到國外唸書……我現在成了寡婦，什麼都沒有了……我的孩子病了，必須有人把他運到巴基斯坦開刀……」你覺得接見這些人，參與這些事，是個人的榮譽，卻少有人體會到，你還必須同時面對在喀布爾發生的動蕩。

你和受鄰近國家操縱指使的不同派別、組合、族群，在沒完沒了的會議上折衝、談判、討論，無止盡的忙碌與心神上的反覆不定，深深影響到你靈魂的安寧。有時你夜半驚醒，坐到祈禱的毯子上，懇求阿拉止息部族間的內鬥。這種挫折與驚慌，就連在和蘇聯纏鬥最糟的時期，也不曾發生。帕蕊靜靜地坐在你身旁，你對她說：「妳看到什麼了？我的白髮？我的無力？還是百姓的煎熬？……連我的骨頭也白了啊！」有時，你心力交瘁得獨自哭泣，那雙長手在佈滿風霜的臉龐上下揉搓。阿曼夏，你愁苦極了！

不行，不行，立刻住手！不要從艾卡農小丘上射擊，你們只是浪費子彈而已，也不要在靠近房子或小鎮附近開火，塔利班已經深入這些地方，你們會傷到民眾。讓你的人坐吉普車去保護右翼的重機槍。快！快！……

長長的十年啊，阿曼夏，過去和蘇軍纏鬥的長長十年，你不曾好好睡一次覺。如果因行動駐防而恰巧在郊野中的土房裡休息，你會屈起胳臂、蓋上外套，躺在鋪著薄毯子的泥地上入眠。有時你躺下二十分鐘後會突然坐起，問某個組長預設的埋伏是否已經就位。如果事情按計畫進行，你才又安心地睡下。五分鐘後，你再次睜開眼睛，要人打電話關照在土丘上守候的人，一定要等對方進入射程後才行動。如此醒醒睡睡反覆幾次，你才體力不支地沉沉睡去。要是你在家中就寢，手槍一定上膛，衛星電話也從未關機。

蘇聯撤軍前後那段時間，你興奮極了。以為不再受外力干預的阿富汗，從此可以逐漸步上軌道。你完全沒想到自己在政界的作用和定位，一心只計劃要接續未完成的學業，在建築工程領域裡好好專研。你看到的是，峽谷裡的道路、橋樑、房屋幾乎沒有一處完好，而數十萬平方公里的國土地上，要修、要蓋、要建的，實在太多。

然而，你的命運由不得意願的駕馭。小時候，你就習慣聽來訪的客人和你父親談論政情。上理工學院的那段時間，正是世界學潮風起雲湧的狂飆年代。雖然喀布爾不屈身在標示著要改變世界大纛的陰影下，你對公眾事務的敏感與熱情，卻慫恿你加入政黨、參與政事。

一九七三年島德推翻舊王朝建立共黨共和以後，把整頓學校列為優先改造的目標之一。由於這些自詡為有著進步新思想的共產黨徒，把伊斯蘭看成是落後的象徵，便一舉把伊斯蘭教育剔除在學校課程之外。這一武斷的措施引發了反共青年維護伊斯蘭傳統的決心。而你，正是這些愛國、保守份子的其中一個。

當你的妻子還是個玩泥娃娃的小女孩時，你正和數十名青年策劃政變。一切以最高機密暗中進行。有一次，你們兵分兩路。一部份人躲在鄉間靜聽收音機傳來首都的消息，一旦第一階段行動成功，便可立即銜接下一步驟。你一整夜提心吊膽地等著，卻遲遲得不到期待中的回音。你完全沒料到，島德竟然可以在第一時間內就將這些潛入行政中心的夥伴們以小偷、流氓的名義就地處死。直到黎明，第一批兄弟沒回來交接，你明白這次任務是徹底失敗了，必須先暫避風頭。你當你們正準備離開躲藏的土屋時，卻遭到不明究理的居民以鏟子、石頭，甚至槍枝的攻擊。你為了不傷及百姓，下令不開槍還擊。結果一些人犧牲了，殘存的便往荒涼的深山裡逃亡。

那正是天冷的時節，經過一整天不進食、不休息地疾走，你們還必須露宿在山頂。好不容易找到一塊可以稍稍遮風擋雪的大岩石之後，你們便一個挨著一個地躺下。夜裡氣溫降得更低，你們冷極了，除了身上的衣服，沒有任何可以禦寒的物品。你於是強迫每個人輪流講話，以免在睡眠中凍斃。

第二天傍晚你們就要下山時，被另一村的民眾擋在山口。他們來勢洶洶，夥伴們卻已經凍餓得缺乏快速反應的能力。可是阿曼夏，你就在這弟兄們虛弱的時刻，站出來大聲說：「各位，就跟你們一樣，我們都是好穆斯林，沒有惡意。我們一整天饑餓、寒冷、疲累，請給我們一些吃的吧。現在就先讓我們好好祈禱。」

說著，就示意米爾達頌唸經文。看到米爾達恭敬的態度以及聽到他領禱時嘹亮特殊的頌唸聲，村民們非常驚訝，紛紛說：「你們不像是收音機裡提到的土匪啊。把武器交出來，我們準備些吃的，然後你們就趕快離開吧。」

你們在村裡簡單吃過後，便繼續逃亡。歷經朝不保夕的幾個星期，才安全抵達巴基斯坦。

你生長在一個相當開放的家庭，阿曼夏，女孩們十歲以後只要披條簡單的頭巾即可，你父親從不要求她們非要穿上大罩袍。王朝時代，每當週末或假期，全家就從喀布爾到潘吉爾峽谷的老家度假。一九七五年以前，你是個尋常的大學生，勾劃著未來在建築界發展的藍圖。武裝政變失敗後，你是共黨眼中的土匪，是政府欽點捉拿的反動派，是一個必須走避國外的地下工作人員。從此，阿曼夏，你走上了一條不歸路；一條違反你意志、違反你性情的漫漫長路，直到你永遠消逝……

5

下課鈴響。我們急著走出教室，就像冬天在棚子裡悶了過久的牛們在開春時又可以踏上青草地那般快活。不論是老師、學生或其他工作人員，幾乎所有人都往同一方向移動。通到餐廳的那扇門就要開開關關，至少持續半小時的不安寧。有人拿出自備的三明治，有人就現買沙拉；我們不斷地交談或分著東西吃。整個學校要在中午時分，才顯得出一些朝氣。

這個私立中學是我就讀的第三個學校。媽媽把我帶出人人稱羨的普通高中，而在另一個商業高中就要畢業的前一年，我便已離開。那些課程實在令人生厭，我也找不到要認識這些學科的理由。現在到這裡來，只不過給爸爸、給社會一個交代。這學校雖然招收男女生，卻把兩性鎖在不同的建築物裡。只有在午餐時候，才允許男女生在同一空間出現。在這個學校裡幾乎沒有一個老師引起我的注意，有時和同學踢踢足球還可以打發時間，而賴在屋裡看書應該是比較投我所好。我對自己的生活沒有太大的期待，對於整個世界卻有明確的主張。

然後，我遇上了克莉斯丁。

來這學校已經有幾個月，我卻從未在餐廳裡看過她。那是在毫不經意的情況下，在我拿起水罐正要開始喝水時，眼睛一瞥，就看到坐在我右前方距離五張桌子遠的克莉斯丁。她的金髮和紅潤的臉頰立即抓住我的視線。在我假意喝水，以便能繼續遠遠看她時，才知道，原來女孩子的眼睛在某個時刻裡、某種環境下會閃閃發光。等到水罐空了，再也沒有理由繼續仰著頭、伸長脖子時，我只好不捨地收回視線。這才覺得自己喝了一肚子的水，卻不知道同桌的喬治究竟說了些什麼。

那天，陽光不特別明亮，教室兩旁花圃裡掉在地上的花瓣也不比前一天少，可是上學這件事，對我卻突然有了全新的意義。原本在這餐廳裡，我只看到所有人同時進行著嘴巴不停開闔的動作。現在就只看到一個人，一個女孩，一個克莉斯丁。

一隻黑鷹在藍天中環繞，又盤旋。它有著阿曼夏的頭和臉。放大的扉頁上寫著：家庭諮詢部。穿著藍色大罩袍的女人快速閃進屋內。砰！砰！……工作人員拿槍向外射擊。兩人倒在牆邊。黑血流出。阿曼夏黑鷹中彈。垂直掉下。圍滿了攝影記者。白女人排隊把她們的胸罩丟入汽油桶裡。吐口水在汽油桶裡。

我在報上看到那佔掉大半個新聞版面的相片時，真覺得是張班上的團體照，親切極了。相片裡的人肩並肩跑著，嘴巴微張，各個神情愉快，好像正趕赴一場盛宴。爸爸在辦公室裡也應該看到了，我可以想像他有多不高興，因為這些人都屬於激進的左派學生，而第一排裡就有四個人常在我家出入。

相片裡，高舉著女共產黨員羅莎・盧森堡肖像的是馬丁。他一向很受歡迎，每次在到達我家以前，總不會忘了在什麼人的花園裡偷摘些花來送我媽媽。團體照裡後排左邊第二個是亨里德，他也是我們這一夥的，曾經在我家住過一陣子，有時會幫我媽媽洗洗盤子，陪她聊聊天。再來就是卡羅。卡羅和我不但是鄰居，也一起上過學，在一些平常人可以想像得出或想像不出的惡作劇裡，都找得到我們聯合出手的蛛絲馬跡。卡羅的左邊是多年以後擔任勞工黨聯邦議員的法蘭茲，那時他可是惡名昭彰的共產黨員。卡羅的右邊則是被看成是「瑞士杜伽克」的學生領袖湯瑪斯。而手彎裡夾著象徵無政府主義黑色大旗，微笑著小跑的，就我的克莉斯丁。

至於我自己為什麼不在相片裡？理由很簡單——我那天睡過頭了。究竟為什麼睡過頭、為什麼沒人叫醒我或特別來找我，現在都已記不得了。在某一個時間點上顯得重要無比的事情，時間一過，那個重要性往往就成了日後的笑料。

我雖然沒上照，爸爸也不會因此而少擔些心。不論職場或家庭，在他的警察生涯中從未像一九六八那年那麼樣地難堪。他的工作一向受到社會的尊崇，他和同事們卻突然間被一批根本還不懂得世界是怎麼回事的毛頭小子，譏諷為帶著短棍的蠢蛋，就有如舔著棒棒糖的小孩取笑裝甲車上老兵怎麼戴著愚蠢的頭盔那般荒謬。我們這些年輕人不但對政府、對社會、對家庭大肆批評，矛頭更指向妨礙我們「進行偉大事業」的警察當局。幾個所謂知名的作家也紛紛向我們這些半生不熟的小娃兒靠攏，以他們在書桌前製造出來，不願意讓大部份人明白的語句，高尚地述說著他們自己的宇宙和生命。而我，這個最小的兒子，竟然和批評爸爸是「帶著短棍的蠢蛋」的人同為一夥！這事讓他非常傷心、忿怒，家裡的氣氛經常緊繃著，甚至危及到他和媽媽之間的和諧。

一九六八年早春在蘇黎世發生的社會騷動，其實和爸爸的工作沒有關係。當時他直接接觸竊盜或謀殺，負責刑事案件或事故現場的維護。不過，他有時可以從同事那兒聽到我這個小兒子的行蹤。

我在警察局的第一個紀錄是一九六九年的二月。在這之前，我和卡羅、馬丁、米奇一起租了個有兩間房的公寓。我們各自去找來床墊，就直接放在地上，再從家裡拿來床單、毯子、枕頭，睡覺的問題就解決了。平常我們四個人窩在同一房間裡，另一房就充當聚會的場所。

有天清晨，正當我們還在熟睡時，突然響起一陣陣急迫的電鈴聲。我睜了睜眼睛，看見馬丁和米奇的手腳動了幾下，知道他們也被吵醒，只是不願意起來，就等著看誰有能耐賴得較久。後來不只是鈴聲，也有人大聲叫門。這下子我已經全醒了，索性去開門看個究竟。

兩個警察進門來，都帶有傢伙，問我認不認識住在萊爾街上的西蒙。原來西蒙在父母決定送他到少年管訓所時離家出走，警察懷疑他就藏在我們的公寓裡。後來的發展是，警察進來搜查，沒找到西蒙，卻找到他的妹妹茱迪。十五歲的茱迪就和卡羅同擠在一張床墊上，糟糕的是，她當時一絲不掛！茱迪被帶到警局，卡羅被告，罪名是「猥褻未成年少女」；警察卻因為拿不出證據，事情陷入膠著。我們其他三個室友只得瞎編，說是茱迪向來有裸睡的習慣，卡羅從不碰她，就連舌吻也不曾有過。

德國社會主義學生聯盟中，有人積極鼓吹性解放。付諸行動的做法是，把床墊一排排鋪在體育館的地板上，整個體育館便成了集體做愛的舞臺。「誰兩次和同一女人幹上了，就屬於國家統治集團」則是讓保守派恨之入骨的口號。在那個向毛澤東看齊的年代，工農民才是社會上的中堅份子，而從事國家事務或一般觀念裡屬於上層階級的人，就是人人喊打的過街老鼠。

我的警局紀錄和警察在我們房內找到卡羅床墊上赤裸的茱迪無關，而是「蘇黎世勞工黨青年陣線」宣傳品所惹的禍。那個清晨，兩名警察除了出乎意料地多出茱迪的案子之外，還發現了我們的特殊讀物。他們在報告裡寫著：在這些年輕人所謂「公社」裡的地板上，散放著蘇黎世勞工黨青年陣線極左的書籍、傳單、小冊子……。這是我在許多年後，申請調閱自己在政府機關的資料時才發現的。可能因著這個事件，我便開始暗中受到情治人員的注意。只是當時，我並不知道國家機器的探爪已悄悄伸向我這註定要讓它失望的平凡人。

在二十歲左右的那些年裡，我和爸爸不曾爭吵，也沒有正面衝突，可是父子之間的不和諧，所有的親友都可以感受得出來，只是不願明說。有次，我和夥伴們在西班牙大使館前高舉抗議法朗哥政權的牌子時，在距離我約十公尺的一棵樹下看到爸爸。就在我轉身，想要躲進群眾裡時，發覺他也正往相反的方向走去。我確定他是因為也看到我了，所以才刻意拉開距離，只是不知道他是因職務關係還是出於好奇，才來到示威現場。我看著他離去的背影，感到些許難過，可是這傷心的感覺很快便消失了。我們向來不談和政治有關的議題，只要是我和他獨處的時候，總是有股尷尬的氣氛在彼此間幽動；直到他的晚年，政治從未在我們的話題之間出現。或許我們早已嗅出彼此間存在著不同的觀點，總是設法避開可能爆發的衝突。

從媽媽那兒，我也知道他不和她談這些話題。只有那麼一次，他要媽媽轉告我，不准馬丁再到家裡來。原來是，有次爸爸走過一個遊行隊伍時，看到馬丁透過麥克風，領著大家高喊：「警察是豬，警察是爛抹布，警察是豬，警察是爛抹布……」。可是不准馬丁再到家裡來的禁令卻從來沒執行過。

媽媽一向慷慨、仁慈，對任何人都和善，我的同學、朋友們也都喜歡來家裡談天、耍賴。他們一旦和家裡鬧翻了，一定來我家尋求庇護。媽媽始終很寵孩子，讓他們隨興做自己喜歡的事。或許正是這個原因，我一生都不是個有毅力、有耐心的人。

有次媽媽要我收斂些，因為爸爸對我的行為非常惱怒。事情是這樣的：我從倫敦訂了一份左派意識形態濃厚的英文週報，卻一直沒送來。可能包裝紙或報頁上出現了極端聳動的口號，郵差認為可疑，更何況他也知道我們幾個搗蛋份子就住在應該送達住址的地方，所以就直接把郵件拿到警察局。可以想像得到，報紙必定受到嚴格檢查，雖然最後還是送到我手中，這案子卻已經報告給位於首都伯恩的聯邦警政署，連爸爸也收到了通知。

有好長一段時間，爸爸認為我只是一時誤入歧途，偏離常軌的作為只是短期的現象，總有一天會清醒過來。記得後來在翻閱情治單位有關我的紀錄時，讀到一段他的說辭：「……我的兒子是因為認識了馬丁（一九五〇年生，登記有案）及女友克莉斯丁（一九五〇年生，登記有案）以後才在政治上左傾，我一直希望他能很快回家。」在那個美蘇兩大集團嚴重對峙的冷戰年代裡，安靜畏縮的瑞士當然害怕遭到左傾思潮的入侵。現在我雖然瞭解爸爸當時的掛慮，時間之河卻已浩浩茫茫，滾滾流過了四十年。

6

地圖上的阿富汗看起來就像隻被吃過而隨手丟棄的長形梨子，上上下下都是啃咬過的齒痕，細長的柄斜斜插入中國的帕米爾高原。龍脊般的興都庫什山脈是層層疊疊的連天大漠，黃沙地上奔湍的河流一旦注滿平坦高地的陷落處，便形成明鏡一般的湖泊。河，把綠洲賞賜給東北部潘吉爾峽谷的人們。蘭花開時，路和山之間便有了色彩點綴。成排的桑樹，在結出纍纍果實的夏天，遮去大半咬人的陽光；架上的葡萄成串成串地熟。兩千多年前，亞歷山大大帝曾在峽谷旁的恰里卡鎮度過冬天，準備南下進攻印度；你也曾把這一舉頭就要望見禿山的聚落當成基地之一；而現在，阿曼夏，這個從喀布爾進入峽谷必經的小鎮，雖然到處貼掛著你肖像的海報，卻沒有了你的蹤跡。

落彈的地方揚起漫天沙塵，清朗的天空立刻灰黑了一大半。爆破的聲響憾動整個寂靜的山谷，回音在群山間流竄。你妻子帕蕊的童年是在蘇聯軍隊的轟炸下渡過的，阿曼夏。空襲雖然隨時隨地都會發生，人們卻儘可能讓生活日常。長老們把孩子集合起來，有時在充作清真寺的土屋裡，有時在樹下，教他們寫字，教他們誦讀《古蘭經》。小小的團體卻很快成了轟炸的對象。蘇軍的炸彈從來不問，這些是有政治意圖的，還是尋常百姓的平時聚會。孩子，就這樣死了好多，好多。逐漸地，讀書已不再可能。有幾次，你勉強擠出時間教他們算數，卻都無法持續。

帕蕊的父親莫拉是你最信賴的人，阿曼夏。和你一樣，他的早出晚歸是生活常態，必要時幾天見不著人，音信全無也是理所當然，家裡必須由男人出面處理的大小事情，就只好交給大叔納塞負責。帕蕊上過你的算數課，也看過你在村外環山的平臺上對著直排、橫排的士兵吆喝，或緊握著無線電話吼個不停。

你的情報工作相當好，甚至有人員滲透到蘇軍高層。這個策略的第一個直接好處當然是村子裡的人在飛機還沒到達時，就能疏散開去。光禿的荒漠山脈不容易找到藏身的地方，必須生存的直覺帶領著大大小小的人涉過冰冷的溪水，爬上陡峭的山坡，岩石下的土洞就成了天然的防空壕。土洞並不在村裡村外，逃命時必須提鍋帶爐，跑過大段山路，跌跌撞撞，屈膝跪著爬進洞裡。大約可以容納兩個家庭的土洞相當低矮，裡面不但擁擠，還只能跪著、坐著，由不得人伸展四肢。

每飛下一枚炸彈，洞頂、洞壁就會掉下土塵，沒有人知道土洞什麼時候會塌陷。彈藥的威力強大，爆破的聲響有如可以切斷神經的利刃，令人無法思考，失去感覺。野生動物為了保命，不只四處竄逃，牠們也往土洞裡鑽。原本狐狸是躲著人的，現在卻和人躲在一起。

日夜持續轟炸時，也就回不了家，只能利用炸彈休息的短暫空檔，碰運氣地找水源洗衣、燒飯。沒有人知道自己的屋子是否還挺站著，時常三兩天裡不知道其他家人的消息。特別是蘇軍移防駐紮在峽谷入口處時的攻擊，彈藥如雨下，村民必須清早逃命，在土洞裡一個壓著一個地捱上一整天。

有天早晨，天濛濛亮著，蘇軍的第一批飛機就要到達。家裡的女人立刻動員起來。帕蕊的二嬸艾莎前一天夜裡剛生了個小男娃，不得不撐起虛弱的身子準備和大夥兒一起離家。她必須帶著剛生產完女人所需要的細軟以及孩子們的衣物。時間實在急迫，那兩歲的兒子卻哭鬧地緊抓著她的裙子不放，讓她連轉個身都由不得自己。帕蕊的媽媽西蒂卡接過了剛出生的嬰兒，拿塊布迅速熟練地把他包裹成長方形，順手遞給了就要出門的大嬸，自己抱著帕蕊的小弟塔力，肩上背了些水果乾、菜乾。幾個女人和一群孩子就跟著大叔納塞沒命地往村外跑去。

飛機低空掠過，機關槍一陣掃射，奔跑的人就像被獵人追趕的小鹿。孩子們已經氣喘不得，背著滿身重物的大叔自己被大石塊絆倒，卻仍然催促大家快跑。一夥人來到了一個相當陡峭的斜坡，顧不得可能的危險，大孩子扶著小孩子全力往下衝。大嬸把手裡的長方形包裹緊緊地壓在胸口，大聲地說：「老天，保護我們吧！救救我們吧！」不知道怎麼了，突然間，小弟塔力滑出了西蒂卡媽媽的懷抱，直往坡下滾了去，最後停在一條小溝旁邊。還好他穿得紮實，事後發現他只扭傷了肩膀。

蘇軍的轟炸機發現了這個小隊伍，掠過他們以後又立刻折回。帕蕊又累又怕，心跳得厲害。天上兇惡的鐵鳥又開始低飛，一行人迅速往人高的草堆裡趴了下去。近距離落下的炸彈震動大地，發出巨響，大家趁著落彈的空檔衝進土洞裡。在塞入人擠人的洞裡時，帕蕊才發現，媽媽穿在長褲外的大裙被長草穿透，無數的破洞讓整件裙子看起來就像是個漏勺子。

大叔納塞的右腿流了很多血，女人們撕著布條為他綁上止血。就在這時候，一個不知道怎麼來的球小聲地爆開來，並且飄出一股奇怪的氣味，像是廉價的香水。「瓦斯！」媽媽西蒂卡立刻反應過來。祖母馬上接著說：「摒住呼吸，用溼布蓋住鼻子。」土洞裡，哪來的水？西蒂卡抓起身旁帶著泥的一把草，快速揉搓一陣後分給每個小孩一撮貼在眼睛、鼻子上。沒有人喜歡這種草混泥的氣味，卻也沒有更好的法子。雖然吹進土洞的風稀釋了毒氣，洞裡的人仍是被薰得昏昏欲睡。

幾個小時以後，峽谷的聖戰士們找到了藏在土洞裡的人，說是可以回家去了。飽受驚嚇又疲累不堪的一群婦孺及受傷的大叔，移動著危危顫顫的雙腿爬出了土洞。能夠呼吸到洞外的新鮮空氣，恍如重生，毒氣事件也就沒有人願意再去提起。西蒂卡查看了幾個孩子，大約放下了心。她轉身問正走得搖搖晃晃的大嬸：「孩子呢？」

「什麼孩子？」大嬸皺著眉不解地問。

「臨出門時交給妳的啊。」

大嬸頓了頓，大叫著：「妳是說那個布包？裡面不是《古蘭經》！」

你們峽谷裡的人，阿曼夏，總是習慣把《古蘭經》以乾淨的布包妥保護好。大嬸以為她抱著的是本聖書，一路上小心地抵在胸口，片刻不離，在鑽入土洞前把它放在洞口旁，好讓神力阻擋炸彈！大家聽到小娃兒將近一整天暴露在絲毫沒有防禦措施的野地裡，再也顧不得自己的疲累，分頭四下搜尋。剛生產完就被迫逃命的艾莎，料想自己的孩子恐怕是凶多吉少，雙腳一軟，就癱坐在泥地上了。還好，那布包不久就半被土掩，半躺在枯草邊地讓人給找到了。這小娃兒命大，除了胸口有點下塌之外，倒是沒受到什麼傷害。

誰說話？吵，很吵，非常吵！沒人。看不到人。看不到說話的人。全黑，世界是個長方形的空間。我在黑色空間裡闖蕩，在黑暗中和聲音相撞。我聽不到漆黑的自己、抓不到漆黑的空間、摸不到漆黑的聲音。我在黑色的世界空間裡飄渺。吵什麼？很吵！

有天，帕蕊幫忙媽媽抬起裝滿男人長衫褲的簍子到河邊去洗，這些衣服的主人都是住得較遠的聖戰士。他們不能時常回家，所以清潔、吃飯等等的日常瑣事，只好靠著離某一條戰線最近村子裡的女人料理。一九八二年春末那場戰役的前線，就在距離帕蕊村子將近二十公里的地方。

那天雖然沒有空襲預警，整個早晨卻不間斷地傳來爆炸的悶響。河的堤岸連接著一大片麥田，有幾個村婦彎著腰在田裡除莠草。麥梗挺高搖曳，女人們的身子隱隱現現。河水冰冷、湍急。帕蕊一邊和媽媽搓打衣服，一邊數著爆破的次數，時間一久也就逐漸聽不見了。不是因為敵對雙方不再發槍，而是帕蕊的腦子跟著迴盪在山谷間的聲響神遊去了。母女倆各有心事地潛心工作，也不彼此交談。戰爭時期的日子並不好過，女人們處理家事的手法也不盡相同，一個廚房能長期同時容納兩個以上的女人，倒是從未聽說。緊急時，大家本能地互相幫助，只要生活稍微安靜了些，原本隱忍著的不愉快，就像鑽地的小蟲子，逐一探出頭來擾亂生活。

莫拉是你的左右手，阿曼夏，女人們也不知不覺地把他妻子西蒂卡的地位提高了些。說是帕蕊的媽媽不因此招嫉，倒有些違反常態了。和兩個嬸嬸在窄小的空間裡一同起居，不是件容易的事。心情不好的大人、時常哭鬧的小孩、低劣的生活環境，加上命在旦夕的空襲逃難，齟齬加大、加深，自然無法避免。於是西蒂卡決定搬出去，她決定把自己一家搬到緊鄰的隔壁小房子裡。這房子原來是莫拉聚集聖戰士，等待你下達命令的地方。自從男人們都到前線去以後，房子也就暫時空了下來。

只是這小房子糟透了。西蒂卡把乾草摻入泥土填塞牆上的洞，把凹凸的泥土地抹平，四處打掃了一番。房子下面的畜棚老是竄升上來一股怪味，棲身的地方昏暗得像個兔籠子，牆壁早就薰得四面黑，窗子也小得像是裝飾品。與其說它是個可以住人的房子，倒不如說是個廢棄的貯藏室還恰當些。

由於貧困，住屋的品質自然無從講究起。每次轟炸過後，村裡的房子就像酗酒的醉漢，總是不能站得挺直。牆上的泥一塊塊剝落，爐裡的灰燼揚起後就執意不再落回原來的地方，房間物品像是被頑童拿做攻擊的石塊，四處飛丟，全移了位。從土洞回來後，如果房子仍在，就必須先大掃除才騰得出地方休息。

帕蕊和西蒂卡從河邊回來後正忙著晾衣服，一名少年突然氣急敗壞地跑來，他上下氣不接續地說，帕蕊的祖父在山頂上留給聖戰士使用的房子被炸了，不但有人員受傷，也完全不能炊煮。莫拉交代，西蒂卡必須趕緊做些吃的，還要準備毯子、衣服、煤油燈……等等的，能帶多少就帶多少上去。西蒂卡有經驗，知道事情的嚴重性，她立刻請村裡的女人幫忙，誰和麵、誰升火、誰灌滿燈油、誰蒐集衣物毛毯……，她一一分配妥當。約兩個小時後，女人們把大布巾往頭上一披，便匆匆忙提著、背著、抱著、拖著後勤物資，吃力地往更高的山上走去。正當她們走到一片草原的上傾小徑時，隱約傳來一股烤肉的焦味。越向前走，味道越明顯。接下來就看到散落四處的肉塊，油脂流了滿地，大家必須小心跨過這些被炸死了的羊群。可憐的牧羊人，這麼大的損失，以後日子怎麼過！

帕蕊也在這補給的行列裡。她背了個大爐子，牽著小弟弟，默默地跟著大人們走，縱使有滿心的疑問，也知道不會有解答。走了好一陣子，女人和小孩們全累壞了，才終於看到祖父被炸得半毀的房子。四周一片雜亂，房子裡面傳出的哀號和呻吟令人心慌。受傷的人歪歪斜斜躺了一地，走動的人都無法避免地踏上血攤。帕蕊的一個伯父失去了一隻眼睛，他摀著傷口的那隻手幾乎被血流蓋滿。

其實，阿曼夏，這些都還不是最令人心寒的。

那天早上，帕蕊的祖母帶著她即將臨盆的媳婦希鈴及三歲的孫子打算走到離家很遠的土洞去避難。上路約一個小時以後，希鈴開始有了陣痛。她告訴婆婆：「我就要生了，我要回家去燒水，準備乾淨的布和嬰兒的衣服。」

「快別這麼想，」婆婆說，「太危險了，飛機隨時會來，妳現在回去一定來不及……」

希鈴執意要回去。她和三歲的兒子當真走了回家。公公聽過來會合的婆婆告訴他情形後，立刻趕了來。可是希鈴忙著燒水、忙著自己的事，完全不聽勸。等到她準備好時，卻已太遲，第一批飛機的聲音清晰可聞，所以公公要她留在房子裡。「不行，我如果在家裡生，沒有人可以幫忙。」

希鈴固執地帶著兒子及一包用品一腳跨出了門。離家不到二十公尺，飛機已臨空。她蹲了下來，把頭埋在手裡，兒子緊緊依偎著她。炸彈落下，擊中，母子倆就像摔碎在地上的蕃茄……

事後能夠找回來唯一一塊較完整的屍體，是希鈴的一截半腿；其他的部份不是像玻璃碎片散了一地，就是一片片地掛在樹枝上。她懷裡的胎兒倒是全屍，就躺在離她百公尺遠的地方。帕蕊的祖父拿了一條大被單，延著小路撿起散佈四處的屍塊。

離開祖父半毀的房子後，帕蕊再跟著大人往回走。你可以想像什麼是一支哭泣的隊伍嗎，阿曼夏？她們失去了許多，你不也一樣！

西蒂卡的一天全由工作來做主安排。她花最多時間在炊煮這件事上。整個思想全由死人、死事佔據，所以她眼裡老是噙著淚。在一個土房子裡的土灶上用土方法做飯，她停不下來地不斷勞動。帕蕊晚上睡不著時，聽到她媽媽在房裡走來走去；她半夜醒來，也聽到媽媽在房裡走來走去。她半醒時，有時感覺到媽媽躺了下來，過不多久，又起身，又是在房裡走來走去。

「飛機來了，你快醒醒！」有天夜裡，西蒂卡把自己的弟弟從沉睡中叫醒。

「快起來幫忙叫醒其他的人，我又夢到那個穿白衣的男人了。」

「別再亂講！」帕蕊的舅舅生氣地說。

接著西蒂卡也把帕蕊喊醒，「快起來，帕蕊。我把塔力放進搖籃裡了，他如果醒來，妳就搖一搖，我去準備吃的東西，我們必須馬上離開。」

你的情報再好，阿曼夏，總有疏失的時候。西蒂卡夢裡穿白衣的男人幾乎要彌補預警的不足。這次，白衣男人似乎出現得太遲，敵人的飛機帶著死亡的巨響，已經來到村子的上空。帕蕊嚇得躲到搖籃下。

「快下來，快下來！」西蒂卡急得在樓下大叫。帕蕊一把抓起弟弟塔力往下衝。這時納塞大叔瘋狂地跑來，失聲地叫著，「我的太太，我的孩子！」然後又立刻轉身，就要再跑回去。西蒂卡用力拖住他，不給回。納塞的家已中彈，火焰衝向黝黑的天空，在暗夜裡什麼都救不了了。就在這時候，一聲巨響，天崩地動，一枚炸彈就落在帕蕊家門外，西蒂卡大叫：「快唸經文，我們就要死了！」畜棚裡的驢羊驚嚇得踢跳嘶鳴，帕蕊覺得自己不是會被炸死，就是要被這些牲畜踩死。她看見哥哥卡勒立趴在瓦礫上，一動也不動。這時，一塊天花板碎片直直插入帕蕊的前額，血流淹蓋了她的視線。鄰居的號啕讓帕蕊害怕到極點，她心想，整個村子大概過不了這一關了！

在一條小路上和其他人一起行走。左邊站滿看熱鬧的人群。我們必須登上右邊一個小房間，從房間望出，對街的人全在相框裡。這是個燒人或燒屍體的空間，燒時，房間的門會關上。有人要我們脫掉自己的衣服，穿上木乃伊的衣服。衣服有伸縮性，從頭頂到腳底把整個人包裹起來，如同讓手掌寬的白布條捆綁。

阿曼夏，你下了一步險棋。蘇軍堵住峽谷口，企圖把你圍死在山谷裡。潘吉爾，三千多平方公里的土地上，盡是一座座的山脈橫亙綿延。冬天積雪皚皚，一片死寂。春暖雪退時，不是黃沙覆蓋的地帶才露出翠綠的草原。山谷裡的潘吉爾河向南滔滔奔流，為的是要銜接首都附近的喀布爾河；也只有在大河延線的支流旁邊才有人家，才有生命。

若要從潘吉爾的北境進入，必須翻越陡峭難行的原始山嶺，依氣候時節而定，徒步需要一至三個月的時間。你料準了敵人比不上你對這山谷的熟悉，所以打算誘敵深入；讓他們在山谷裡不知所措，連食物來源都成問題時，才以游擊戰趁機突襲。你勸導民眾毀田、毀地，破壞村裡村外的道路和設施，帶著家當和牲畜往更高、更險的峻嶺搬遷移動。蘇軍一旦到了村子聚集區，所得到的不過是一片廢墟。潘吉爾峽谷雖然只有一百二十公里長的縱深，可是黃沙大漠，地勢險峻難測，即使有軍機從空中搜查、偵測，在沒人帶領下要找到水源，不是簡單的事。

就在仍有二十一年就要二十一世紀的那個寒冷冬天，蘇聯麾軍南下，毫無阻攔地大步邁入阿富汗。這個絲路必經的中亞古國，曾是英俄近代在中亞勢力運作的緩衝區。蘇聯打算以八個裝甲師、兩個加編的傘兵部隊、數百架戰鬥直昇機，以及十萬人的軍團，在短期內收拾它眼中落後不堪國家的反共勢力，以鞏固效忠於它的喀布爾共黨政權。卻沒料到，這一戰不僅持續近十年，拖垮蘇聯國力，讓這頭碩壯的大灰熊深陷泥沼、動彈不得，也間接促成蘇聯解體、冷戰結束、世界局勢全面改寫。

而阿曼夏，你的軍事基地是在某棵大樹底下，在某個士兵的家裡，在某座土丘的背面；你的武器一部份是英國殖民時期的廢鐵，一部份是撿拾或接收俄軍的裝備而來；你的指揮系統斷裂、模糊、無法透視；你的人員缺少制服、說不出單位，也沒有固定的出勤時間。俄軍的槍炮雖然精良許多，卻找不到必須摧毀的策略性標的物。三十多萬的峽谷人散佈在廣袤荒涼的群山漠地，誰是士兵，誰是百姓，無從分辨。

沒有民眾的支助，聖戰士不會是蘇軍最棘手的敵人。各個村子是前線也是後方，沒有村民提供食物、住宿、醫療，聖戰士就沒東西吃、沒地方躲、沒有情報網，游擊部隊也就無依無靠，不能成軍。這，蘇軍不是不知道。

在子彈老是找不到可以帶來榮耀戰利品的膠著狀態下，惱羞成怒的敵人轉而攻擊讓他們頹喪的源頭。一雙雙暗淡的眼睛總要看到村屋被燒時衝天的火焰，聽到村民被屠時慘痛的哭號，才又重新明亮起來。他們搗毀藏有聖戰士的村落，他們對峽谷進行地毯式轟炸，他們砍斷果樹、搶奪收成，他們滲透鄰野、挑起不和。

阿富汗國內各地的聖戰士也不過使用獵槍、散彈槍、來福槍攻擊蘇聯的車隊和基地，當然不堪一擊，更何況有從蘇聯嚐到好處內奸的裡應外合。可是潘吉爾不同！潘吉爾有你這頭雄獅，阿曼夏。你告訴峽谷人，只要每一家給你一個士兵，你就可以有作戰的軍隊；只要每一個人把自己當成兩個或三個人用，你就有更多打擊的力量。蘇軍希望能儘快結束戰爭回去看妻兒，山嶺男人必須死守，否則妻兒就要遭殃。敵人在阿富汗東北遇上了最頑強的抵抗，十年間發動九次大規模行動，卻都無法奪取阿富汗境內最後一片土地。

潘吉爾原義是五頭獅子，是為了紀念十一世紀初五個兄弟為軋刺尼王建築水壩的功勞而來。五獅的英魂在峽谷飄泊千年後齊聚在你阿曼夏一人身上，雄獅怒吼，震撼山林。蘇聯和你纏鬥十年，終究無功而返，徒留滿佈的地雷以及上百萬的阿富汗屍骸。

7

那張五月一日的遊行照片標示了當時年輕人思想、行為大解放的高潮。我們固執地反對社會的秩序，認為那全是表面喧嘩，缺乏深沉實質的內在力量。整個世界參與學潮的青年耽溺在錯亂、憤怒、偏執、妄想的漩渦中，不斷升高的等待救贖的期望匯集成滾滾大河，朝著不同的方向、學派、會群，一路奔騰而去。我們那時只生存在個人的家庭以及自己熟悉的制度、習俗或學校等公共團體裡，渾然不知天地的厚高以及歷史的縱深，也竟然可以逃避掉另一更高層次的智慧針對我們的愚蠢與迷亂所發出的辛辣嗆人的諷刺。

當時迷戀毛澤東思想的青年學界所發出的怒吼響徹雲霄，他們紛紛加入重新改造過的，有著嚴格階級區分的小黨派。他們熱切地研讀這個中國屠夫的思想，向他學習如何服務人民，也彼此監視是否有人逾越了黨的界限。

記得有個吹著涼風的夜晚，月光明亮極了。我走過富斯里書店旁的露天咖啡座，正想著到哪裡打工以便存錢買摩托車時，突然聽到有人喊我。順著聲音尋去，看到培德站起半身向我招手。培德是個熱情的毛主義者，和其他在座的兩個我不認識的朋友一樣，都把毛澤東的圖像別在上衣的翻領上。不過培德還不致於把自己綁死在教條裡，總是舒態地點杯咖啡加威士忌慢慢品嚐。

「你們聊些什麼？」

突然加入的我，一時之間不知道該說什麼。

「昨天我碰到卡羅，他說茱迪不在你們那裡了。」培德說。

「鬧到警察局去的事情，你聽說了？」

培德點點頭，又說：「就這麼巧。沒找到她哥哥，卻多出一個『案子』！」

「她最近正在練習冥想。」

「就是每天兩次，每次二十分鐘的那一套？」培德好奇地問。我點點頭。

另一個朋友立刻接腔：「聽說過一個十三歲的瑜珈行者吧，他這幾天就在湖邊的活動中心裡給人傳佈知識。」

「怎麼回事？」培德又好奇地問。

「這小印度人，頭上抹了厚厚的一層髮油，有張肥肥胖胖的圓臉，老是笑著。他讓『尋找人生意義』的人閉上眼睛，然後把指頭輕輕點在這人的眼皮上，算是傳播知識。」

「怎麼可能！」

培德不以為然。

「這可是受到靈光啟發的人說的。」

這朋友故做虔誠嚴肅的樣子，惹得大家都笑了。

印度的瑜珈行者瑪哈利希是因為認識了披頭四及其他一些名人，才在西方世界闖出了名號。他首創的超自然冥想被當年急著要追求生命深度的人奉為最高指導原則。大概就從他開始，東方的打坐、超現實神通就在西方世界快速散播開來，只要是從亞洲古老國家來的神秘人物，立即被奉為大師。這小印度人應該就是這種摩登思潮下的產物。到了一九七五年，時代雜誌甚至有一期的封面以「靜思：你所有難題的解答」為標題，介紹這個印度導師瑪哈利希。

那時候，我們這一夥人總是覺得自己比別人深刻，認為印度瑜珈雖然有意思，也不過是當參考而已。我們主張應該把侷限人類思考的舊時代框架一腳踢開。我們嚮往的是，能夠開天闢地，有魄力創造新世界的革命氣魄。就像德國學運健將杜伽克所說的，「我們要透過世界革命，將人類從戰爭、飢餓、缺乏人性的政治操控中徹底解放出來！」杜伽克認為，從和平的公開示威到秘密行動，只有以各種不同形式攻擊這制度的神經中樞，才能衝破由資本主義定調的遊戲規則，才能揭發國會、稅務處、法院、警局、軍隊等等暴力獨裁體制的本質。

「知不知道娜塔莎懷孕了？」啜了一口咖啡後，培德問我。

「哪個娜塔莎？」我反問回去。

「西爾凡的。」

「那個啊！她不是和茱迪差不多年紀？」

「反正是未成年。第二次約會時，西爾凡就讓她懷孕了。」

「這麼有辦法！」

「娜塔莎不得不離開學校。她爸媽還去請神父特別祝福，加上公證處的特別允許，他們就結婚了。」

這讓我想到公社室友卡羅，他不至於愚蠢到給自己添這麼大的麻煩。坐在培德左邊的那傢伙老把腳抖個不停，大家圍在小桌旁，我不得不看，看了又心煩，匆匆喝完咖啡，我就走了。

度過了那個狂飆的年代，人人各奔東西。後來就聽說，那時候西爾凡和娜塔莎的婚姻只維持短短一年。西爾凡後來到西柏林當了一陣子的左傾激進份子，在劇場做過事，也拍過短片。回蘇黎世後，寫過一齣舞臺劇、幫忙拍紀錄片，有時也發表些報導什麼的，似乎沒辦法在同一個地方待太久，沒辦法有固定的工作。其實他一輩子都等著他爸爸的遺產，沒對什麼事情真正用過心。西爾凡的祖父是開工廠的有錢人，他爸爸就已經是靠祖產過日子，卻拒絕給這個不符合期望的兒子一分錢。說來也巧合，就在西爾凡高舉共產黨員聖像遊行，強烈攻擊資本主義的那天，他的祖母去世了。雖然西爾凡的爸爸想盡辦法不讓他得到祖母的遺產，他卻順順當當地拿到三十萬瑞朗，也肆無忌憚地把這筆錢在短時間內全花光。之後，他就得揣著耐心過日子了。直到三十年以後，九十年代末他媽媽過世時，才又再次拿到三十萬瑞朗。西爾凡等了一輩子大筆遺產，最後卻不得不含怨而終，病死時才六十一歲。他那九十八歲的爸爸還好端端地活在安養院裡。

其實我和西蒙並不熟識，依稀記得他逃家後的動向也好像沒人理睬。學潮開始後，他又突然冒了出來，幾乎每場示威都會出席。有次他把全家都帶了來，讓小兒子騎在他肩上，旁邊跟著個圓圓胖胖的年輕女孩，聽說是他的太太。他也不過大我兩歲，人生似乎走得比我遠很多、快很多。年輕時出生入死的朋友都有分道揚鑣的時候，更何況原本就不熟悉的人。西蒙從不在我的記憶裡，兩年前我在一家百貨公司前面竟然又看到他。

西蒙坐在地上，手中拿了支紅色粉筆，眼睛盯著在行人道上畫得快完成的聖母圖像，身邊放了個可以投放零錢的鐵罐子。他看起來仍是老樣子，水手帽、皮夾克、牛仔褲，整個人被孤獨的靜默所包裹，臉上多出的皺紋是唯一的改變。世界往前走了四十年，他把自己活成了個木乃伊。我只輕輕走過，沒去認他。也許出於自己的害羞，也許是為了要保住他的害羞。

湯瑪斯則完全不辜負他那「瑞士杜伽克」的英名。運動一開始他就是最引人注目的學生明星。我們曾經一同開過幾次會，和其他人相比，湯瑪斯思想敏捷，特別有活力，甚至給人坐立難安的印象。當時之所以把他和德國的杜伽克相提並論，是因為他的能言善道，用辭精準快速，對許多事情抱持濃厚的興趣，好奇得像個小孩。湯瑪斯很早就是左派陣營裡的活躍份子，後來卻向資本主義靠攏，曾把瑞士最大媒體公司裡的一名德籍社會學教授拉下臺，由自己取代，然後才逐漸進階成集團出版社的總裁。私人企業一向是左傾勢力的眼中釘，蘇黎世這家媒體集團的主持人更是左派炮火攻擊最激烈的對象，湯瑪斯的投效當然是名目張膽的背叛行為。上個世紀末，瑞士幾家跨國公司出資組成專門研究自由市場經濟的智庫，他被延聘為這個思想工廠的領導人。

至於我自己，當然所有愚蠢的事都不曾放棄過。

那個下午，落了些雨，潮溼的地面映著撐傘的、快走的行人。我剛從學校出來，電車已經到站，我急著跑向站牌，卻在車門旁摔了一跤，抬起頭時，就看到克莉斯丁站在我身旁。當時我羞愧極了。有什麼事情比在喜歡的女孩子面前做出讓自己臉紅的事情更難堪的？克莉斯丁應該不知道我老是在學校的餐廳裡注意她。既然她不認識我，又有什麼好難為情的？可是我仍然極不自然，全身僵硬地站起來，也全身僵硬地上了電車。

她雖然和我同車，卻隔著好幾個人的距離。過了上坡轉彎後的那一站，她下車了。我不住地看著她踏著輕快的腳步走著。突然間她回頭，看著我，似笑非笑，一副「我就知道你會看著我」的神情。和她的眼神接觸後，我立刻低下頭，不敢再看她。後來，克莉斯丁不但在餐廳認出我，還主動邀我和她同坐。

那天，像平常一樣，我們又是三、四個人同桌聊天胡扯。就在我咬了兩口三明治之後，突然看到克莉斯丁向我走來。她在我身邊站了兩秒鐘，說：「原來你也在這裡。願意和我一起吃嗎？」
克莉斯丁的眼睛又開始發亮，我望著她紅潤的臉頰，一時不知如何回答。然後我聽到夥伴們歡呼著說：「去啊，去啊，等一下見。」然後我看到自己嘴裡嚼著三明治，手裡拿著飲料，跟著克莉斯丁走了。
不久以後，我們便成了一對戀人。

因為睡遲而錯過遊行的兩個星期之後，我便出發去印度。這事並不需要太過長時間計劃。五一遊行前不久的一個星期天，我和卡羅相繼回到公社。他掏出「香料」要和我分享，卻一時找不到紙片。
「等等，我記得前兩天在書報攤買了一些。」
說著，我就在帶子裡摸出了一小包。我們各自捲了一根，深深吸了一口。
「哇，真特別！」我讚嘆地說。
「是亞洲貨。」卡羅一邊呼出一股白煙一邊說。
「聽說中亞的最好。」
「嗯，我也聽法蘭茲說過。」
我們各自恍惚飄渺了好些時候，卡羅突然說：「我們自己去找，到亞洲去。」
「是啊，我怎麼從來沒想到。」

被卡羅點醒，我高聲附和著。事情一經決定，學校方面，反正暑假就快到了，請個假即可，至於家裡會怎麼說，就不是我們需要考慮的，都已經離家外住了，父母早已對我們沒有任何約束力。當時我在郵局打工，我原本就吃得少，也不太需要新衣服，手邊的錢省著點用，加上我們打算一路搭便車去，費用應該沒什麼問題。事情就這麼說定了。

出發之前，我回家待了幾天，離開的前一晚，克莉斯丁在我那兒過夜。她幫我縫了個布袋子，說是把錢藏在這袋子裡較安全。她邊縫邊哭，我也跟著流淚，心中有股一去不復返的悲壯。臨走前，媽媽給了我一個信封，裡面是兩千塊錢瑞朗，這在當時是筆相當大的數目！我心裡非常高興，卻半推就地說，我自己的錢夠用，不應該拿她的。可是她很牽掛，我的亞洲行讓她非常害怕，她說，去到完全陌生的地方什麼事都可能發生，多些錢在身邊總是多一分保障。

出了家門我就對克莉斯丁說：「這些錢夠我們兩個用。」

她看了看我，前一晚的離別陰霾頓時從她臉上消散了去，她興奮地回說：

「好，我也來。可是要先向學校請假，也必須告訴我爸媽。」

「我在伊斯坦堡等妳。」

我背起大背包，抓起帆布袋，她陪我走到通往南部的車道旁，我們邊走邊商量細節。等我攔到車了，便暫時離開克莉斯丁，開始了我的冒險。

事先我和卡羅約好，他從義大利出發，我從匈牙利向東行，不論碰到什麼情況，整個旅程都必須以搭便車的方式完成。我一面看著地圖，一面沿途攔車。有時從地圖上看，分明是筆直的一個路段，怎麼上了車必須彎彎拐拐，上坡下行。有時好心讓我上車的人會錯意，把我載到離目標地一百多公里遠的陌生鄉鎮。從招車到有人停下來問我去向，平均需要二十分鐘到二小時之間。下雨而無處躲時，最是辛苦，路上車少，即使有人願意，看到我全身溼透，大概也就立刻打消了念頭。在南斯拉夫時，我又累又乏，便偷搭了一段火車。雖然身體有機會休息，心裡卻感到羞愧，對不起朋友。就這麼走走停停，有時和在便宜旅店碰到的夥伴一起旅行一段，又各自分道揚鑣。有時背著重物在陌生的街道踽踽獨行，雖然孤寂，遺世獨立的浪漫情懷，卻讓我覺得，這並不是平庸的人所能領會的苦澀享受。幾天後，卡羅和我順利在伊斯坦堡會合。再過了一個星期，我當真在火車站接到了克莉斯丁！

我清楚記得那是一列極長的火車，我站在見不到底的月臺上，看盡來來去去的旅客。克莉斯丁彷彿突然跳入我眼簾一般，她金髮飛揚，背著大背包，歡天喜地向我走來。我立刻迎了上去，直到碰觸到她柔軟的身體，我才又覺得踏實起來。

我們三人繼續朝目標國前進，去到了伊朗、阿富汗、巴基斯坦、印度、尼泊爾。我們對這些國家一無所知，有如身在冒險影片中，所看到的，又真實、又虛幻。所聽聞的、觸摸的，都不曾在我們過去的生命中存在過。我們昏眩了、困惑了，就好像躺在一個多彩的大輪盤上，不斷旋轉，感覺失焦，卻又異常靈敏。巨大的山崖荒漠、像是從中古世紀油畫走出來的人們、令人無法面對的貧窮、絲毫不感到羞恥的奢華、不可思議的色彩，以及從天外飛來的氣味，令我們年輕的心也歡愉，也沉重。

記得在阿富汗時，我們結識其他歐洲國家來的年輕人，由於背景相似，很快相熟，也就結伴一起旅行。

那是個炎熱的夏日，我們一行七個人擠在小巴士裡沿路顛簸，極不舒服。窗外一片黃沙，沙上有巨石聳立，偶爾看到游牧人在礫石上行走，單調的景致持續兩個多小時。後來車子開始爬坡，速度慢了下來，路越來越窄，我們越來越睏，好不容易車子終於停了下來。我們一個個慢慢下車，有的戴上太陽眼鏡，有的翻袋子找水喝。帶隊的阿富汗人示意我們必須徒步往前，其實更好說是往上。

太陽曬得正艷，我們早已是即將枯萎的野草，個個垂頭喪氣，步履遲緩。克莉斯丁是隊伍裡唯一的女孩子，也有點暈車的現象，我陪她靠著車子休息了一小段時間，才一起慢慢走上全是黃沙的斜坡。我看到陸續到達坡頂的人全都有不尋常的動作。有的兩手抱頭，有的把手摀住嘴巴，有的乾脆一骨碌躺在沙上，張開四肢，攤死。我和克莉斯丁落後一些，卻也終於到達了坡頂。天！正當我對眼前的一切不知如何回應時，突然聽到克莉斯丁大叫、尖叫，又不斷跳躍，她似乎不能停止。等她轉過頭來時，我看到她淚流滿面，卻又等不及地笑開來……

那是任何人看過一次便會終身不忘的景象！就在我們眼前下方，一個碧藍的巨大湖泊安詳地躺著，四周是數十公尺高的垂直黃白峭壁，壁上不長一棵樹、一株草。湖面平靜無瑕有如光滑的藍色鏡面，湖水順著山勢攤展，一路蜿蜒迤邐，直到轉彎盡頭。全然純淨的大湖中，多層次的湛藍、翠綠、沙白交相重疊，也有些大片大片的頑固單一色彩，拒絕其他顏色的參與。我們忘了熱、忘了渴，從驚訝、讚嘆，直到沉寂、靜默，全都成了《舊約》裡羅特妻子所變成的鹽柱。不知過了多久，突然有人提議應該到岸邊親近湖水。我們於是順著原來站立的崖壁旁一道並不好走的小路下到崖底，大家全蹲下來看著幾乎和眼睛齊高的水平面，沒人敢大聲說話或攪動湖水，似乎害怕驚動這千年來的謐靜。湖水晶瑩剔透，映出天空一色的藍，沒有一隻鳥、一片雲。克莉斯丁終於忍不住以指尖輕輕觸點湖水，水面起了小小的波動，就在這一剎那，我明白了什麼是絕對。

一陣憤怒的嘎吱作響後，傳來榴彈砲的爆破聲，迴盪在山谷間像神的怒吼。其他人左顧右盼，全不理會他們的指揮官。穿深色卡其衣褲的那人對著無線電通話機大叫：雪豹、雪豹收到嗎？這裡是第五組，快回答！快回答！少年平躺在地，把腳架在機關槍上。抽煙。

在印度時，我們吵架了。都是些細微的、計畫上的問題。到了新德里，我們寄宿在便宜的旅店。房間很小，沒有窗戶，空氣混濁，天氣悶熱。我們又累、又髒、又煩。卡羅在巴基斯坦和印度邊界認識了一個英國女孩，希望在那裡多停留一段時間，後段的行程就只剩我和克莉斯丁兩人。

我在幾乎不能轉身的黑暗小浴室裡，就著斷斷續續的出水量胡亂沖完澡後，就懶洋洋地躺在木板床上。克莉斯丁想出外透口氣，我卻沒興致陪她。可能在外面看到了什麼不舒服的事情，或有陌生男人對她輕薄，過了約一刻鐘，她便氣呼呼地進來，而且對我相當不客氣。

那時候的中亞各國不難看到白人到處穿梭。他們因著體會人生、嚐遍毒品或尋訪導師等種種不同的需要，不約而同地來到陌生地區，以為以不著邊際的浪漫情懷，便可以支持他們眼中的弱勢國家。有天晚上我們來到了一個小酒館，裡面幾乎是白種年輕人的天下，歐洲的、美國的，也有澳洲來的人。酒館裡，說話聲、搖滾樂聲交織著迷濛的煙味、酒味、汗味，大夥交換旅途見聞、趣事、危險與刺激，一下子就聊開了。人人都認為自己與眾不同，其實我們都做著相同的一件事。

當時也有幾個蘇黎世人在場，其中有個叫班尼的，似乎對克莉斯丁有意思，她也積極回應，或許因為那時我們之間的關係降低到了冰點，她感到不耐煩吧。整個晚上我不斷吸大麻、喝烈酒，不懂為什麼失戀的感覺一下子就找上了我。那天夜裡我幾乎未眠，到了清晨才矇矇睡去，中午醒來時，已沒有克莉斯丁的蹤影。

在那個悶熱的下午，我一個人到處閒逛，不時會踢到垃圾。空氣中飄浮著一股陌生的酸臭味。我看到斑剝的屋牆、骯髒的溝渠，以及許許多多穿著拖鞋的黑腳。路上有散步的牛，一個弄蛇人正表演著他的絕活，人人忙著過日子，我卻難過得想掉淚，也突然問起自己，我為什麼來到中亞？有什麼意義？心裡升起一股強烈想要回家的感覺。

雖然我仍和克莉斯丁在一起，卻因為已經不是男女朋友了，我也就完全不碰她，心裡只想趕快找到一個新女友。我們就這麼若即若離地過了幾天。那種心不在乎彼此，身卻綁在一起的感覺，是非常虛空，令人難過的。後來我們去了一家唱片行，恰巧店員播出一首我們都熟悉的披頭四的歌，其中一句大約是This love is gonna last forever什麼的，我和克莉斯丁對看了一下，彼此的情愫便又翻騰了起來，突然之間我們又成了一對男女朋友了；也顧不得是身處保守的亞洲，當場便吻了她。然而，我刻意避開不談這幾天來的壓抑，不問她和班尼之間到底怎麼回事，也不問，她到底歸我還是歸他。

我的二十歲生日是在尼泊爾的加德滿都度過的。不但沒好好慶祝，還是很不光彩的一天。我出生在八月，媽媽說，我是在一個大熱天來到世上的玫瑰蘋果。我從不明白玫瑰蘋果是什麼，也從未問過媽媽，這應該是她個人獨有的表達法吧。

我這玫瑰蘋果在滿二十歲的前一天，和克莉斯丁來到一家名為小木屋的酒吧聊天、喝茶、吸大麻。這裡照例有來自美國及西歐的年輕人，有的甚至連滾石合唱團的唱片都帶了來，儼然是嬉皮的另一大本營。小酒吧提供優格、薄煎餅、茶點之類的簡餐，只是每樣東西名稱後會加上個bang字，比如優格bang，茶bang。這字可能是當地話大麻的意思吧。小時候，我是個極挑食的孩子，蔬菜不吃，湯也不喝，媽媽試著哄我吃這、吃那，我卻不時地讓她失望。這種情形持續到這趟旅行才徹底改變，陌生地區的人文和氣候似乎將我自出生便開始禁錮的食慾解放開來，我開始喜歡吃，也什麼都吃，更特別青睞重口味的食物。

在小酒吧裡有個抽大麻用的特殊陶製圓錐形器具，把煙草放進去後點火。圓陶器以布包裹以免燙傷，然後雙手緊密圍住圓陶，以口、鼻吸進。這對我可是全新的經驗，那晚，我覺得這種大麻特別香，真是好極了，卻沒料到後勁竟然是那麼強烈！

坐在我們隔壁桌有個尼泊爾青年，他大膽而毫無顧忌地長時間看著克莉斯丁，這讓我極不舒服，所以也就不客氣地向他怒視。他發覺後，大概有些心虛害怕，把頭低了下來。就在這時候，很快、很突然地，我全身冒汗，天旋地轉，整個人極不舒服，原本坐直的身子靠向了椅背。我向來自認為很有吸大麻的本事，是個強中手，這下子才知道，自己也不過如此。我覺得全酒館人的目光都集中在我身上，心裡的羞愧加上身體的不適，讓我顧不得那尼泊爾人會對克莉斯丁做出什麼，而急需離開這個煙霧瀰漫、燥熱難耐的小酒館。

我頭痛劇烈，覺得身體變得非常沉重，無法自我控制地失去平衡，顛顛斜斜地走出去。外面水泉旁原本坐了些正在聊天的女人，她們一看到我，立刻閃開。可見得我的模樣一定是可怕又狼狽。我洗了把臉，仍舊覺得整個天地繞著我轉。克莉斯丁跟了出來，她看到我極難過的樣子，決定陪我回住宿的地方。

夜晚的加德滿都不見行人車輛，有如一座死城。白天在路邊打盹的野狗，現在反而精神飽滿，有幾隻彼此嗚吠一陣後便打了起來。我回到住處後倒頭就睡。第二天，也就是我滿二十歲的日子，我因為抽了後勁強烈的大麻，躺在加德滿都的小旅店裡半醒半睡地度過。

8

蘇聯軍隊開始以火攻擊。從高處下望，谷底昇騰的火焰衝天，田野、房舍、牲畜，當然還有男人和女人全埋葬火海。發了狂的敵人只有一個計畫，要讓地圖上所標示的村子以及村子裡的人全部消失！他們把一個少年、他的狗和樹幹綁在一起，澆上汽油後點火。可憐他父母，事後也分辨不出，兜攏來的那一堆，哪是人骨、哪是狗骨。峽谷入口早已被圍堵，硬要從隧道偷渡的，就要便宜地讓毒氣成為一場痛苦死亡的總指揮。

前線不斷位移，聖戰士沒有直昇機配備。驢子、馬匹不願再移步的時候，男人們便安靜固執地背起物資、糧食、彈藥向前走。蘇軍攻佔的土地越多，峽谷人就必須往更高的山頂攀登。

和大家一樣，帕蕊也是空著肚子倉促出逃。許多家庭一起走著，幾個小時以後，來到了一處山洞，是野生動物喝水的地方，現在人也必須像動物一般四肢著地，爬著進去喝水。這動作讓他們更加意識到自己的處境。

往下，隱約可以看到上走的人群；往上，是飛機盤旋的聲音；這是蘇軍的策略，總是要先從空中轟炸了才進行地面攻擊。要是幸運躲在較寬闊的山洞，落彈的聲音在空間迴盪，炸彈彷彿就在耳裡爆開。人人縮躲在一起，孩子驚叫不斷，懷孕的女人相繼流產。通風報信的人帶來壞消息，彈藥不夠了，被補的人越來越多，失去的領地越來越大。阿曼夏，峽谷人受苦了。

有次，眼看天就要晚了，卻不得不走。西蒂卡要孩子們把鞋穿上，而且每個人都得帶些東西上路。比較小的就拿個杯子、一把刀子，或可以升火的一塊木頭。一行人在黑暗裡走了幾個小時。沒有必要時，沒有人多說一句話，彷彿多出的一個字就是讓生命改變得更加不堪的命令一般。當然，踏在雪地的兩腳支撐一個空空的肚子，也讓每一個多出來的動作都有耗盡體力的嫌疑。突然間，嬸嬸艾莎崩潰了，她在寒夜的荒野中大喊：「夠了，夠了，我受夠了！」她把食物從籃子裡拿了出來，然後不可思議的事情發生了，艾莎生火！艾莎做了在這山嶺逃難時絕對禁止的事！其他人看了又害怕、又羨慕、又佩服。艾莎升火，把米和菜乾放在一起煮。通紅的炊火，裊裊的炊煙，看在又冷、又累、又餓人們的眼裡，多麼誘惑！冒著會暴露自己地點的危險，大家竟然不約而同地拿出食物煮著、吃著。冰冷的水果乾實在吃膩、吃厭、吃怕了，這場黑夜野地裡的宴會就在懷疑、害怕、興奮的情緒下，迅速無聲地舉行。

在山裡，只要往前走，只要走得過去，路就開了。又窄又陡的崖壁旁邊只容許一人通過，大家不發一語地來到一個大轉彎處，後面的人看不到前面已經轉了彎的，只聽見，小心、小心……夾著輕微的物品磨擦的聲音，然後就是一片沉默。每一個轉了彎的人都說小心，每一個尚未轉彎的人都問，卻都不知道為什麼要小心。問話的人得不到說話人的回答，每個問話的人都成了下一個不答話的人，反覆如此，卻只能往前，沒有轉圜的餘地。

原來轉了彎就是崖道的盡頭，在能發出警告之前，就已經一滑溜，直直落到一個沙漠平臺，人人有同樣的經驗，人人都覺得驚恐卻又有趣。十多人陸續從崖邊一骨碌溜到底。定了定神，撿起掉落一地的東西以後才看清楚，這個被冷風拍打的平臺連接著一片寬廣的黃沙。茫霧昇起，星子在黑暗的天空裡閃爍，看慣了幾年逃難的人們。星子不老，戰爭開始時才出生的孩子，現在早已會跑會跳了。

不遠處出現一隊人馬，在霧氣裡忽隱忽現。稍作休息的峽谷人害怕極了，在這無處可躲的沙地上，再怎麼跑也不比對方的子彈快速。女人們的大披布在風中顫慄，孩子們在女人身後藏著，等著阿拉真主對他們命運的定奪。不久，看清楚了，那些彷彿腳不著地的幽靈，頭上纏著布條，聖戰士正向著他們步履闌珊地走來。孩子們高興了，女人們放心了，這一移動的隊伍並不是蘇軍。峽谷男人們又髒又累，說是仗打輸了，卻再也沒有力量回去收拾同袍們的屍骸。他們說著喪氣的話，不久就沉默下來。

小女孩站在清澈的河裡，大魚小魚把她的腳啄得發癢。突然從天上俯衝下來一隻大黑鳥，叼了魚後又凌空而去。男人騎馬從背後奔馳而來，一把抱她上馬，就像騎馬奪無頭羊屍的布茲凱西比賽，男人把女孩緊貼在自己的腰身，只是後面沒有揚起土塵的追兵，卻跟著一群呱叫的黑烏。

你從來不懷疑帕蕊的爸爸，阿曼夏，從來不懷疑莫拉。你受傷無法隨意行走時，是莫拉扶著你上下馬，是莫拉讓你靠著他的肩巡視部隊。現在莫拉告訴你，東線聖戰士的士氣低落，你立刻趕了來，來到山嶺更高處的臨時聚落。莫拉說，早就傳聞有被俄軍收買的奸細混在戰士中間，現在你就要來探個究竟。

晚餐後，莫拉把聖戰士們集合起來，大家坐在場子裡討論，大部份人贊成繼續進攻，直到收復谷底一帶。其中卻有一個人高聲說：「沒有用！再怎麼打都贏不了。」

第二個則說：「這對我們的家人太危險了，我們應該不要硬打，先投降以後才看著辦。」

「我們已經喪失了很多夥伴，他們的身體正在腐爛，現在連收屍都做不到。我們還要失掉多少人？沒有好的裝備，沒有足夠的糧食，總不能像前陣子那樣，大家餓得吃草吧。」

第三個說得更讓人寒心。在場的人個個低下了頭，氣氛相當凝重。帕蕊躲在窗後，她看清楚每一個人，聽清楚每一句話。她只知道自己和家人必須隨時待命出逃，現在聽到大人們談到戰況，才知道局勢有多麼嚴重，難怪爸爸時常不在，有時不期然地回來看看，又必須再匆匆上路。

然後她聽到你憤怒地大聲嚷：「是哪個？站出來說話！」

其中一個站了起來。

「過來！」你命令著，身子站得挺直。

帕蕊看到火光把你映在地上的巨大影子，伸出一隻巨大的手，打了那男人一記耳光，力量那麼大，男人轉了一圈才跌坐在地上。靜默籠罩全場，空氣凍結。

過了好一會兒，突然有人高喊：「我們準備好了！」

其他人即刻跟上：「我們準備好了！我們準備好了！……」

你嚴肅地說：「不要以為投降以後，你們的家人就可以免去災難，他們現在的遭遇就像其他村落的峽谷人一樣，在這場戰爭裡，沒有人特別僥倖，沒有人過好日子。投降這種羞恥的行為，只會增加我們的女人被強暴，增加我們自己被暗殺的機會……」

你痛心極了，阿曼夏。你握緊拳頭，字字鏗鏘。你痛心峽谷人受苦，你更痛心峽谷人的自我出賣。可是沒人懂得你如何費心費力地張羅武器、戰藥，也沒人明白你怎麼為民生籌計、和其他軍閥周旋。

戰士們聽了你的話，個個振奮起精神。他們看到你額上更深的皺紋，看到你那麼憤怒地出手重打自己的弟兄，他們瞭解，除了迎戰，再也沒有退路。你的這一發怒，迅速傳遍潘吉爾各地。戰士以捐軀的決心在絕境裡反攻，以激昂的士氣，加上你擬定的策略，戰況更顯得慘烈。聖戰士殲滅敵方六千人，打下好幾架直昇機、摧毀許多坦克，也把載著爆破物的卡車開進峽谷入口的隧道內，炸死了數百名敵人。峽谷闢出了一條通道，補給物資能夠進來，谷底又再度回到你的手中。蘇軍以兇殘的手段反撲，爆炸、火燒、毒氣仍不夠，他們到處鋪埋地雷。

別動！納坦吼我。讓那蠍子走過我的褲管，安靜地爬上土牆。其他包著頭巾盤腿坐地的聖戰士原本話少，見了蠍子更不開口了，只把手上的衝鋒槍握得更牢，開始往牆上發子彈。土牆被打穿幾個洞，現在他們高喊：殺瘧疾、殺瘧疾……

逐漸地，峽谷人又可以回家建設。然而帕蕊這家卻不願回到原來的地方。別人只照顧自己一家子就夠了，帕蕊一家除了打點自己的生活，還得隨時張羅聖戰士的食宿，以及招呼常來訴苦或借貸的聖戰士家庭。他們累極了，不想再從高地往谷底搬遷。

有天晚上，帕蕊的祖父在外頭祈禱，不遠的山洞裡傳來一陣陣奇怪的聲音把家人吵醒。這聲響大而恐怖，像人的垂死掙扎，也像是野獸正用力喘息，令人不寒而慄。聲音一開始是痛苦呻吟，接著是咕噥埋怨。大家輪流喊著還在外面的祖父，卻聽不到他的回答。

日子還太平時，帕蕊一家通常喜歡晚上邊吃葡萄乾或烘焙過的杏仁，邊聊天、說故事以後才就寢。這些故事內容往往和精靈、鬼怪或精神錯亂的人、不幸的人有關。現在在沒有照明設備的夜裡，聽到這麼離奇的聲響加上聯想到所曾經聽過的神秘故事，更加深人的恐懼。

帕蕊他們蜷曲著身子，默不作聲，害怕得連呼吸也不敢坦然。過了好一陣子，聲音退去，祖父才悄悄地進來。他躺下時對大家說：「睡吧，今晚不會有事了。」第二天，西蒂卡就決定搬回去。究竟是帕蕊一家驚動了山井的精靈，還是山間的鬼神不願和人同居丘壑？應該是祖父的祈禱救了大家吧。

回到谷底後，生活又恢復常態。這常態並非躲警報的日常，而是更好的，蘇聯大軍來到阿富汗之前的平日生活。原因是，蘇軍一直攻不下潘吉爾，並且遭到重大損失而要求停火。停火不過是暫時權宜，你當然明白，阿曼夏，所以你並不被動等待隨時會再度爆發的衝突，而是主動聯絡其他陣線的領導人，以便有完整的統籌策略。國際上把這一組織聯繫稱為北方聯盟。

在密室裡開了個窗，人人會搶著呼吸。給峽谷人幾個月的太平日子，他們便爭著要完成戰時不得不擱置的生涯計畫。打了幾年仗的年輕聖戰士要回鄉結婚了！什麼都可以等待，婚事卻不得蹉跎。女孩們呢？一個家少了女人的操持，男人們的負責任便沒有了對象，起不了作用。女孩們在峽谷人的家庭裡極為重要，是生產運作的主體，直到她們長大必須離家時，父母自然要求補償。戰時的社會均窮，所以你改變了些習俗，阿曼夏，你讓男方只付些象徵性的聘金就可以娶妻；至於死了丈夫的寡婦再嫁，其實是給她自己一份保險，聘金也就不需要提起。帕蕊前後參加了幾個婚禮，卻沒人提及她應該出嫁的事。媽媽西蒂卡嫁給爸爸莫拉時才十四歲，婚禮完了，她竟然還要跟著親戚、鄰居回原來的家，不知道嫁人是更換家庭過日子的意思。輪到帕蕊時，情形就非常不同了。

要不是因著山裡的神怪，帕蕊的媽媽並不想回老家。莫拉因為一直跟著你，阿曼夏，所以他也行蹤不定，近乎一整年不見人影。對西蒂卡而言，一個沒有男人的家，回不回，差別並不大。

莫拉是你的營長，阿曼夏，他負責傳達你的指示、報告軍情、分配軍需、準備你的衣食住行……正因為這個工作，莫拉除了比別人更能保障自己家裡的物資來源，也能較快帶來突發狀況的消息。

「阿曼夏說，比以往更加艱巨的戰鬥就要開始了，所有的東西都要撤走，什麼也不能留，連一隻動物也不許！有親戚在安達拉、柯斯特、斐仁或塔羅岡的人，就到那裡去躲幾個月吧」，這是在一個春日開始留傳的消息。

一天早晨，帕蕊聽到屋外門前有特別的聲音，她探了探頭，「是爸爸！」她驚呼。莫拉帶回幾匹租來的馬，要大家收拾細軟，立刻上路。較不容易腐壞的食物、廚房用具、毯子、衣服等等的，全上了馬背。幾個月的安寧日子裡，莊稼成熟了，有人結婚、有人生子。炸彈、山洞、流血、死亡似乎已從帕蕊的腦海中抹去。畢竟是個十三歲的女孩，逃亡，居然像是節日裡的郊遊，讓她感到興奮。然而，幾個村落相繼失守的消息，讓帕蕊很快明白，春日郊遊和爭戰逃亡究竟有多麼不同。

「我把家庭交給阿拉，也交給你」，帕蕊的爸爸對大叔納塞說。莫拉陪著家庭走了一段，指示他們應該去到夕法，便再度離開。就像其他成千上萬的阿富汗婦女，西蒂卡必須在男人不在身邊時，獨自撐起一個家。

雖然冬天尚遠，執意要往高山走的人，白雪正忠實地等著他們。帕蕊一家又上路了。馬匹習慣行走狹窄的山路和險峻的溝塹，讓兩個甚至三個幼兒和帕蕊跨坐在馬匹上，比把他們抱在懷裡走，要安全許多。山間逃亡意味著無止盡的行走。原是伸直的腳板，長久踏在嶙峋的石堆上，或夾在窄小的石縫裡再用力拔出，早已忘了它前進、後退的功能和本來應有的感覺。一行人徒步前行，累了，只能靠著大岩石打盹，在馬匹上瞌睡的人，就有墜馬撞破頭的危險。隊伍拉得太長了，前方的人會停下來等後面的人跟進。在某些崎嶇的地段，每個人除了每一步要抓地站穩之外，更要注意是否有人掉落山壑而無聲無息地消失了。偶爾運氣好，來到一處平坦地，身體才有攤直橫躺的機會。休息一陣子後得趕緊架帳篷、忙炊事。好不容易到達斐仁村時，帶上路的糧食都已吃完，和善的村民即時給的牛奶、米飯、菜乾更顯得美味無比。

當後方逃亡時，你在前方的戰事正是激烈，阿曼夏。一整批年輕人在勇敢戰鬥後，遭集體屠殺。他們成排地倒下。還有個組長在數月前踩上地雷，失去了一隻腳。他不但在蘇軍進入村子之前拒絕逃亡，更安慰其他人說：「別擔心，我還是可以像兔子一樣亂跑。」結果就像人們所預料到的，他被逮捕，受到殘酷虐待後投入喀布爾的監獄，處死前還被強迫要指認出他的同袍兄弟。

帕蕊新來到這個村落，很快和當地的孩子玩了起來，卻仍不時要躲避轟炸。有次，西蒂卡把孩子們集合起來，和其他人一起藏在村外的岩洞裡。火毒的太陽把空氣蒸熱得令人窒息，洞頂石塊燙得足以烘烤麵包。孩子們一個個地乾掉了，嬰兒哭鬧不停。到了晚上，帕蕊最小的妹妹開始呼吸困難，男人們決定出洞，準備馬匹，離開斐仁村。孩子們一從岩洞裡解放出來，便連跑帶滾，衝到小河邊貪婪地盡情喝水，眼看就要淹沒了自己。

聽說蘇軍有挺進夕法村的意圖，有些人放棄去那裡的打算，可是莫拉的一大家子仍然執意要照著他的指示前往，只希望能夠避開危險，安全到達。妻子、孩子死於大火而孑然一身的大叔納塞，承擔莫拉的託付，領著大夥繼續前進。他們輪流抱小嬰兒，一小時步行、一小時騎馬，以節省馬匹的負擔，因為除了這幾匹馬，再也沒有其他可以負重的工具或牲畜。

夜晚來臨，一條澎湃的河流擋住了去路。河邊留守的少年聖戰士緊張地對他們示意，要儘量壓低聲音，因為蘇軍就在附近，而且有探照設備。被洶湧波濤嚇壞了的馬匹，不斷把蹄在岩石上刨擦，發出嘶鳴。還好大浪拍打岩石的巨響掩蓋了慌亂馬匹的聲音。大夥逐個踩在大石上慢慢過河，女人們都緊張地害怕會被水沖走，因為只有男孩會游泳。突然間，背著最小女兒的西蒂卡在要跳到另一石塊時踩了個空，掉入河裡。她的手因抓不到任何可以支撐的東西而胡亂拍打。帕蕊曾夢到失去媽媽而哭醒，現在這個惡夢就要在她眼前真實發生。西蒂卡在黑暗的河水裡時而出現，時而消失，她背上女嬰的頭左右劇晃。後來母女倆卡在一大塊岩石旁邊，帕蕊的一個堂哥掙扎地靠近，終於抓住了她們。驚魂未定的西蒂卡為了讓大家早些安定下來，歸隊以後她不發一語，硬是把巨大的恐懼壓藏了回去。她仍背著嬰兒上路，如同什麼事都不曾發生過一般。

大夥再出發後，又有第二、第三條河要渡過，它們都同樣危險，同樣讓人害怕、讓人覺得自己命在旦夕。逃難的人時時和蘇軍的燈照範圍擦身而過，沒被發現，除了訴諸好運之外，再也沒有其他解釋。帕蕊他們沿著河邊隱密的小路行走時，可以看到對岸敵人的活動，有些剛在河裡洗完澡的蘇聯人還半裸著在火邊烤乾。

一面要小心不被發現，一面要注意避開路上的不測，夜晚行走還增加的一份苦就是不能躺著睡覺。對於原本就已經相當疲憊的人而言，睡眠遭到剝奪究竟是種試煉還是刑罰？在輪到帕蕊必須下馬步行時，她和哥哥一起，抓住馬尾，練就了一套走著睡的功夫！

9

我們繼續往印度南部走，卻不搭直達車。為了省錢，我們以最便宜的方式旅行，只跳上一段接著一段，甚至繞道遠行的公車，和當地人擠在一起，經過一個又一個陌生的地方，看過一張又一張陌生的臉孔。按照計畫，這段路已經算是進入旅程的尾聲。不知道是心裡對即將結束做準備，還是生理自然的進程，我們都有些乏，都安靜了許多。望著窗外一幕幕消逝的景物，我心裡有些忐忑，幾個月以來，總有一個揮之不去的念頭打擾著，有時出現剎那時間，又很快隱沒在良心的某個角落裡。這事，我不曾對克莉斯丁提起。

旅途中，我們不時碰到出來認識世界的年輕人，彼此打招呼問過名字以後的對話往往是，你從哪裡來？你去過哪些地方？你還打算去哪裡？接著就是交換哪裡吃住便宜，或怎麼吃住才會更便宜的訊息。原則是，把生活中必要的花費壓得越低，就越可以省下錢來喝啤酒、抽大麻。

有天，運氣好，我們不期然來到一個叫約瑟夫的小酒吧。裡面除了一般的塑膠桌椅外，還有個吧台。吧台後面是一排亮晶晶的酒杯，算是相當西式的裝潢。老古董的音箱裡傳來我們熟悉的音樂。門和窗子全開著，陽光照入原本有些陰暗的空間。抹了灰泥的牆上畫著一大片棕櫚沙灘和蔚藍的海水。空氣中有股說不出來的什麼味道。

下午時間，人不多。我們在吧台旁坐定後，來了個滿臉鬍渣的人。他的長髮是那種不論怎麼梳都要打結的自然捲，所以乾脆編起了辮子；所穿的那件寬鬆長褲是橘紅色的棉織品。他拿著自己穿製的項鍊及手環向我們兜售。這些小手飾全由豆子、石頭、貝殼穿成，看起來樸實有趣。

「我的名字和這店名一樣，所以就賴在這裡不走了。」

約瑟夫開了開玩笑，閃了閃他的藍眼睛，對自己做了簡短的介紹。他來自澳洲。

「這附近可以看些什麼？」

覺得他還好相處，我就提了問題。既然他在這裡待了段時間，應該可以充做我們的嚮導。不料他卻說：「老實講，我也不太清楚。聽說有個博物館，可是要入門票，所以我沒去找。」

「你出來多久了？」克莉斯丁問。

「一年兩個月零九天。本來只打算旅行半年，再回去唸書，不過我發覺自己還是比較適合目前的生活方式。」

我們沒買項鍊，卻點了兩杯啤酒；一杯我和克莉斯丁共飲，一杯請約瑟夫喝。

「你本來唸什麼？」克莉斯丁又問。

「社會學。那些理論的東西實在討厭，出來看看世界有趣多了……」

約瑟夫的寬鬆棉褲讓我想起曾在蘇黎世開過演唱會的美國歌手H。

黑人H是我們的神話，是火星來的超人。他戴了周沿圍著銀帶的寬邊圓帽，穿著一件多彩棉衫，以及緊身的絲絨長褲。H等三人的小團體一登上舞臺，立刻引起驚雷的歡聲。鼓手M可以像魔鬼般地敲打鼓膜，貝斯手R瘦得像個營養不良的哲學系學生。H是個左撇子，他把自己那把有名的白色Fender電吉他左右反背，這讓他看起來那麼迷人而又與眾不同！接著燈光一照，音樂響起，原本掛著大小海報的醜陋舞臺立刻成了神秘的太空艙。

音樂一開始就大聲而強烈，電子音樂透過咆哮的吉他、嗡嗡作響的貝斯，以及爵士鼓的不斷重搥，洶湧地灌注在觀眾的耳細胞、腦神經裡，讓人亢奮、瘋狂！H的歌會說話、會講故事、會畫畫、會像機關槍掃射、像受驚的女人顫抖、像磷彈發光、也會像孩子那般哭泣。他的動作俐落，一下子跪在舞臺地板上，一下子又像羽毛般飛起。而他以像扁桃腺發炎那樣沙啞的聲音所說的混笑話，總是要帶點性色彩，還有時讓吉他柄在大腿間來回穿梭。

H帶女人回飯店過夜是門房通知警方的消息。也直到H離開後，蘇黎世才終於得以安眠。現在在我們眼前，唸社會學的約瑟夫無趣多了，畢竟他是來自澳洲，不是火星。

自從離開瑞士，我只給媽媽寫了兩封信，兩次都向她要錢。我寫得很簡短、很委婉，媽媽捨不得我，每次都會寄些錢來。那時的二千瑞朗不是小數目，我雖然一路節省，卻在不知不覺間幾乎花光了。克莉斯丁也給家裡寫信。她報告細節，寫得很長，卻從沒接過回音，這事讓她相當難過。

約瑟夫以簡單的材料做簡單的手飾，真的可以支付他的旅行生活嗎？

「我每天只吃兩餐。上午吃沙拉，傍晚才隨便買個小速食。實在沒錢時，就只靠水和麵包過日子了，而且要睜大眼睛，路上總有些別人掉落的水果吧。」

我沒遮攔地問，約瑟夫也毫不隱瞞地回答。

「有的時候啊，」他繼續說，「我還會被這裡的人趕，他們說，我以觀光客名義入境，卻在這裡賣東西，搶他們的生意。他們只是不知道，有些觀光客比他們當地人還窮哩。」

啜了口啤酒，約瑟夫壓低聲音說：

「其實真正搶他們生意的是這個店的老闆，他就叫約瑟夫，是加拿大人。來這裡光顧的，幾乎都是像我們這種背背包旅行的西方人。」

「你的意思是，剛剛給我們倒酒的這個印度人原來還有個加拿大老闆。」我也壓低聲音說。

「這個加拿大約瑟夫還不錯，願意在打烊以後，讓我裹著睡袋在地板上睡，當然不是無限期的，不過，比起我在瓜地馬拉時要好多了。那時我就睡在田埂上，一大早就被野狗吵醒。」

約瑟夫說著便笑了起來，我們也陪著乾笑。

「你還要旅行多久？」克莉斯丁問。

約瑟夫聳聳肩地回答：「不知道。我需要時間去找出來自己到底要什麼。最省錢的辦法就是像你們現在做的，叫杯啤酒，在這裡待一整天，書看累了，總有從其他國家來的人可以聊聊……」

大哥有個嫁給印度人的朋友住在孟買，離家前我就已經計劃好要去拜訪她。當我們按著地址找到妮可時才知道，媽媽早已請她買了兩張讓我們回蘇黎世的機票了。原本我們打算搭船回去，這兩張機票當然改變了整個行程。我們在妮可家住了幾天，一邊像普通觀光客那般地享受招待，一邊討論該如何回家。

妮可的房子相當寬敞，幾個月來，我們終於可以好好洗澡、洗衣服，可以坐下來正式吃頓飯，睡在舒適的大床上，也不再擔心會有蟲咬。考慮商量的結果，我們有了一個折衷的辦法：只搭飛機到黎巴嫩的貝魯特，然後搭船經地中海到雅典，最後以搭便車的方式循陸路回蘇黎世。

回程途中我沉默多了。不明白是心目中的另一個世界已不再新鮮，還是回家後不得不面對那個一路上不時會出現腦際，打擾我心緒的問題。克莉斯丁也不再興高采烈，我卻刻意不問她。如果她有相同的困擾，我又何必去挑起？有時候問題少一些可以避免掉不希望聽到的回答。

搭機、搭船、搭便車，這條回家的路怎麼那麼冗長，卻又短暫得令我不知所措。希望全身散發著引起欣羨的異國情調，卻又恨不得隱身到無聊的一般日常，這種心裡的矛盾究竟要告訴我什麼？

好不容易到達蘇黎世後，克莉斯丁回她家，我回我家。那個下午，冬陽照著，雖不暖和也比陰霾好。還不到下班時間，電車裡人不多。或許是看到我曬得黝黑，一身骯髒，一臉疲憊，一個老人上下打量我，似乎不太高興，一副頗有怨言的樣子。我了無思緒地望向窗外，應是熟悉的街景卻顯得生疏。半年來所走過的國家和經歷的事物又恍惚如夢。剎那間，我失去了對時間、空間的辨識，不知道自己在哪裡，也不知道自己是誰。

終於站在家門口。我放下大袋子，從背包底層摸出鑰匙輕輕開門。我從玄關走到起居室，聽到廚房傳出來聲音。我走到廚房，看到背對著我的媽媽正在擀麵皮。「媽，我回來了。」就這麼一聲，把媽媽嚇了一跳。她猛然轉身看到我，眼睛立刻聚滿了淚水。媽媽把我一擁入懷。

陽光。色彩。我背著背包在草原上獨行。從沒有地方走來一群牛、一群馬、一群羊。它們越走越近，圍住我、靠近我。馬臉、牛臉、羊臉變大、扭曲，似笑非笑、似哭非哭。我害怕、恐懼，就要尖叫。牛們、馬們、羊們突然開始翻筋斗，跳起、旋轉、落地，再跳起、旋轉、落地，不斷循環，就像馬戲班。

爸爸對我的擔心隨著時間向前推移而加劇，他甚至從同事那裡知道，我的名字也出現在班德里街事件的紀錄裡。

七十年代初期蘇黎世有個年輕人的組織，他們效法德國的赤軍旅，夢想著能夠成立一支武裝革命部隊。這些人在班德里街租了間公寓，把從兵器營偷來的武器藏在平日聚集的地方，為未來的革命做準備。我認識其中幾個逃家的、一個木工學徒、兩個女孩，還有個年輕的老師。我們這一群和其他幾個團體成員同質性高，大家年齡相當，思想相仿，光顧的地方一樣，活動範圍也差不多。有時聽說班德里街的那一夥人計劃軍事行動，而且就像赤軍旅的人去約旦受訓一樣，他們也到巴勒斯坦接受軍事訓練，瞭解游擊隊的操作，以及在城市裡的恐怖活動應該如何進行。這些耳語相傳的訊息在騷動不安的時代裡，在烏托邦空想主義的支持下，正如同交換度假資料或點心食譜那麼理所當然。劇作家彼德懷斯就曾寫過：切・格瓦納顯示給我們的是，拿起槍枝參加作戰才是唯一正確的途徑，只有暴力才能幫助我們成功。而當西班牙總理布蘭科被巴斯克獨立解放組織炸死時，有個左派媒體幸災樂禍地以「像隻學飛的豬」做為標題，暗示布蘭科是一頭豬，身體被爆開而騰起是學飛。我們就在方便舒適的瑞士金融中心，一邊吸大麻，一邊以別人的流血、流淚，當成我們的革命快感而加以享受。在我們的圈子裡，班德里街那夥人的行動不但理所當然，更是為我們的思想做出完美的詮釋。

有天深夜約三點鐘，有人按「公社」的門鈴。沒人願意起床，我只好勉為其難地去應門。外頭站著韋柏、他的女友莎樂美和庫德。我還沒來得及做出反應便聽到韋柏說：

「抱歉，吵醒你了，是這樣的。我們剛把彈藥庫清理了一下，能不能借放在你們的地下室幾天？」

「為什麼放這裡？」

我一聽，立刻清醒了過來。

「我們地下室的鑰匙不知道放哪裡了。」

韋柏有些不好意思地笑著說。

「東西呢？」我問。

「就在車子裡。」

韋柏指指一旁的高級白車說。雖然我也有滿腔的革命情懷，真正碰到事情了，總有些畏縮。這種真槍實彈讓我猶豫，不過，要是我拒絕，就會有背叛的嫌疑，畢竟我們是站在同一陣線上的。韋柏見我有些遲疑，便發誓說，他們兩天內就會把東西拿走，絕不拖延。我就在三個人六隻眼睛的懇求與逼迫下，幫忙把好幾支衝鋒槍和一箱箱的子彈、手榴彈從偷來的車子上卸下，堆在通往地下室的樓梯旁。四天後，卡羅才幫他們把東西從我們的公社清走。

幾個月後的有一天，我正躺在床墊上看書時，卡羅匆匆進來，拍拍他手上的那份報紙說：

「出事了！」

我看他緊張的神情，立刻坐了起來。

「怎麼了？」

「就是韋柏那傢伙。他吃迷幻藥，從四樓跳下，摔成重傷，只好報警處理了。該死的是，警察在他那裡搜出武器、打算綁架人物的名單、教人做炸彈的手冊、非法毒品、黃色粉末ＴＮ

T等等的東西。」

「這關你什麼事？」我不解地問。

「別忘了，那天夜裡是你幫他把那批武器搬進來，是我幫忙搬出去的……」

糟了！我心想。和偷來的武器沾上邊，不會有什麼好結果。不久後，我果然被傳訊了。

韋柏摔得不能說話，庫德在警方手裡可就不得不開口了。他一件件地供出他們做過的勾當。四個月內犯了九十九件案子，大部份是偷車。不但如此，庫德還孬種得提供了「共犯」名單，我就是其中之一！還好，庫德只聽過我的名，不知道我的姓。傳訊時，班德里街的那夥人不在場，我矢口否認曾經幫過他們，其他朋友也附和著說，公社裡人來人往，常有熟識或不熟識的朋友借宿，事情已經過了幾個月，到底是哪個同名的人幫忙搬武器，也沒人知道。我的案子因此而不了了之。卡羅就沒這麼幸運了，他和另一個朋友被判緩刑。而韋柏那幫人呢？當然全都入了獄。

我差點被起訴的事情對爸爸當然是個沉重的打擊，也大約從這時候開始，他不再和媽媽說話。媽媽總是無條件地護衛著我，她所撐起的保護大傘連我的朋友也受不到雨淋。她把我帶回家來的朋友看成是自己領養的小孩那般地餵養、喝護。就在韋柏和莎樂美被捕前不久，我還帶他們回家去住兩個星期，那時剛好爸爸和同事出國去釣魚。媽媽為我的朋友張羅吃的、住的；為他們準備新鮮的水果，烘烤她拿手的蛋糕，還把房間讓出來給他們睡。好一段時間，她老是念記著這對可愛的年輕人。我不把他們下獄的事情說明白，倒不是因為會讓她過於失望，而是她會非常難過。以媽媽的性子，她一定會說，到底大人犯了什麼錯，才會讓小孩做這些笨事。

我原來是家族裡成績最好的，上省立高中時，每當爸爸和別人談起這件事，他的聲音裡總有那麼些驕傲，甚至有那麼些敬畏的成份。後來我因成績太糟而必須換學校的事實，以及因為在警察局留下紀錄而讓他受到同事們不知道是真意還是假意的安慰與憐憫，都讓他感到萬分沮喪。他的希望與失望不但都由我引起，我甚至趁他不在時，把「敵人」帶回家來，睡在他床上的大膽妄為，更使他非常憤怒。從他的角度來看，犯人進住警察家裡並且受到歡迎，簡直是天大的諷刺與挑釁！

還有件事，不但爸爸對我失望到極點，連媽媽也對我說了重話，因為我在應該準備期末考，在應該參加期末考的時候，竟然和卡羅及其他兩個朋友去了哥本哈根！結果，我當然又必須再度離開學校。就在同一時期，卡羅、茱迪、喬治以及克莉斯丁也都相繼輟學。我是因為逃避、厭惡體制內的教育，以「短時間內學這麼多，以後也用不著」為藉口來安慰自己浮躁的心。其他人卻不一樣，他們絕頂聰明，成績一流，可是我們全都把自己看成是否定權威體制的時代英雄。

我在離校前的最後一篇作文裡寫著：「這種全新的、對於自由的強烈需求，不但能夠剔除資本主義社會中被修飾得極為完美的壓制結構，更可以讓人把自我從它的疏離人群、因工業發展而奴隸化的心靈，以及全然的隨波逐流裡解放出來。」其實我根本不懂這話真正的意義，卻因為能夠寫得出這種句子而感到驕傲，因為它們讀起來像歷史上那些偉大思想家，也像法蘭克福學派的阿多諾、馬爾庫塞等現代先知的語調。所有抽象的、繞口的概念都讓人覺得興奮，都讓我們覺得自己與眾不同。我們追逐德國學生運動的發展，也常去德國朝聖。那些學生領導人可以把大師的話語加以辯證運用，把他們的理論延伸到激昂的行動裡，也就熱烈地燃起我們見賢思齊的想望。

蘇黎世舊城區有家共產黨員雷歐所開的書店。光顧這書店，就是對世界的一種宣示、一種告白；一踏進這店裡，就彷彿集鎂光燈於一身那般，總以為人人都端詳著自己的一舉一動。那些書全是起義造反時所引經據典的泉源，是我們人生路途中，止饑止渴的必備品。我第一次去這書店時買了《性與階級鬥爭——對於去精純化受到壓抑的批判》，一本有關美國黑人勢力的小書，以及無政府主義論述的小冊子。其實我很想買印有杜茄克照片的《學生們要什麼？》，沒買是因為不想讓那個年輕的收銀小姐認為，我連學生們要什麼都不知道。事實上，我的確不清楚學生們到底要什麼。有好長一段時間，以為自己完全瞭解的，多年以後卻不明白那時候究竟有什麼值得熱烈的對象。後來竟然有人分析說，從整個時代背景來看，當時有一部份行為雖是過度了些，卻是解放受到家庭、學校權力壓抑的反應，也是對越戰、對太過狹隘的道德要求所做的反應。其實，這只是自我恭維的勝利者對當時歷史的詮釋與書寫。這些人玩鬧了幾年青春時光後，進駐文化、媒體等產業，方便地繼續進行左右公眾意見的勾當。

那時我們最常掛在嘴邊的說法就是「體制」，所有妨礙我們革命志業的都是體制。它的內容包括了資本主義的剝削、未成年、汽油彈、成績單、煤氣爐、除臭劑，以及受到操控的下意識；體制是齷齪、落伍的代名詞，因為它讓我們在不知不覺中成了自己必須對別人低聲下氣的共犯。

我們任憑想像無限擴張，卻看不到受到我們嚴厲譴責的，所謂「壓迫我們的極權主義」和我們真正處境之間的鴻溝到底有多大。我們之中，沒有人受到任何壓制，只不過有些家長、老師較嚴格，有些較寬鬆。我們把所有的父母親及老師全放進我們為他們設計、訂做的框架裡，讓他們成了我們想像中的產物。我們是那麼高傲地將社會上實物、建設、理想與價值的開發者和傳遞者，以幼稚的、粗暴的手法一把掃除。我們自認為是第一批看清世界的人，而看清後的結論是，世界錯誤，我們正確。其實，我們是活在一個恍惚的想像中，卻因此而覺得通體舒暢。

10

「說說看，阿曼夏，到目前為止，什麼時候是你生命中的低潮期？」
我繼續發問，攝影師納坦忙著拍你的特寫鏡頭。
「我經歷太多太多悲傷的事情，早就習慣了。」
你不但如此輕描悲劇，甚至還笑出了滿臉風霜。
「你覺得，哪件事情是你犯下的最大錯誤？」我不留情地繼續問。
「只要做事，就會有犯錯的時候，這是人之常情，是與生俱來的。」你靜靜地回答。
「請說得具體一點。比如，到底是做了什麼決定，才讓喀布爾陷落了？塔利班的出現不是讓你很驚訝嗎？」
「我瞭解自己，也瞭解敵人。我對未來有一整套的計畫，也準備好隨時迎接危急的情況。我的軍隊全在我的控制之下，可是我不能掌握其他聯盟人的行蹤或改變他們的想法。我現在對你講的這些，有的人根本聽不懂，所以只好也為他們做計畫。可是啊，這些人不但不想想彼此之間該怎麼合作，竟然還打算怎麼從計畫裡得到好處；不但不討論怎麼打擊塔利班，反而還老想著怎麼佔據高職位……」

當初塔利班如何出現，你並不十分清楚，阿曼夏。你在喀布爾的國防部長任內只聽說，他們是來自阿富汗和巴基斯坦邊境，《古蘭經》學校的帕斯圖族神學生；只聽說，他們以南部大城坎達哈為基地，逐漸向北擴充；只聽說，他們所到之處受到民眾的歡迎，因為阿富汗人好不容易盼到蘇聯撤軍，卻又遭到讓外國勢力操控的軍閥彼此征討，內戰不休，因而生活艱困，而塔利班正是有能力讓人循著秩序過日子的組織。你直覺上感到不安，老是對著帕蕊說：他們是誰？到底要什麼？你似乎在問帕蕊，其實是問著自己。勢力相當的軍閥無法消滅彼此，難道異軍突起的塔利班會是一個解答？

後來根據情報才知道，這些人以和平、以伊斯蘭之名向軍閥宣戰，很快就掌握南部幾個城鎮。你甚至想，既然他們看起來有如天助，或許可以幫忙解決阿富汗所面臨問題。你打算多認識他們，和他們商討國家的未來。訊息傳出去之後，塔利班不但不搭理，更讓人把消息帶到首都：阿曼夏必須立刻離開喀布爾！除了讓女人誤入歧途、褻瀆我們的宗教之外，阿曼夏根本一無是處！……

雖然你對這些莫須有的指控不以為然，卻認為，只要有益於阿富汗，什麼都值得冒險、都值得一試。

只是，總把把蘇非派大師加札利的著作帶進帶出的你，對賓拉登的沙烏地瓦哈比派敬而遠之，受巴基斯坦大力支持的塔里班你又如何能夠容忍？

由於你身任國防部長，辦公室就在喀布爾，所以把帕蕊和孩子們從峽谷遷移到首都附近的小鎮。第一次走出峽谷的帕蕊，覺得小鎮新鮮而多樣，也更謹慎言行，以配合國防部長妻子的身份。特別是和你有關的一切，她絕不讓人代勞。

那天，在出發和塔利班會面之前，你邊穿帕蕊剛燙好的衣服，邊對她說：「帕蕊，祝我成功吧；或許這是正確的一步。如果他們要權，我可以無條件地讓出來。希望這真的是一個新局面的開始。」

那是考慮了很久，也經過相當時間的折衝與聯絡之後才得到的，可以直接和塔利班代表面談的機會。那時，你只和三名隨從前往，連武器都沒帶一件。幾個小時你回來後，一反常態，判若兩人，你憤怒極了，你疲累又嚴肅地對帕蕊說：「這些人根本是魔鬼，只是看起來跟平常人沒兩樣。他們非常殘酷、野蠻，根本不配稱為神學士；說起話來，一派胡言，不但不把女人當人看，也完全不懂伊斯蘭！」

這一接觸，你願意和塔利班合作的想法，立即煙消雲散。

逐漸地，不僅在其他地方，就連在喀布爾也不例外，人們減少外出，彼此相遇談話時總是左顧右盼，神色緊張。原本不確定的日子，現在更是動盪不安。有時一早起來便聽說，某某人全家遭謀害，屍體就分散在爆炸過後的廢墟裡。死了的人，身首異處，四肢分割，親人拿著袋子一塊一塊地裝，後來就連同袋子一起埋了，連口棺木也沒有。夜裡睡下時，不知道明早是否還有機會醒來；男人早上出門，不知道晚上是否回得了家。人們唾棄蘇聯侵略時的舊日子，也厭惡部族間為了奪權所進行的武裝惡鬥，雖然畏懼塔利班，卻又對他們有所期待，就在這種搖擺的心情下，整個阿富汗被這股新興的勢力逐漸蠶食。

從不斷傳來的消息裡，你終於徹底認識塔利班了，阿曼夏。只要他們認為東西太貴了，就毫不留情地鞭打小販。女人的鞋子出了聲音，會被押回家裡關住。他們警告理髮師，再給人剃鬍子，臉皮就會被剝下。殘酷處死、砍斷手腳、禁足女人、關閉學校……他們所宣佈的禁令，一個比一個荒謬，一個比一個瘋狂；他們攻城掠地，不論城市、村落，一個個被他們拿下，很快就近逼喀布爾城外。有些民眾以為塔利班就要來結束首都裡軍閥所引發的亂象，沒想到噩運正等著他們自動落網。

天雖然清朗地藍著，空氣中卻充滿了厚重的焦灼與不安。那天早上出門前，你憂心忡忡地對帕蕊說：「你們應該先離開，要是情況快速惡化，我會忙得沒時間把你們撤出。」

「不太好吧，」帕蕊說，「如果其他人看到我們離開喀布爾，就知道大勢已去，再也沒有人會抵抗了。」

你接受帕蕊的看法，匆匆走了。然而，局勢發展得實在太快，就在當天晚上，孩子們都睡下後，帕蕊的弟弟不期然地緊急來找，他倉皇地說：「快收拾東西，帕蕊，快，我來叫醒孩子，現在情況急轉直下，阿曼夏要我來陪你們立刻到另一個地方去，一分鐘都不可以耽擱……」

塔利班從黑克馬提亞據守的城東、城南攻入，聽說他們以一千萬美元現款賄賂看守的指揮官，所以能夠完全不遭到抵抗，長驅直入。你心裡清楚，阿曼夏，如果硬要武力阻擋，必定會血流成河，以塔利班手段殘酷的程度，喀布爾必定會遭遇史無前例的大屠殺；然而，若是撤軍，喀布爾立刻會成為可以任人自由選取的一大盤點心。東南邊的突然棄守，全在意料之外，你在極短時間內必須做出決定。身為國防部長，事關無以數計的人命。你惶恐、焦慮、考慮全局、衡量得失。時間一秒秒過去，你臉上的皺紋一寸寸地加深。你來回踱步，手下們雙拳交握身前，垂著頭靜立在一旁。他們很少看到你這麼嚴峻的神情，連氣也不敢大喘一口。這些瘋狂的劊子手已經進城，在以保護人命為最高原則之下，你終於痛苦地下令撤退。

情況複雜而危急，你一整天不吃不喝，忙著疏散百姓、移出部隊，直到很晚了才有時間思考如何安頓家裡的妻小。第二天黎明，你親自開車載著帕蕊、她弟弟及孩子們從另一處暫時棲身的地方直驅機場。一路上，火箭彈如冬天的雪片紛飛，爆炸聲連連不斷，孩子們嚇得不說一句話。路上屍塊散落各地，流血處處，受傷的人慘叫哀號；死去的人，有的開膛破肚、內臟翻出，有的身體撕扯不全。女人、小孩邊跑邊哭，求救無援。一個媽媽把孩子壓在地上，以自己的身體擋住飛來的子彈，帕蕊看到這幅情景，豆大的淚珠奪眶而出。突然間，就在你前面的那部車中彈爆炸，車上乘客如同解體了的傀儡，一個個被拋出。你左閃右避地繞過這些悲慘的人們，恐懼得臉無血色，兩手因緊緊抓住方向盤而慘白。你看了帕蕊一眼，雖一瞬間，卻彷彿是最後一次看她那般地深沉，你說：「帕蕊，什麼時候老天才會停止懲罰阿富汗人？我們到底做了什麼才必須承受這些？我已經盡全力了，祂什麼時候停止！」

這千斤重的話，你只對自己的女人說。

你的家是在喀布爾和峽谷之間的J鎮。帕蕊和孩子暫住喀布爾，是因為二女兒患了肺炎需要城裡的醫生做長時間的治療。不料，這次返家是在緊急逃難的情況下。就在你開車載著妻小離開喀布爾半小時之後，你讓帕蕊的弟弟帶著他們臨時藏身的地方就被炸彈夷為平地。又再一次，你躲過了死神的追殺，卻逃不了他的通緝。

機坪上停著好些殘缺的飛機，這偌大的空間幾乎成了蘇聯戰機的露天倉庫。阿富汗人把還有利用價值的零件全拆了去，現在這些飛行器就只剩下一個個空殼支架。機場本身的建築歪斜倒塌，一幅蕭條的景象。載著你們的直昇機騰空而起，越過廢棄了的田野。遠方的太陽已從山間升起，赭黃的光芒暈染山嵐，虛虛實實，像人間，像夢幻。俯看喀布爾城，一處處青煙裊裊升起，從學校、從醫院、從戲院、從百貨公司的瓦礫中。而那些禁不起生命的誘惑，想要從廢墟殘骸裡新生重建的人，並不知道無數的地雷正等著攫取他們的一手一足，甚至整個的生命。城郊的道路上塞滿了大卡車、小汽車、手推車、木板車以及步行的人們。無論是車子載著的、拖著的，還是人們所提著、背著、扛著、抱著的，不是家當重物，就是嬰幼兒或生病的、殘障的家人、親戚。沿著北郊的道路邊緣，帳蓬一頂頂搭起，可怕的難民潮從此開始……

下雨。很重的雨。打人的雨。穿白袍載白帽的男孩，穿黑袍包黑頭巾的女孩，在草原上蹦跳蹦跳。降到地上的雨是一個個木箱，草莓果醬、花生奶油、胡椒鹽、火柴、塑膠袋、美國國旗、米、餅乾，泉水一般冒了出來、流了出來。

雖是逃出了喀布爾，J鎮仍是不能久留的地方。你把家小帶到安全的地方後，立刻又回到兄弟們那裡去指揮全局。兩天後的下午，有人通報，你就要到達。帕蕊從屋內趕到園子裡來，看到你枯槁而憔悴的臉因焦急、憤怒而鐵青著，一面跨著大步，一面不停地說話：「我的姐妹和她們的家人呢？」

你還等不及進屋子裡，便聲音沙啞地向著衛星電話大吼。

「我早就下令，他們必須到這裡來集合，然後一起回潘吉爾，為什麼到現在還看不到人？」

你氣極了，阿曼夏。就像那個危險時代的所有阿富汗男人，生怕自己的家人失去聯繫，尤其是女眷，一旦落入敵人手中，後果必定是不堪設想。你的顧慮又比別人更深一層，塔利班要你交出權力和土地，要是家人成了人質，你一定被迫要選擇他們還是百姓。

捱過了焦急的幾個小時，好不容易家人全到齊了，你不讓他們拆開行李，說：

「時間緊迫，留在J鎮還是危險，我們必須撤回峽谷去。」

「怎麼可能，」你姐姐說，「以前逃避蘇聯軍隊時就只有我們，現在大家都結婚而且有小孩，每一家至少有十五個人，要住哪裡呢？」

你想了想，姐姐的話不無道理。回峽谷不是作客，而是長期生活，突然多出幾十個人，該如何安頓？念頭一轉，你回頭問手下：「飛機的情形怎麼樣？現在還有幾架？」

「還有巴格然的最後一架飛機，正準備飛往印度。」

「太好了，你馬上聯絡，這些人一定要搭上這班飛機。」你立即下令。

刻意避開特權是你一向的作風，現在卻沒有其他的選擇。只要家人安全，你就沒有弱點、沒有後顧之憂，塔利班就不能拿人質來威脅你。

這飛機是當時離開阿富汗的最後一個國際航次，過不多久，塔利班便佔據了整個機場。這個生離潛藏著死別的暗示，淚灑機場自然無法避免。乘客中，除了同樣是逃難的人們之外，還有個撐到最後一刻才離開的印度駐阿富汗大使。同機共談，你家人的傷感竟然把這位大使先生的眼淚也引了出來，他甚至從袋子裡拿出用具，在機上為他們辦了簽證，好讓他們方便進入印度。

送走家人後，你一刻也不耽擱地又趕回首都進行下一輪的工作，安排撤退政治人物。前後兩次，你派人去說服納吉布拉趕緊出城。這人是蘇聯入侵時所扶持的共黨傀儡總統。蘇軍撤出後，失去靠山的納吉布拉就在軍閥改組政府的混亂時期逃到聯合國在喀布爾的辦事處尋求庇護，一躲便是四年。你很清楚，塔利班貪圖的是什麼，阿曼夏；可惜，從未接觸過塔利班的過氣總統還一廂情願地認為，只要佔據首都各區的軍閥出了城，他便有東山再起的機會。這人位高權重時，共黨的秘密組織曾屠殺數千名無辜的民眾，他可稱得上是個間接的劊子手。拒絕你對他離開的安排，納吉布拉不久後的慘死景況，足以在歷史上寫下駭人的一頁。

塔利班進城了！原本對他們好奇的民眾從耳口相傳中逐漸明白，塔利班不見得是他們所企盼的執政者。聯合國是國際公認的中立單位，這共識卻不存在於打算恢復千年前伊斯蘭社會的塔利班認知裡。他們佔領喀布爾後的第一要務，便是剔除任何舊勢力的代表與象徵。和塔利班同屬於帕斯圖族的納吉布拉完全沒料到，他的族屬並不能豁免他的噩運。

塔利班強行進入聯合國辦事處，拖出納吉布拉，脫去他的衣服，反綁他、咀咒他、羞辱他、虐待他，更抓住他的生殖器，一刀割下！納吉布拉悽厲的叫喊聲響徹天際，刺骨駭人。接著，塔利班把納吉布拉和他的兄弟一起，綁在車後，拖在地上，繞行舊皇宮。車過之處，塵土四起，人人走避。兩個受刑人皮翻肉綻，血水和著石土，從掙扎叫喊到奄奄一息不再動彈。最後塔利班以鐵線活套圈住脖子，把他們吊在舊皇宮前的交通指揮臺上，拿香煙堵滿他們的嘴巴，把美鈔塞滿他們的口袋。塔利班更以電纜抽打，強迫民眾從兩個不成形的死人面前走過，咒罵他們是帝國主義的走狗，是伊斯蘭的叛徒。讓民眾看清楚了，什麼是無恥墮落、道德敗壞的下場。

在撤出部隊以及願意離城的民眾時，你留下一小部份戰士做最後打理。眼看塔利班就要完全掌控喀布爾，你就著電話大喊：「快走，不要再開槍，不要再抵抗了，馬上離開，快撤、快撤！」

接著你下令，在喀布爾通往J鎮的道路上鋪埋地雷，以阻止塔利班向東北方挺進。

終於輪到你和帕蕊要撤回潘吉爾了，阿曼夏。你又以電話聯絡附近的停機坪，打聽是否仍有可用的直昇機。

「沒有了。」電話那一頭的人回答。

「真的一架也沒有了？」你不死心地問。

「唯一的一架被攻擊了好幾次，整個機身都是洞，窗子也壞了，只有油壺代替舷窗。」那人報告著。

「還不是太糟，修一修，我需要。」

情況太緊急了，你必須立即趕回潘吉爾峽谷重新部署，搭直昇機是唯一可以儘快到達的辦法。

不同性能的直昇機對於不同的人具有不同的意義。阿富汗人看直昇機簡直是一具具的棺木，它們大都是蘇軍留下來的殘骸，不但性能大減，在其他國家也不可能再派任它們飛的職務。可是在像阿富汗這麼個幾乎一無所有的國家，能修的修，能再用的再用，只要仍然可以離地飛起，便是棺材也罷。

帕蕊收拾了你大部份的書籍及一些小物品，其他的只能不捨地放棄。三個較大的孩子早已和你岳父跋涉到了潘吉爾，只有兩個離不開帕蕊的小女兒還跟你們一起。好友阿布杜拉、幫忙家事的少女、兩名飛行員及你一家四口登上了這駕最後的直昇機。

初秋時分，空氣從受傷機身的無數個小洞鑽了進來，機艙立即變得冰冷。從機上下望，人們一群群地朝著峽谷方向走。阿富汗人要的不多，不過是個平靜的生活，卻是求而不得。帕蕊在心裡感謝著，你沒把她和孩子們送到國外，和你一起冒險過日子，總比到一個陌生國度裡來得幸福。也不過四年前，就在納吉布拉逃到聯合國辦事處的第二天，莫拉把在收音機裡聽到你榮進喀布爾的好消息通知給家人，大夥興奮極了，以為你就要把國家帶入一個新紀元。你和戰士們坐在裝甲車裡向喀布爾行進的照片傳遍全世界，國際社會似乎見到了中亞的和平。怎奈四年半之後，歷史發展竟然是進入必須從喀布爾大撤退的階段！你曾守住了峽谷，粉碎蘇聯掌控全阿富汗的企圖。現在你又回到潘吉爾，再次被派發到要阻擋塔利班，以免阿富汗退回千年前生活的使命。阿曼夏，你的神究竟對你有什麼計畫？

11

什麼都不對了。欠債的人只要還錢，事情就可以由曲轉直。可是世界欠我們！世界欠我們一個正確，怎麼樣也還不了。政治、經濟、道德全都出了軌，所以到處有新的可能，也只有我們可以定下新的規矩。現在的戰鬥不再是歐洲窮人與富人之間的矛盾所引起，我們反對的是，北半球帝國主義者對南半球人民的壓迫。

「瑞士進步組織」把以色列國防部長戴揚列入世界恐怖份子的黑名單。「解放巴勒斯坦馬克思人民陣線」宣告一項新的反抗運動。

此外，小老百姓對於性的陳腐想像也必須有所糾正。「生活與生產公社」提倡「放棄所有私人的擁有物」，被看成是男人財產的女人也要得到解放。這公社製作了一張「性愛表」，規定誰和誰在什麼時候可以做愛或必須做愛。他們引以為豪的是，每天至少兩次上床，大部份是三、四次，夏天時就更多了。有了這些前導，我們這一夥人於是決定，自己公社裡房間的門應該要隨時敞開著，所有的人就一起睡在大房間裡。我們不需要引進正流行的、全然自由的愛，可是性，這種最自然的事情為什麼必須躲藏在看不到的地方進行？我們讀了有關性高潮理論的書，知道受到壓抑的性和法西斯主義有所牽連。

實行的結果，除了我和克莉斯丁仍然是一對戀人之外，經過一小陣子，有些出雙入對的朋友便因為不斷的爭吵而分開了。其實集體的親密行為是緊張、不安、侷促、極不自在而又痛苦的，可是在那事事高舉解放的年代，沒人敢提，沒人敢承認。這種極度想要，明明垂手可得，卻又不能大膽、放鬆取得享受的矛盾與緊繃的情況，當然是惡劣情緒的導火線。直到幾個星期之後，卡羅才為大家解了圍。

有一天，卡羅和剛認識不久的女友回來，對我們模糊地嘟囔著，他還摸不透她的情緒，關係還不是很順當等等的，便和她進到另一個空房間裡，而且，把門關上！從此，我們又一對對毫無掙扎，假裝沒事地找到各自的天地。可見得我們仍然受到自認為是落伍的性道德觀念所囚禁，卻不懂，這一落伍是分別人類與動物的清楚界限。

所謂「私有財產」，到了我們手裡，自然也有另一番定義。我們認為在小店裡偷竊是不道德的，可是在像「野茉莉」、「全球」這樣的資本主義百貨公司下手，不僅天經地義，更是值得發揚、鼓勵。「對剝削者的剝奪」是我們尊貴無比的座右銘，我們的做為，不過是「對沒收者的沒收」。

雖然打擊不正義的對象是大百貨公司，卻也有例外的時候。要是某個小店的老闆對他的義大利員工不夠好，我們會讓五百公克牛排和兩瓶紅酒消失在外套裡，而只付一管芥茉的錢。當然，只要一次成功，便是對例外事件的鼓勵。

我們的驕橫與僭越毫無阻擋地在目中無人的狂妄裡得到最大的成就。我們取笑法令，不在乎任何界限；我們和暴力眉來眼去，賣弄革命熱情；我們等待末世來到的狂想以及不可理喻的愚蠢，全都滴水不漏地和理智與道德的抗辯完全隔離。我們對自己所思、所想、所說、所做的，一點也不懷疑。

當時社會上的經濟情況一片大好，讓人有著經濟榮景是自然法則的錯覺。工作兩週的錢足以應付兩個月的生活費。隨處可以打零工的機會加強了我們幼稚的幻想，以為生活就是休閒時閱讀的一首田園詩。不只歐洲，地球上各處都有年輕人的反抗與示威，東京、首爾、拉哥斯、芝加哥、蒙特雷多、大馬士革、羅馬的學生運動與我們的壯舉遙相呼應，我們覺得自己參與了歷史，也贏得全世界的支持。這種烈火般的激昂在音樂中找到了宣洩的管道。由我們這代青春人類創造、演奏，極富象徵意義的搖滾樂，讓全世界聽得如癡如醉。在我們這批朋友當中，幾乎每三個人就有一把吉他，我們時常一邊自認為瀟灑無羈地捲紙煙，一邊作詞作曲，企圖以崇高的理論教育人們，改變世界。

有次，二哥的樂團打算一個月後開演唱會，他匆忙地來找我，遞給我幾張樂譜，急切地說：「快，能不能兩天內把歌詞寫出來，我還要找人練。」

那時，我就讀的第三個學校裡雖有考試，卻在我心目中沒有絲毫份量。考試這種事情實在是奇怪的「連坐」，只要一科沒考，不就等於全部沒考！又有哪科可以引起我的興趣，讓我願意費神地去學習呢？寫歌詞實在是個我能夠駕輕就熟的閒差事，我讀了許多書刊、文章，腦子裡隨時有連串的字句，隨時可以下手，就爽快答應二哥了。不久後，演唱會在公園草坪上如期舉行。當天雖然下了點雨，聽眾不但不少，甚至比預期還多。節目進行一半時，二哥把我叫上臺。他拿著麥克風對群眾說：「各位朋友，下一首歌是我弟弟寫的歌詞。他從小就會寫作，看過的書可以從這裡排到火車站……」

二哥話還沒講完，台下就已經響起一片掌聲。舞臺燈照在我身上，暖烘烘地，我心裡雖是得意極了，卻故作鎮定，瞇著眼、皺著眉，一付毫不在意的樣子。

第二天週六，我們起了個大晚。米奇建議去買點吃的。我們懶得走到大街上去，所以就彎進了轉角的小店。進了門才發現，卡羅和我都換了長褲，也都忘了把錢包帶出來，光靠米奇可能付不了帳。商量的結果，我們分別在各自的「管轄區」就位。我摸了一包香腸，米奇藏了一條麵包，卡羅拿了一盒拌有美乃滋的芹菜沙拉。他在付帳時，和老闆熱情地聊起來。出了門，米奇就要拿出麵包來啃，立刻被卡羅阻止。

「怎麼了？」米奇不解地問。

「我老覺得有人跟蹤，只是不能確定。」卡羅說，「如果有人看到我付芹菜的錢，你卻拿麵包啃，怎麼辦？」

「你這麼一講，我倒想起來了。」我接著說，「大概有兩次吧，電話怪怪的，聽起來，對方的聲音忽遠忽近。」

「怎麼都沒聽你提？」米奇問。

「我只當是電話公司的問題，現在卡羅這麼講……」

「這些豬，」沒等我說完，卡羅便搶著罵，「拿納稅人的錢吃飯，專幹這種勾當！」

「一定要寫出來，下期刊登。」我立刻接腔。

接下來我們熱烈討論要寫什麼、怎麼寫……其實我們心裡都明白，被警察盯上了，才顯得出自己的不同凡響。我們一面生氣地罵著，一面又覺得飄飄然。至於那份刊物，只不過是自寫、自印，要表現我們更有思想、更有深度的媒介，讓自己以為正在發展一項偉大的事業罷了。

時代風潮實在是種神奇的現象，足以讓精英們耳不聰、目不明，卻不封住他們的口。名作家穆徐各的《雪維菜》是探討六八年蘇黎世學生暴動事件的廣播劇。他在後序裡赤裸交代了當時三十六歲的自己，對這項國際青年運動做出了什麼回應。這位常年是精神分析科的病患，告解似地以精緻講究的語言，在我們這群喧嘩吵嚷的年輕人面前承認自己的過錯；苦苦思索，他對年輕人的支持是否能夠受到青睞？他是否仍然有權利可以補做功課？卻又同時慚愧於，自己竟然落魄得像個蜜糖老爹般地向年輕人巴結討好。我記得他這麼寫：「……像我們這樣的人，在品味上是保守份子，只有在良心發現時是個左派。我的生活習慣是在這個政權下培養出來的，也正是反叛者要清除的對象。如果這些反叛者得到我的祝福卻又遭殃，那麼我的祝福便不再有任何意義……」當時這位作家的自我省察令我印象深刻。我喜歡他，是因為他把自己交給我們。然而我又同時不那麼敬重他，因為他在我們面前屈膝；如同住在別墅裡的富翁，他向搶匪們鞠躬，交出家裡的鑰匙，並為了沒早些邀請他們而道歉。

政治人物反而務實，因為他們必須盤算自己的政治利益。政治人物可以因符合他的政治利益而收買社會上的風吹草動為他服務，自己卻不必掏心掏肺。而菁英是傾聽人民，是比政治人物更需要長時間被關注、被放到舞臺中央的，所以作家或文化界人士都向我們靠攏，以便獲得更多鎂光燈照耀的機會。我們也因著他們美麗語言的背書，而增加自己的偉大，更確定自己思言行的正當性。我們雙方相濡以沫、彼此疼惜。就像穆徐各一樣，很多知識份子並不批評我們，以免因失寵於我們而遭到無情的攻擊。這個弱點，我們早已看在眼裡，覺得自己是大贏家。是的，除了生活本身的沉重之外，再也沒有任何事情可以阻擋我們！

我算是蘇黎世最早抽印度大麻的先驅之一，還曾經因為抽大麻被提去問話，在警局裡待了大半天。印度大麻有點甜、有些甘草味。我們模仿美國嬉皮的作風，個個披著一頭長髮，不太修剃鬍子。我們輪流在不同的公社聚會。公社裡的擺飾大同小異，牆上往往掛著印度布毯，牆腳散落著小鼓、吉他。無論在哪裡，音樂是必備品。大家圍坐在墊子上，中間燃燒幾根蠟燭。我們只喝茶，絕不碰酒類。酒精屬於父母輩的生活內容，是資本主義墮落的象徵。我們分大麻葉，放進從書報攤買來的煙紙裡，捲起，套上濾嘴，點火後，人人大吸一口，然後像儀式般地，個個點頭稱讚，一臉的陶醉。大麻很快在腦中產生作用，我們變得輕鬆而懶散。看著燭火，聞著大麻的味道，籠罩在薄濛的煙霧裡，大有遙遠東方一千零一夜的虛幻。我們不談哲學、不談政治，只空洞地批評國家、批評世界。我們認為，要改變世界必須先改造思想，所以個人的矜持應當去除，社會上的權勢一定要消滅。除了這些嚴肅的話題之外，我們還有所謂的大麻文學。就像在沒有文字的時代，總有說故事的人。只要某人開始敘述他的旅行見聞，就會有人接下去描繪自己的經歷。聚會一次如同去旅行了幾個國家，那是我們當時所做最有意義的事情。

即便是出軌的人，無論在校或已經工作，年齡一到就必須服兵役，這就是體制，是我們反抗的對象，所以我一開始就沒有當兵的意願。入伍前的一些測驗，我刻意做得很糟。體能上，我故意跑不快、跳不高。寫文章原是我的強項，為了給自己製造壞的印象，我特地以簡單的用辭及糟透了的文法及拼字來寫。我在事先已有人寫出第一段，自己必須接下去發展完成的文章裡，捏造了生重病以及接受治療的複雜過程。最後是檢查聽力和視力。聽力幾乎是種直覺反應，不容易造假，可是我當然不會放過視力檢查的機會，表現出一副重度近視的樣子，而原來的眼鏡是被天曉得哪裡冒出來的弟弟在前兩天打破了。我假裝因為沒看見而踢倒椅子，椅子倒地發出的聲響令我極不舒服，甚至害怕，而把雙手交握在頭上，以手臂遮住耳朵。其中一名施檢的對另一名夥伴做暗號表示，我除了視力之外，心智也有問題。儘管我想盡辦法讓自己不正常、有缺陷，結果還是要入伍。不過，比起一般十七週的役期，我的三週服務役算是很短的了。

自從確定要當兵，我便有了個新煩惱。隨著日子一天天逼近，要入伍的人一個個去剪了頭髮，最後只剩我和安東尼，可是我們堅絕不落髮！我的三週役期，其實是一連串的護髮行動日。不自己落髮，到了軍中免不了會強制執行。最後還是由安東尼想出了個法子。他讓在美容院工作的女友帶來兩頂假髮！我們把自己的長髮盤到頭上，旁邊以髮夾夾住後，戴上短的假髮。由於原來的頭髮較多，假髮便顯得突兀而不服貼，那頂扣不緊腦袋的軍帽，只好鬆鬆垮垮地在頭上坐著。

入伍的規定是，新兵要短髮，而不是剪髮。

我們一共約四百人，像我這樣故意瞎混的，大概有二十人。我們總有辦法在每個口令、每個動作之後笑成一團；也可以在營裡找出大笑特笑的材料。我們的樣子既粗鄙又誇張，特別是腰帶以下的部位，更是我們比劃、模仿、取笑的對象。雖然我們被分開來，軍官卻無法無據，不能處罰「愛笑」的士兵。服務役是個收容較遲頓、有平板腳或小缺陷年輕人的役種，不配帶武器，有時看些介紹影片，認識空軍擁有的機種或瑞士軍方任務等等的。雖然不到一個月的時間，我卻像關在監牢裡一樣，滿心浮躁不安。軍隊裡的一切也顯得荒謬，毫無意義。

軍隊是一回事，現實生活又是另一回事。有了軍隊經驗，我們更確定國家機器的可惡，它完全違背我們只迎取愛與自由的訴求。我們的抗議不斷、示威不斷。只要第二天報上刊出有關我們的消息，就是值得慶祝的時刻。有一次，在遊行當中，我們丟石頭和警方發生衝突。原先雙方對峙，後來便紛亂地打鬧起來。警察抓了些我們的兄弟回去做筆錄。街上的事結束之後，我們聚集商量了好久。到了晚上，我們約有十五個人等在警局外面，有時高喊幾聲要他們放人。我們講起話來雄糾糾，究竟有多少人像我一樣心裡抖著，實在看不出所以然。稍後大約來了七個不認識的人，他們年紀較大，全是一副在建築工地幹粗活的樣子。他們極可能是警方的人，要趕我們走。其中一個左手插腰，右手指著我們，威脅地說：「一分鐘之內，你們必須離開！」

我正想，好大的口氣，憑什麼趕我們！就在這時，啪一聲，我們當中最矮小的羅利被一拳打倒在地！羅利的家我很熟，就在我們後面一棟的公寓裡。看到朋友被打，不知哪兒來的膽量和勇氣，我立刻反擊一拳給打羅利的傢伙。下手之後，我自己嚇了一跳，發覺我們的人都已經向後退，並且轉身拼命跑，全散開了去。其中一個對手緊釘著我追，三兩下就把我撂倒。我躺在地上，看到那人手指上有一枚專門傷人用的戒指。月光照在這戒指上，微微閃著寒光。我警覺到自己的臉就要不保，似乎看到自己的眼睛就黏在這戒指上。正在這一剎那間，克莉斯丁突然出現。她以手上的袋子猛打那人的頭，我趁機拼命逃跑。突然看到一家餐廳前有一整排的大花盆，我立刻屈身躲在花盆後面。那地方沒有路燈，我穿得一身黑，不容易被發現。隨後跟來的那傢伙大概只離五公尺遠，卻沒看到我，也就跑遠了。我回去出事的地方找克莉斯丁，看見她孤獨地坐在路邊的矮牆上，正痛苦地揉搓著臉頰。我跑了過去，把她一擁入懷。克莉斯丁救了我的臉和眼，她自己卻被打傷了。

「妳怎麼來了？」我不解地問。

「我從晚間新聞知道消息，就到公社來找你，等了好久你沒回來，只好去警局碰運氣。沒想到正巧看到有人追你，我就跟來了……」

鑽到木板床下面，在地底，應該黑暗，卻有微光。必須彎著腰走，地底與木板床之間有短圓木棍支撐。越走越寬大，地底崎嶇難行。陰風襲襲，黑影欺身，一層層。我感覺冷，無從有過的冷，自骨頭冷出皮膚，冷出毛細孔的冷。用力抓手臂、抓臉頰，想把冷抓掉。我努力咬手指、咬手背，卻不能把冷咬走。

表面上我們是站在勝利的一方。社會菁英諂媚地向我們靠攏；政治人物追逐我們的動向；不論對錯，媒體一律爭相報導我們的行為和言論。像我們這般受寵也受批評的一代人的確不多見。我個人的生活沒有可以挑剔的。我早已搬出來住，經濟上也幾乎獨立，家裡對我無可奈何，爸爸對我的要求已降至最低，只希望我不必再去警局報到，其他的不敢奢望。然而在中亞旅途中偶爾出現困擾我的問題，卻因著太順暢的生活而逐漸從幕後躍出到台前。那就是，我已經二十歲卻仍然沒有高中文憑的尷尬！

我一直不是個好學生。不想上課時就不去學校，沒唸書了就不參加考試。以前還住家裡時，逃學就已經是種習慣。我的房間在地下室，總要聽到爸爸中午回家吃飯時，在地下室叫小貓、找小貓又上樓後，才起床。逃課的結果當然是更不想去上學。我也曾在點名簿上做手腳，偷偷進到教師辦公室，把註明我缺席的那欄整個塗黑。由於幾乎每堂課換教室、換學生，老師不容易發覺究竟誰缺席。後來因曠課太多，這招已不管用，我索性將點名簿丟掉，滅跡。任何需要家長簽名的試卷或單據，爸爸從未簽過名，老師卻一直以為一切照規矩行事，因為我一開始就冒簽，老師只認得我代簽的字體。

整個中學時代，我在閃躲和耍詐中度過。說謊的次數越多，就越需要更多的謊言來掩飾。我一邊打零工，一邊旅行，一邊換學校，不時有些造反的行為。大約三、四年的時間，我和政治、吸毒、嬉皮、閱讀糾纏在一起，和同年齡的人一起彈吉他、唱歌，夢想當搖滾歌手。我們歌頌無政府主義，譴責越戰是個嚴重錯誤，認為中國的文化革命才是偉大的成就。我們宣告資本主義面具之下藏匿著法西斯，所以痛恨警察、銀行、工廠是正確的、是符合邏輯的，因為這些都是法西斯與資本主義的衍生與象徵。

然而，爸爸的希望我不是不懂，媽媽的憂心我不是不知道。我開始越來越強烈、越頻繁地問自己到底以後要做什麼！大哥和二哥都是務實的人，早早就走出了自己的路。大哥學建築，二哥學金融，我呢？由於輟學太多，根本沒有成績，所以高中文憑只能靠通過同等學力測驗取得。唸書對我原本就不是難事，一旦下決心要和教科書親近，就能以非傳統的方式完成。可能因為玩累了，也可能因為年長了些，我竟然像鬼使神差地在一個小時之內就決定奮發圖強。我曾帶著化學課本，騎摩托車到圖書館苦讀。圖書館牆上有個鐘，我估計一小時可以唸完一頁，那鐘為我計時，每天讀十小時，三週後我便順利讀完一本化學。一般說來，我不太相信報紙上的報導，除非親眼看見。唸書也一樣，我只相信自己學的。就在這三週，我發覺化學原來是很有趣的。

學力鑑定當然也包括口試。就在口試前一天，克莉斯丁把她弟弟的一套西裝拿來借我。上衣還可以，褲子卻太短。為了給主考官一個好印象，我除了打上一條紅領帶之外，又向安東尼的女友借來一頂假髮。我相當瘦，又有點慘白，穿著不合身的西服，頂著一頭蓬鬆的頭髮，我看起來不是像個小丑，就是像個鄉巴佬。考試時，第一個問題我恰巧會回答，第二個問題則完全不會。我可以感覺得出來，主考官相當同情我，很友善地說，其實答案不難，也很有耐心地等我回答。我卻假裝很緊張，緊張到即使簡單的答案也解不出來。其他的題目，我做得不錯。後來成績出來了，我竟然得了個五，只比滿分六還少一截而已！兩週後來了一通電話，說是我有可能通過考試，不過還缺兩科，必須補上。這兩科可能是先前看簡章時漏掉了，現在我只有四天時間準備。朋友們知道了我的麻煩，全動員起來，傾囊相授，我兩天唸一科，一半的高中文憑就這麼拿到了。兩年後，我又通過另一半文憑考試，也才能以同等學力到大學註冊。

12

螺旋槳扇起的塵雲，伴隨著巨大的馬達怒吼聲，你們搭乘的那架到處穿孔的直昇機終於安全降落在峽谷地了，阿曼夏。機外環站著圍著披肩、戴著羊呢帽的鄉親，他們身上背負著千斤的悲苦，失去了一個或幾個家人，丟棄了家園以及原本就不多的擁有。你一踏出直昇機，他們便大聲歡呼：「阿曼夏來了，我們得救了！」

你是反抗的象徵，是希望的反映。他們得知你要回來的消息，早早就等著了。

帕蕊只包頭巾，不再穿大罩袍，看到一大群男人就在近處，她只得和孩子們迅速朝相反的方向走去。習慣上，只要你和家人同行，一定先送他們到住處後才再外出辦事。現在情況不同，你被人群包圍了。帕蕊在登上派來接你們的車子之前，遠遠看到你正回頭望向他們。你仍是不放心的，為了安頓自己的妻小，你對男人們說：「先到博紮拉克學校前面集合吧，我很快就來。」

這個消息一下子就傳遍附近的各個村落。

上百個不同年齡的男人坐在大樹下。他們在巨大的靜默中等著聽你說話。而你，阿曼夏，十多年和蘇聯、和軍閥的爭戰，沒有一天真正休息。你到底經過多少磨難？看過多少悲慟？體驗多少不公？聚積多少怨恨？你要怎麼面對重複的歷史？要如何在峽谷裡再和塔利班打一場見不到未來的戰爭？你和你的神之間究竟有些什麼交易？

面對這些弟兄，你別無選擇。你以令人無法抗拒的吸引力和強大的說服力，大聲地對眾人宣示，即使最後一塊自由的土地小於你站立的地方，你也會戰鬥到最後一口氣。你問了峽谷男人：「你們呢？你們願意讓自己的家園被囚禁嗎？還是像好穆斯林那般地誓死抵抗？」

你的豪氣鼓舞了這些男人，他們激動地站了起來，大聲而確切地說，他們寧可戰死，也絕不帶著枷鎖在敵人面前屈膝！他們的眼神堅定，臉龐再也看不到悲戚。你告訴他們，為什麼塔利班是敵人，為什麼現在仍然必須像對付蘇軍一樣地戰鬥。你要他們再次扛起裝備，再度點燃油燈，再次踏上征途。男人們紛紛表示，不僅是他們自己，必要時，連家中的妻子、孩子也會參加動員。

回家後，你欣慰地告訴帕蕊，你又有了願意跟隨的人員，又有了全峽谷人的支持，你的戰鬥魂早已高唱征歌。你在生活的艱難中必須堅持某個意見，甚至是必須快速做決定時，都需要弟兄們的贊同。你要他們知道，所有的決定與堅持都和他們息息相關，都是以他們能夠過好日子做為行動的唯一目標。這些，弟兄們自己也必須心知肚明。

再多的宣示與表態，總要落實在篤定的行動中。當天晚上，你家裡就已聚集了許多人。這次，工作加重了。不僅是軍事行動，眾多難民湧向阿富汗境內唯一能夠自由思想、自由行動的十分之一土地，像潮水那般，一波一波，不能停止。突然間數十萬人的生活著落，對任何國家都是過度的承擔，更何況是在大規模黃沙漠漠與都庫什山麓的潘吉爾峽谷。你雖然暫時在家中處理公務，卻是一連數天無法和帕蕊說上一句話。納吉布拉令人震驚的慘死消息，你在一週後才間接得知。也因此，你更確定了，塔利班治國，絕對是阿富汗的災難；你也更有心理準備，到達峽谷的國內難民勢必越來越多。

他們來了，阿曼夏！塔利班迅速向沙朗隧道集結，你立即下令炸毀在唐奇的道路，此處是前往平地的唯一通道，讓塔利班佔領了，形同被死鎖在峽谷內，到任何地方都必須翻山越嶺，危險而耗時。然而，不方便的交通也同時是天然屏障。面對歷史，阿曼夏，你絕不吞吞吐吐。峽谷是你的生長地，你熟悉這裡的一切，如同口袋裡的內容。你也瞭解，另一場長期抗戰已勢不可免了。

巨大的黑暗。城市高樓的後面，奔來一片大水。水比樓高，漫天而來。我不住地狂跑、狂跑。上了山丘，看見城市被水覆蓋。欄杆旁聚集越來越多人。城市在黑水中浮沉，搖擺、晃動。城市跟著大水激流。教堂頂端的十字架從我的右邊流往左邊。

原本就住在峽谷的人在蘇聯撤離度過幾年沒有征戰的生活之後，現在又動員起來。他們接待來自全國各處的難民，安置他們在每一個有可能棲身的角落。女人們忙炊煮、忙清洗，男人們忙著搭蓋可以暫時居住的棚屋小房，孩子們忙著尋找可以盛放飲食的器皿。

難民中，有些是夜半被爆炸驚醒，在黑暗中來不及穿鞋便逃了出來。他們在高溫下長時間徒步，流出的血彷彿是腳上長出來的另一層皮膚。一個年輕的媽媽走得搖搖晃晃，神志恍惚，懷中的嬰兒已死去幾個小時，她卻不肯放下。年老的、生病的，在途中失去親人的、失去財物的，他們疲憊奔走，絡繹於途。峽谷內，矮牆築起，帳蓬搭起，卻是怎麼做，怎麼不夠。以塑膠布蓋上的棚頂，悶熱得令人窒息。有的人找到廢棄在路旁的車子，他們把爆破的輪胎移走，撿了石頭固定車身之後，便有了臨時棲息的地方。

帕蕊自然也無法置身混亂的漩渦之外，特別是新近逃出喀布爾婦女所敘述的可怕事件，讓她聽了血液就要停流。女人們沒有權利做任何事情，還時常無緣無故當眾被打；塗了指甲油的指頭被切斷；遭到強暴、無故失蹤的事件一天天快速增加。塔利班修訂頒佈的伊斯蘭法令是不可置疑的絕對。在和難民婦女一起洗衣、煮飯、縫補、打掃時，帕蕊聽到的是：

女人不可以在家以外的地方工作，包括醫院、學校。絕大部份的工作女人不能參與。原本有好學問、好工作的女人必須待在家裡，有些高學識的姐妹受不了長期禁錮，就發瘋了。

沒有男性長輩的陪同，不可以出門買菜、不可以搭計程車，也不可以騎自行車或摩托車，連搭公車也不允許。

不可以向男人買東西，不可以讓男裁縫師量身體、做衣服，不可以讓男醫生看病。穿著自頭頂至腳踝的大罩袍是義務。

不可以上學，不可以在河邊或公共地方洗衣服。

不可以從事任何體育活動或進入運動中心。

不可以在電視、廣播裡發言，也不可以對公共事務表達意見。

除了家中男性長輩之外，不可以碰觸其他男性或是和男人交談。

不可以笑出聲，也不可以穿高跟鞋，免得讓人聽到走路的聲音。

不可以穿顏色鮮艷的衣服，不可以做頭髮、擦指甲油。

不可以出現在房子或公寓的陽臺上。窗子必須漆上深顏色，讓外面的人看不到屋裡的女人。

不可以聚會娛樂。……

「風箏比賽呢？」帕蕊問。

「妳說呢？不論風箏比賽是屬於運動或娛樂，一律禁止。」一個女人說。

「可是，那是男人和男孩做的呀。」

「也一律禁止！」另一個女人說。

生活完全不一樣了。音樂、電視、廣播、歌曲、聚會突然從阿富汗社會消失。整個國家頓時蒸發了一半的人口，看得見的那一半又分出驚恐、畏縮，以及跋扈、欺壓兩大類。帕蕊每天和幾十個婦女談話，記下她們的控訴及需求，沒多久，帕蕊就已經熟悉女人們話語背後的含意，並把這些訊息複述給你，阿曼夏。過去從未聽過的地名，從未聽說的罕事一一傳到你的耳裡。

不久後，你又必須面對另一個新的難題。隨著打擊行動的成功，有塔利班身份的俘虜不斷增加，其中除了阿富汗人之外，更有來自中國、巴基斯坦、阿拉伯，甚至西方國家，很讓你感到驚訝。你就在家裡小小的會客室訊問這些人。你問他們為什麼要打這場仗？雙方都是穆斯林，為什麼不能好好談？為什麼傷害自己人，卻叫「聖戰」？俘虜們的回答讓你相當沮喪，很明顯地，這些人受到過完整的教條洗腦。你冷靜地問話，以便能套出更多消息，這些人卻是不可思議地無動於衷。他們不願回答或不知道怎麼回答時，就背誦一段《古蘭經》應付。

如同對待蘇軍的俘虜，你也對這些塔利班相當人道。你交代看牢房的人，俘虜的食宿必須和難民的一樣。你甚至允許囚犯到河邊梳洗，也請醫生治療因水土不服而病倒的人。

有一天，你氣沖沖地從戰地趕回來，帕蕊從房裡看到你，以為你就要進到屋裡來，不料你卻轉到另一頭去。原來是一個年輕的戰士領著一批塔利班囚犯正在修護一條通往你家的小路。你要他們立刻停止工作，並嚴厲責備那個帶頭的年輕人。然後你回到屋裡，要帕蕊準備吃的東西給他們。

「這人根本是豈有此理，」你生氣地對帕蕊說，「如果這些囚犯做的是為公眾利益，可以。現在他們是為我修路，不行！」

帕蕊難以接受你對塔利班的仁慈，不明白為什麼壓迫者和被壓迫者會獲得同樣的待遇？或許你不知道塔利班怎麼對待女人；或許你知道，卻不能體會女人被鄙視、被踐踏、被當成是勾引男人犯罪的物品，對女人的尊嚴是種多麼大的傷害！帕蕊不發一語地到廚房去。你見她有些勉強，也跟了來，繼續說：「這些可憐的年輕人也是人啊，他們甚至是犧牲者，為了一個盲目的瘋狂付出代價，我們不應該再增加他們的痛苦……」

除了留下一個小房間之外，你們的家開放給公眾出入。好些女人跋涉到峽谷來見你，因為她們的兒子是你的階下囚，她們來要孩子，來請求你放了她們的孩子。媽媽們說：「我兒子還小的時候，他們把他帶到一個學校，灌輸他一些思想，回來時就變壞了。」

你早已習慣戰事，你看過戰爭的慘酷，你知道軍隊斷糧時，戰士如何以草維生，你也曾以自己的手撿起弟兄們的一條手臂、一段頸子，你不可能放了好不容易才俘虜來的塔利班！可是，你做了，阿曼夏！你埋頭在囚犯名單裡，找出媽媽們所要的孩子，並且還給了她們。

還有個年輕的女子，手上抱了個三個月大的嬰兒，幾乎是一步一跌地走來。她的大罩袍髒了、破了，她的身體發臭，懷裡的嬰兒奄奄一息。在等你從戰線回來之前，在難民營幫忙的婦女們讓她梳洗，吃些東西，也餵了小孩喝奶。後來這女子對你哭訴說：「我們住在北部的波雷寇裏，我們非常窮。第四個孩子出生後，卡紮的爸爸為了能多賺些錢才加入塔利班。現在你把他關起來，我們什麼都沒有了。塔利班說，峽谷裡全住了巫覡，一進來就不能活著回去。可是我還是要來，請你放了他。」

你不但放了這女子的丈夫，還讓帕蕊拿出一些存款幫助這個家庭。許多人為了生計才加入塔利班，在你身邊的兄弟，也有人為了錢財而出賣你。巴希爾就是其中之一。他原本駐守戰略要地沙朗，卻領著組員歸順塔利班。因著沙朗失守，塔利班輕易地攻陷了幾個地方。你氣瘋了，急著找巴希爾，要問他到底為什麼叛變。經過重重聯絡、追蹤，好不容易找到了巴希爾，他竟然還有顏面在衛星電話中向你懺悔說：「我看錯塔利班了，阿曼夏，所以我又回來了。」

你立刻指責說：「在和蘇聯戰鬥時，你的勇氣和戰功為你的家庭帶來那麼大的榮耀，可是你現在的作為足夠讓你的幾代人蒙羞！」

幾個月後的一個早晨，你吃完早餐便忙著通訊去了。正當帕蕊在整理園子時，你笑咪咪地走了出來，神秘地說：「帕蕊，請妳準備我的軍服，煮些好吃的東西，把菠菜也拿出來吧，今天我有個重要的客人。」

你平時就穿著傳統寬鬆的長衫褲，而菠菜是稀有的，是必須從別處運來的山珍。帕蕊非常好奇你的慎重其事，便問說：「到底請誰來，這麼重要。」

「我不知道妳喜不喜歡。」

「你喜歡的，我沒有理由不喜歡。到底是誰呢？」

「是巴希爾。」

「什麼，巴希爾！」帕蕊瞪大眼睛說，「我不但不會給他準備吃的，還要讓他吞一大口毒藥！」

「所以妳也會把妳的丈夫毒死，因為我就要和他吃一模一樣的東西。」

帕蕊聽你這麼一說，覺得內疚，向你道歉。你接著說：「不要再責備他了，帕蕊。他在最年輕、最低層的戰士面前，也都抬不起頭來。他已經得到應有的懲罰，這比妳要給他的難堪嚴重多了。我今天請他來，就是不再計較這些。一個人犯了錯，總是要給他機會。他當然也不希望別人老是記得他的錯……」

一群黑色甲蟲在黃地上集體走動，風沙來了，蓋住牠們；再動，再蓋住牠們。一群白色的嬰兒在天上飛，細細的毛髮不斷飄遊。雷來了，轟打。甲蟲四散逃去，嬰兒被風吹走。燈光明亮，簾子後有個黑黑的賊。

雖是打仗時期，雖是有攻有守、有輸有贏的戰鬥，至少你還能保有家庭的完整，日子還是要過下去，即使物資極度匱乏，生活上的基本卻不缺。自從你們回到峽谷老家揚革拉克之後，便買了一頭母牛，也養了雞，所以牛奶、乳酪、奶油以及肉品的問題也就解決了。有時你會和帕蕊在園子裡走走，一起看看動物們，讓你的夢想自由馳騁。你告訴妻子，在許多國家，農場是非常重要的。你要帕蕊耐心等著，有一天阿富汗就會有許多農場。在有地下水的地方，把灌溉管道做好，就會生出許多綠油油的草原來。有草原就可以放牧，有牧場就可以交易，有交易就可以改善生活……你應該是善於經營的，阿曼夏，在你自籌學費上理工學院時，你就知道自己這方面的能耐，可惜阿富汗的近代遭遇限制了你的發展，逼迫你踏上一條崎嶇難堪的不歸路。

要長期維持一個武裝反抗勢力的開支並不容易，阿曼夏。除了戰技、決策、調動、後勤的工作之外，大部份開源節流的經濟盤算也都落到你身上。而販賣山脈中純粹無瑕的綠寶石就是主要收入來源了。這些礦產不屬於政府，可由民間自行開採。你買了原石後，賣給中間商，再由他們轉賣到國外。所得的資金你用來支付武器、工具、制服等等軍事上的開銷。

許多年前，有段時間你允許弟兄們抽煙，也代替他們付錢，算是軍餉之一。每包煙是三十阿富汗幣，如果每人一包，五千名戰士的煙錢就是一大筆花費，考慮的結果，你還是把煙禁了。在禁煙之前，你曾向長老們請示抽煙是否違反《古蘭經》的訓示，答案是肯定的，所以整個峽谷的禁煙行動也就更顯得有理了。後來得知一家小店秘密售煙，你便命人把煙貨全數取出，當場燒毀。

有一次，帕蕊正忙著整理房間時，看見你正專心算著賣寶石的所得，四周盡是簽條、紙張、收據。這些買彈藥、這些買難民的帳篷、這些買士兵的糧食……。你按實際需要，一一分配妥當，並告訴妻子說：「帕蕊，我已經安靜了二十天，現在有補給進來，又可以再打了！」

帕蕊很清楚，你時常處於資金不濟的狀況。武器不足以支持正面攻擊時，就得設法繞道而行。她曾聽你在電話中說：「……不行，那地方沒有通路，不能進也不能退，必須先把附近的地填平……」

然後你快快再計算，工作……更多食物……可以儲水的桶子……

「行了，可以做，讓大家動工吧。」你在覆電時這麼說。從士兵的鞋襪，到裝甲車的狀況，到戰技策略的運用與執行，你主導、管理、規劃所有的事情。

你照顧弟兄們有如照顧自己的孩子一般。有時候你和幾個組長一起用餐，手裡已經拿了飯還沒來得及放入口裡就問：「外面的弟兄們呢？他們吃什麼？」

一有機會，你絕不錯過和自己的孩子們一起吃飯。你告誡他們，要想想，就在這個時刻，有多少人沒飯吃，千萬不可糟蹋可以吃的東西。你喝水或有乾淨水可以洗臉的時候，會立刻想到，其他的弟兄們也有好水可以用嗎？

你節儉慣了，對於沒有必要的花費無法忍受。有些客人或家人來拜訪卻不知道該送什麼東西時，只好給些錢做為你的生活費。你把錢交給妻子保管，由她統籌運用。帕蕊把每筆支出記入本子裡：一公斤馬鈴薯、一公斤洋蔥、蘿蔔、麵粉、雞蛋、水桶、鐵釘……。你不在家時，有些老人、窮人會來要點錢，帕蕊常常就這麼給了，卻忘了對你說。你不也如此，把錢施捨給人，也忘了提起。這些額外支出甚至達到生活預算的一半！當你和帕蕊一起看帳而發現漏洞時，你會說：「怎麼回事呢？這錢為什麼不見了？小心哪，帕蕊，我們不是有錢人，一定要量入為出啊。」

在首都任職的那幾年，你不曾在喀布爾城內有過自己的房子。現在撤退到峽谷地，你也不允許帕蕊從聖戰士的伙食中拿走哪怕是一點點的糖或麵粉。時常，帕蕊再也沒有任何東西在廚房裡或櫃子裡時，她會靜靜地坐到你身旁，不等她開口，你便笑著說：「我覺得，妳就要向我要錢了。」

「怎麼知道呢？」

「距離二十公尺遠的人，我就已經可以猜出他心裡想些什麼。到底他是誠實的人，還是打算向我要錢！」

你憐愛地看著妻子，帕蕊羞怯得把頭低了下去……

13

拿到一半高中文憑後，我放心了些。便把通過考試得到的獎學金花在換較大摩托車的支出上。沒有了學校的羈絆，我不但更可以隨意打工賺取生活費，還去了一趟希臘。我也曾騎摩托車載著克莉斯丁到中東去流竄。旁人看到我們時，除了可以猜測，前座可能是男人，後面是女人之外，騎在摩托車上的兩人不容易分出誰是誰。我們都穿著一身藍色牛仔裝，都一樣瘦，都綁著圓頂頭巾，讓長髮在身後飄，也都戴上潛水鏡般，遮住大半個臉的擋風鏡。我們的行囊簡單，睡袋和背包就綁在克莉斯丁後面的小架子上。我的重型摩托車雖是二手貨，卻保障了在沙漠公路上奔馳應有的快感，我玩得忘形，完全沒料到這是和克莉斯丁最後一次出遊。

回到瑞士後不久，我又天天上圖書館瘋狂地讀書，也才發現，原來教科書裡的資料和訊息是那麼活潑有趣。我順利拿到完整的聯邦高中文憑，在蘇黎世大學心理系註了冊，可是系上第一年仍然看不到我的身影，而大學畢業已經是三十歲時候的事了。原本視為落伍並用力踐踏的學業，我們幾個卻靠著自修而補足，在那同時，公社的生活形態也一步步走入歷史。那段狂飆的、由意識形態主導的年少時光，逐漸褪色、凋零。離奇的是，我們對於曾經那麼執著、關切的生活，一旦事過境遷，竟然絲毫沒有眷戀與不捨。

卡羅不但從中亞大半年的旅行帶回來對那些壯闊風景滿滿的記憶，也帶回來對鴉片煙的飢渴。他離開我們，加入了一個吸毒的搖滾團體。這些人就靠著在建築工地打零工的錢，支持購買海洛因以及印刷雜誌的費用。這份雜誌如同傳道書，強力推介他們的信仰，把警察看成是理所當然的敵人，關在監獄裡的才是革命同志。卡羅原是個樂天派，對人友善，從不設防。吸毒的那幾年，他有張閉鎖的臉，眼睛泛出冷光。

米奇晚我們一段時間也去印度旅行，待了將近一年後，由瑞士駐印度大使館出面，把他押上飛機送回蘇黎世。在異地的米奇，生病、骯髒、錯亂，身上沒有半個銅板。沒人知道究竟發生了什麼，他也不詳述，最多只能從他嘴裡無意中流露出來的片段拼湊一番。他可能有過幾個女友，也和其中一個生了小孩，其他的隱晦，就只能以頭髮蓬亂、不修邊幅的街頭粗野遊民，像鬼火一般忽隱忽現在印度大地上的想像來加以填補了。他後來較穩定的生活，是由蘇黎世一家自助餐廳的工作所成就的。

馬丁則在不太長的時間裡，經驗過幾個不一樣的生活。他本來打算讀法律，也從分析中得知，一旦左派必須面臨嚴肅的革命行動時，根本缺乏軍事援助，他決定要匡正這個缺失，所以在新兵訓練時特別認真，得到模範軍人的榮譽，並且自願接受軍官養成教育。可是他攤開在陽光下的前期政治生涯，卻是撚息他希望之火的第一根手指。軍官當不成，他也從法學院轉到商學院。有了市場行銷知識做後盾，便計劃開一家人力資源公司。他借了錢，租了辦公室，印了公司信紙，也給自己買了套西裝。社會上的經濟情況是無可埋怨的，他的公司卻沒有起色。企業聘了他介紹的人之後，就再也不光顧第二次。原因當然是，他儲備的人員不夠格；更具體說，他是用了我們這個圈子裡的人。而真正的致命傷卻是來自他的秘書兼女友凱蒂。這女人偷了公司所有的現款，和她的另一個男人騎著馬丁送她的摩托車跑了！後來馬丁接受了教師訓練，教了一陣子的書。他擺盪在我們這一夥人的理想和現實生活之間，不得不有所妥協。

第一個讓我動心的女孩，也是我多年女友的克莉斯丁，就在我全力準備第二階段高中文憑考試的那段時間，愛上了另一個男人。當時我已離開公社和克莉斯丁一起住。知道有另一個男人存在的當天，我便搬了出來。結束這段關係，我並沒有太多不捨，畢竟我曾不忠於她，現在她背叛我，也應該是理直氣壯了。

那麼，愛情是什麼？

克莉斯丁教育系畢業後，當了一陣子老師，在七十年代末期轉而對尼加拉瓜的桑定政權著迷。我們那一代人，在思想、文化方面雖然對社會造成了衝擊，在政治上卻註定是個永遠的侏儒。尼加拉瓜的政局有如可以讓矮人長高的仙藥，不甘願矮小一生的人便一次次去求取精神上的奇蹟。

克莉斯丁常飛往中美洲朝聖，那些領導人對來自西歐的金髮革命觀光客當然大加歡迎。這種接觸帶給雙方的是收穫、是損失，大概只有他們自己才知道。後來聽說克莉斯丁和班尼在一起，著實讓我吃驚！班尼是我們在印度旅行時認識的蘇黎世人，究竟他們從那時候起就不曾失去聯絡，還是到尼加拉瓜去圓夢時，才又碰上並熟絡起來，我也沒興趣去打聽。班尼在馬那瓜找到了一個青少年犯罪集團，以及他們名叫惡魔的幫老大，而拍了一部革命紀錄片。他和克莉斯丁推翻現實體制的夢想，終於在膠卷裡得以實現。

我不但同情桑定政權，對智利被推翻的馬克斯主義總統、英國的煤礦工人、土耳其奮起反抗的庫德族、秘魯的印地安人、斯里蘭卡的坦米爾猛虎解放組織、巴勒斯坦人，以及許許多多遭受壓迫的民族也有一份同理心。在我經院學派的象牙塔思想裡，任何把獨立、平等、正義、社會主義等字眼別在衣領上做為標記，並同樣朝著所謂輝煌大道闊步前進的人，都能得到我的同情與支持。

從上往下的鳥瞰位置。感覺上應是一輛馬車，車頂有如浴帽，色白。沒有車身，沒有馬匹。一個很長、很瘦的男人黑影正吃力地拉車。他跨著大步，在空無裡不斷踏行，奮力前進，馬車卻紋風不動，一動也不動。

在大學裡，除了心理學之外，我還修了教育和德文的學分。這些人文科學需要大量的閱讀，也正適合我的性情。沒有制式的點名，沒有無聊的考試，光是讀書、找資料、做筆記、寫報告，我的大學生活過得相當愜意；當然，沒有必要我是不踏進教室的。

有天下課時，安迪恰巧經過佈告欄，看我正專心讀著一張傳單，便湊過來問：「你對這個促進會有興趣嗎？」

安迪看看我，又看看傳單。

「以前聽過，」我回答，「現在看了這傳單內容，覺得很有意思。」

「心理認知促進會的主持人L是奧地利人，是個無政府主義者、無神論者，反政府、反教會。他的團體治療方法，其實是種不受管制的共同生活形態。」

我聽了，一愣！這不就是我們以前公社的翻版！

「你怎麼知道？能介紹我去看看嗎？」我問。

安迪爽快地答應，我們立刻約好相見的時間與地點。

安迪帶我初嚐、見識，看看這個圈子裡都是些什麼樣的人。那是在一家小餐廳廚房旁的小房間裡，將近二十人，有的坐、有的站。空氣糟透了，也還有人抽煙。大家輪流發言，批評權威式的教育、遺傳論的錯誤，以及冷戰時代的政治對峙效應等等，充滿了企圖推翻政府、打倒體制的氣氛，讓我有種俄國沙皇時代，社會革命者聚會的聯想。在這些人的發言裡，有許多說法是我第一次聽到，真是令人興奮，我立刻覺得自己就是這些精神先驅的一份子。安迪為我安排，不久之後，我便有了親自面見L的機會。

L是個已經上了年紀的老先生，個子不高，雙眼炯炯有神，親切而和藹。我提出了有關如何徹底改變社會的問題，他詳細的解釋和鏗鏘有力的講述，讓我以為是遇到了世上少有的奇人！他不但保有青年人的激進與叛逆，更蘊藏了豐富的經驗和知識。毫無疑問，他給我的第一印象是很成功的。我喜歡這個人！

於是我開始積極參加他們的活動。有數百人的聚會中不乏醫生、心理學者、教育工作者等等，當然就提高了這團體的水準和可信度。早早到達會場的人彼此寒暄交流，常常在活動正式開始時就已自動形成好幾個小團體。有的坦誠交心，有的評斷建議。在那樣的場合裡，任何人隨時可以宣告自己是某個制度、某個環境裡的犧牲品；而在下一刻鐘，同樣的那個人即可能翻身為另一個人的諮詢師或磋商的對象。整個會場人聲鼎沸，氣氛熱絡。奇怪的音調、手勢、表情、舉止同時繽紛出籠。

活動宣佈開始後，台下的動靜立刻轉移到臺上。手持麥克風的人把自己最私密的難題說得交心交肺，期待這種坦白會帶來某種奇蹟良方。電車查票員揭發管理階層在執勤的排班次序上，漠視個人所希望的工作時間。家庭主婦抱怨基督道德的訓示，阻礙了性生活的和諧。然後麥克風就會移到有解決或建議辦法的人手上，一時沒有直接答案的，立即引起甚至離題很遠的各種討論。如果是L有話要說，全場迅速安靜下來。他的聲音不大，只用簡單的句子說了些普通常識，也常常和正在討論的問題無關，和我第一次跟他見面時所獲得的印象差別極大。聽眾們把他的話當成是奧妙的修辭或讖語，反覆咀嚼、運用，並且努力要挖掘出其中隱藏著的秘密。我很快便發覺，這種有時會挑起性慾的會議或偶像崇拜的活動，令人反感。鸚鵡學舌似的不斷重複，以及把L看成是羅馬教皇的奉承與阿諛，不是我的興趣所在。可是我仍然留在圈子裡，利用L的矛盾，將我內心中理想與現實的衝突排除在外。不論L和我是同樣愚昧或同樣聰慧，他的極受歡迎，至少是我不至於錯得太離譜的保障。當時我並不知道自己正在飲鴆止渴。

社會上把心理認知促進會稱為蘇黎世學校。由於相當多數量的醫生、老師、心理治療師來這裡進修，外界總覺得這個團體不是個泛泛的組織，成員不會是門外漢或傻子。事實上，這些比較是學術界人的心底，就怕自己是門外漢或傻子。不論是心理病患、勤奮的銀行職員或尋找伴侶的小學女老師，他們來接受訓練，為的是要獲得生命的解答。這種治療與學習的二合一方法，就是L所強調的：學習心理學以便讓自己更健康。

我逐漸看出，L是個沒耐心卻深具煽動性的領導人。他既沒有時間，也沒有能力構築體制並從中推導出規律。他活在自己的烏托邦裡，為自己的理想著魔。他不太聽得懂別人的意思，不能把聽來的話語加以澄清、整理、過濾、分析，而是讓談話對象陷入情緒波濤裡。他有時把人從幻想中喚醒，動搖人的靈魂深處，讓人誤以為自己已經得到認同後，他才加以操控。

L沒有什麼規範，他自己就是規範。由於成員認為L無可置疑，所以他所說的不會是辯論的題材。他總說，「現在我們知道」、「以前的人相信」、「心理學教導我們……」，越是平庸的話，越是讓成員找不出內含的智慧，因為根本沒有智慧可言。他說話的內容越荒謬，就越讓人覺得自己竟然笨得找不出潛藏的邏輯。L因為年邁而逐漸無法把句子講完，有時出現邏輯或文法上的錯誤時，成員卻反而懷疑起自己的理解力。在他們心目中，L是完整知識的具體呈現，他提出的問題全是帶有教育性質的練習題。他讓「學生們」心神不寧，又踢又蹬，幾個月後才給出別人連想都不好意思想的簡單答案。L就是喜歡這種戲法。他的核心思想正是：教會和國家剝奪了人的自我教育，把人領導到錯誤的方向，讓人相信遺傳，相信愚笨與聰明的存在，所以會不快樂。人正是精神患了病，所以才有犯罪、同性戀、戰爭……。

L對於為什麼人類吸毒、為什麼人對某種事物有狂熱癖好的解答，在那時是相當知名的。他認為，學校宗教課程中的童話故事及聖誕節的慶祝活動，抹消了孩子們內心的純淨，這其實是日後耽溺在某種迷醉裡的前期準備工作。成員們覺得這個理論真是天地一聲雷，是各種吸毒研究報告中唯一建設性的突破，於是奔相走告，大肆慶祝，因為這個解答直指可以看得到、摸得著的事實。他們早已習慣單一因果關係及簡便的解釋，也就理所當然地把宗教定性為邪惡的大本營。

L和他的治療師們組成一個治療團。對於前來求助的一對對男女朋友，治療師可以決定他們是否繼續在一起，還是應該分手；可以決定兩人是否相配，還是必須另找他人。治療師的層級越高，他的決定就越有份量。戀人在分開前必須取得治療師的同意，而治療師必須請示上級是否准許，這是「官方」規定的正常程式，不按照這個流程行事的人，就是不夠嚴肅，就是對團體不忠誠。然而發生這種「輕浮」的機率微乎其微，因為讓L治療過的人，個別的期望、能力及自我負責的態度也全都被治走了！一對戀人想要長相廝守的唯一辦法，就是從事相同的活動，也就是在團體裡一同工作，也就是這對戀人不再屬於自己，而是屬於團體。

蘇黎世學校成員的孩子往往硬生生地和父母剝離，去跟別的成員住在一起，或到平時不回家的寄宿學校就讀。理由是，親生父母沒有能力教育自己的孩子！因為和孩子之間的零距離，父母才會把所有的事都做錯了、做反了，才會把孩子帶壞，讓他們不快樂。在團體中，孩子學習共同生活應該遵守的規則，他們必須瞭解外面所謂的神及世界其實是怎麼回事，也必須知道為什麼父母沒有能力教育他們。接受這種洗腦後的青少年把一些成員當成模範，也拿起麥克風向群眾訴說他們的難題。這些孩子雖然在學校以外，無時無刻不受到團體的照顧，成績卻不見得比自己班上的同學出色，因為回家後，有人會把同樣的課程再教一次，所以他們不需要在學校專心聽講。

成員們的集體焦慮是，毒品及學校的失敗無不趁機引誘青少年墮落，卻沒有滴水不漏的辦法可以阻止他們和外界接觸。每個少年都有一名照顧者，也是他對付父母干涉的「律師」。最可怕的是，成年人對於無法在團體外生活的恐懼，也感染了成長中的孩子。他們可以清楚感受到父母不能對他們做什麼，也知道團體的力量比父母親的大得多。他們和親生父母的關係很「友善」，卻沒有更深一層親子間的特殊情感。生活中的大小衝突不在家庭的架構下解決，而是由每個人的「談話對象」決定是非。如果父母或子女其中一方為了彼此親近而犯規，團體中就會有人「進駐」雙方之間，把他們隔離。

這種種做法有多麼可怕啊！可怕的做法卻可以因為對自己沒有信心或因為無知而受到尊崇。對於自己也曾經是這麼一個心盲、目盲社團的其中一份子，我感到羞恥極了！我高舉的，以為正是可以延續我多年救世濟民夢想的，原來是個邪門教派的具體內容。當我意識到自己是躲入一個陷阱時，已經是好一陣子以後的事了。這個烏托邦本質所揭露的，其實是我的愚蠢。

14

你們為逃避塔利班，從喀布爾撤退到峽谷的生活，比難民的好不了多少，阿曼夏，都必須從零開始建立起。家裡絕大部份的東西只能棄置在J鎮，帕蕊沒有足夠的衣服可以給小孩替換，也不能像傳統中的阿富汗家庭，總是有充足的食物可以提供給全家大小。即便情況如此，除了自家的需求之外，帕蕊還必須張羅給親戚、鄰居、甚至給部份難民的伙食。不僅是你自己，阿曼夏，就連不懂政治也不問政治的小婦人帕蕊，也忙得實在難以支持，而不得不問，北方聯盟的其他領導人到底哪裡去了？為什麼所有的事全由你一人承擔？

「他們一向如此，帕蕊，」從來不願談論戰友是非的你，這次不得不挑明地說，「一看苗頭不對，立刻躲到國外去。只要這裡還有未來、有好處可拿，他們又會一個個回來。」

時間推移，峽谷生活逐漸有了次序，可是對外聯繫必須全靠直昇機。諷刺的是，你現在接受俄國透過塔吉克斯坦對你的援助。俄國不再是蘇聯，這個新興政體對阿富汗有何企圖或禮遇，仍然有待觀察。過去與你為敵的共黨蘇聯崩塌，阿富汗國內的共黨集團也已瓦解，歷史卻拒絕讓你休息，非要你戰鬥到血盡骨碎、天地共泣，才肯罷休。

峽谷的泥土路原本是羊群的過道，偶爾有幾部公車和極少的汽車來往。現在不但是聖戰士穿行其間，多少世界媒體絡繹於途，拍攝紀錄片的隊伍也從不間歇，他們都是因著你而來。國際輿論稱頌你是阿富汗的明日之星，是這個閉塞古國的新希望，有能力和世界對話。可是一旦見到路途中穿著大罩袍的女人，立刻對你有所誤解，以為你仍規定女人非要穿上從頭頂蓋至腳踝的大布塊不可。如果這些習慣把自己的標準強加在其他國家的西方媒體能深入到村子裡，便會看到另一種情形。其實你早已說明白，穿罩袍不是女人的義務。外國人在路上看到女人穿罩袍，是因為她們自己覺得大罩袍有保護作用，所以自動穿上。穿罩袍的傳統習慣已成為某些女人牢不可破的自保方式，若要改變或是否要改變，應該交給時間去決定。你常感嘆，甚至氣憤的是，在你儘可能除去人們身上枷鎖的同時，卻來了一批要把阿富汗推回古老世紀的保守激進份子。

有天早晨，在外出巡視之前，隨從遞給你一封信。娟秀的字體引起你莫大的好奇。讀完之後，你不悅地交代，要十公里外固拔哈村的哈米第來辦公室等你。四個半鐘頭之後，你匆匆進門看到陌生的哈米第時，才想起早上尚未解決的一件事。

「哈米第，你為什麼讓女兒上學？」你問來客。

「為她好啊！你不是要大家把女兒送去學校嗎？」

哈米第不但不明白你要和他見面的原因，也不懂，為什麼你突然提起他女兒上學的事。

「你讓女兒上學，很好，哈米第。那麼，你為什麼要把女兒嫁給她不喜歡的人？」「她不懂。我幫她選的對象錯不了的……」

「哈米第，到底是你嫁人，還是你女兒嫁人？她給我的信上寫得很清楚，從以前到現在，只要這年輕人來作客，或是你們到他家作客，你女兒偶爾遠遠看到這個人的時候，就不喜歡他。她說，他太沒有禮貌、太粗魯，她不喜歡他說話的樣子，不喜歡他吃飯的樣子，不願意和他一起生活。」

你把女孩信中的內容全透露給這位父親。

「可是這年輕人家裡有羊、有田……」哈米第急著為自己辯護。

「哈米第，你女兒不是嫁給田、嫁給羊，婚姻不能勉強。你願意和一個你討厭的女人過一輩子嗎？」

哈米第先是愣了一下，才有所思地點點頭，算是明白也同意你的話了。

晚上你把這事告訴了帕蕊，並對她說：「妳看，能讀能寫有多麼重要！如果這女孩不能給我寫信，她這輩子不就糟了。女孩是我們阿富汗的母親，是阿富汗的未來啊。」

無法自主的婚姻帶給社會嚴重的問題，卻因為問題早已成了傳統的一部份，所以一般人並不自覺。好比一根被肉包了的刺，只會讓人隱隱作痛，而不認為應該開刀去除。沒有徵求女孩同意的婚姻，常引發家庭糾紛，自殺事件也時有所聞。帕蕊始終慶幸有你為伴，阿曼夏，即使她的安危比起其他女人受到更大威脅。和一般人相較，帕蕊與你的結合是那麼地離奇，那麼例外中的例外。

那是許多年以前的事了，就在蘇聯佔領期間，為了工作上的方便，你住到莫拉恰巧離補給線不遠的房子裡。莫拉的家原本也不過只有兩間房，所以你請人再加蓋兩個小房間給自己；一個書房、辦公室兼臥室，另一個是盥洗室。那時，常有一批批上百個聖戰士在莫拉家附近集合紮營，聽取指示後才出發到前線。帕蕊不再是個小女孩，必須時時刻刻包著頭巾。她不可以再拋頭露面給聖戰士傳遞物品，只能幫媽媽在房裡做事，或到河邊洗衣服。她做所有媽媽交代的工作，也從不主動發問。餘暇時，祖父會教她《古蘭經》、歷史，以及他所知道的文學作品。

你雖住莫拉家，並不見得認識他所有的家人，特別是女眷。每次你回來之前都有人通報，有時你也先敲門，讓女人們有時間迴避，所以你和帕蕊雖然毗鄰而居，卻像其他阿富汗人，結婚前彼此並不真的相識。在阿富汗社會裡，不是出於同一家庭的男女不應當見面，男人們一起談話而說到自己的妻子或女兒，便是不知禮節、不守規矩，更遑論提及別人的妻女；真的必要時，也只是以「我的家庭」帶過，從不涉及細節。女人也不在人前說自己丈夫的名字，而是以「我兒子的爸爸」代替。

就像所有懷春的少女，帕蕊當然也非常仰慕你這潘吉爾之獅，阿曼夏。只是她比她們更能讓情懷有所寄託，讓心緒有個著落。你雖不認識莫拉的女眷，並不意味著帕蕊沒看過你。你讀書的神情、走路的姿態、和人談話的樣子，全都看在帕蕊眼裡。她只是不能當眾和你見面，卻沒人知道，她會躲在窗簾後、柱子旁偷偷注視你，然後輕巧地轉個身，一溜煙跑開。她帶著忐忑的心、一臉的紅，以及盈盈的微笑，把你想個千萬遍，卻又一轉眼便要難過。不必談年齡的懸殊，或是家庭出身與社會地位，你只看過帕蕊七、八歲時的樣子，之後也從未聽人談起，你怎麼可能記得她的存在！

長久以來，老一輩的人總是把你的婚事掛在嘴邊，總是說，超過三十歲的人早就應該成家，養兒育女了。他們認為，一個不結婚的穆斯林就不是完整的穆斯林。許多人提供未婚女子的訊息，你卻不斷推辭，總說：「再等等吧，現在哪有時間想這些，等我把蘇聯人打跑了再談吧。」

你整個人處於戰爭的氛圍中，從來就沒想過可以把時間瓜分給一個女人。

那時的帕蕊只有十六歲，卻已經有人開始問起她的婚事，她的爸媽也沒對她提及，就直接謝絕了；理由不外是，她還太小，並不恰當等等。其實帕蕊一心想接續因逃難而中斷的學校教育。她的兩個哥哥去了巴基斯坦上學，像她這麼個少女獨自出國唸書，當然是萬萬不可能的。即使她從小便希望當老師，在非常時期的夢想也只能是個夢想了。

在一個繁花似錦的公園，你向她緩緩走來，微笑地遞給她一本古書，一本歷史故事書。這個彩色的夢讓帕蕊在一片歡喜中醒來。她一整天見了人就笑，只是不能把夢境講開來。

一個是讓人催促應該快些結婚的男人，一個是讓人推遲應該慢些結婚的女孩，他們各自清美的精靈在另一時空裡相會，由不得別人左右。於是有人向你提起了帕蕊，你竟然也一下子就憶起了那個近十年不見，有著大眼睛的小女孩。

由於和莫拉關係的親近，你對帕蕊的家庭教育、學校教育並不陌生。也由於莫拉對你的深知，你就更找不到反對的理由。你竟然開始考慮起自己的終身大事。然而你母親已過世，你無法遵循都是由媽媽們開口去要媳婦、要女婿的習俗。整整兩週的時間，只要腦子一有空檔，便考慮怎麼對莫拉說，什麼時候說，在什麼地方說。你在心裡演練著可能發生的景況，然後才謹慎地把莫拉帶出人群、帶到河邊，說：「有件重要的事情請你幫忙，你願意嗎？」

莫拉對你把他帶到河邊才肯說話的舉動已經大感驚訝，現在又看你這麼嚴肅地提出要求，實在想像不出會有什麼比蘇軍間諜滲透更嚴重的事，只能無言地以鼓勵的眼神看著你。

「你願意幫我向一位年輕的女孩提親嗎？」

你終於鼓起勇氣說了出來。莫拉先是一愣，然後高興極了，當場一口答應，直問道：「這女孩住哪裡？她叫什麼名字？」

然而，阿曼夏，你從來就不知道要給莫拉的這個簡單答案竟是那麼難以啟口！你深皺著眉，第一次感覺在莫拉面前失態了。

其實你對自己態度轉變的原因也不十分清楚，可能是年輕男人們從姐妹那裡聽來，盛讚莫拉有個未出嫁的美麗女兒，而撩起你男性的自然想望。而在你受傷期間，讓你靠著肩膀，扶你上下馬匹的莫拉本身，更是他女兒好人品的間接保證。然而你並不莽撞，你要帕蕊看到你，對你熟悉，才把事情說開。好幾次，你故意不讓人通報，不事先敲門就進到屋裡來，也因此便發生了不應該發生的。你不應該看見帕蕊，卻匆匆又深深地看見了她。在軍隊裡，你時常是看人一眼便了然於心，在帕蕊身上，在比你年輕十七歲少女的身上，你也無意識地重複了這種獨特的識人能力。

河邊談話後，莫拉一直沒給個確切的答覆。有天晚上，你下定決心把帕蕊的爸媽請到你的房間裡來，不等他們坐定，便不給自己也不給他們心理準備地，三言兩語就把你的意思說個明白。莫拉和西蒂卡一陣錯愕，半晌說不出話來，你也僵著，這事似乎比管理軍隊還要棘手。後來還是莫拉打破了沉默。

「不可能，阿曼夏，帕蕊還太年輕，你需要一個比較成熟的女人做為生活上的幫手。」莫拉說得很誠懇。你卻搖頭說：「幫忙我的最好方法就是能配合、能適應我的生活。你的女兒早就知道我的生活方式，對她而言，不會是個太大的驚訝。」莫拉為難地說：「帕蕊幾乎沒受教育，她不適合。」

「這不是問題，這個洞由我來填補，我會把自己知道的教給她。」

你一向處理別人的事情，阿曼夏，現在是自己的私事，卻也不見得較容易打理。

西蒂卡坐在一旁，低著頭，驚惶得不知該說些什麼。

「外面的人呢？」莫拉繼續說，「他們會怎麼想？大家都知道你已經在我們家住了相當長一段時間，總不能娶已經住在同一屋簷下的少女啊！」

莫拉當然忌諱閒言閒語，他怕人說，他利用和你接觸的機會，把女兒嫁給你。

「那根本是笑話，」你提高聲音說，「你應該也很清楚，不論怎麼做，都有人說閒話。」

莫拉不斷提出理由，因著自己的擔心與害怕而辯駁。對你而言，這些論點全都似是而非。在一陣子的一來一往之後，你終於沮喪地說：「現在我明白了，你是擔心，哪一天我戰死了，你的女兒必須守寡，你就必須養她一輩子……」

「你怎麼這麼說，阿曼夏？」莫拉太驚訝了，他沒料到你會誤解得這麼深。「像你這麼重要的人願意娶我的女兒，對我們是多大的榮幸！她還非常年輕，她的人生無論如何都達不到你這樣的高度啊！」

「快別這麼說，」你試著安慰像是受到過度驚嚇的莫拉夫婦，「我們可以把訂婚期延長，讓大家有更多適應的時間。婚禮過後，帕蕊還是住在你們隔壁，我的工作仍然在這裡，基本上一切都沒什麼變動。」

莫拉沉默一大段時間，算是暫且讓你說服了，並說，如果有任何改變，一定要通知彼此。

莫拉畢竟給自己留了後路。「請給我一個月的時間，我必須好好想想」，是莫拉在這次談話結束前的要求。

事關重大，雖然莫拉知道這是個極大的榮譽，卻仍心有猶豫，只好也徵求他弟弟的意見。納塞叔叔在先前逃難時，接受莫拉的委託，承擔兄長的責任，幫哥哥一家許多忙，卻極力反對這樁婚事，最主要原因，不外是忌諱外界的是非流言。

納塞的顧慮自有來處。那是一九八六年的冬天，阿曼夏，你面臨著一場可能會發生的大戰鬥。情報顯示，蘇軍正打算切斷峽谷東北部的重要補給路線。在這存亡的緊要關頭談兒女私情，而對象又是你自己重要幹部的女兒，在輿論上難以交代。然而，事有先後，可能的軍事行動不在你提出婚事之前，你自有主張。

有一天，帕蕊在園子裡掃地，恰巧看見你匆匆走出屋子。就在你們四目接觸的剎那，帕蕊迅速拉起頭巾一角遮住面龐。莫拉和西蒂卡把女兒喊回房裡，他們凝重的表情讓帕蕊很是不安。就在她踏進房時，莫拉卻看似相當為難地走了出去。西蒂卡毫不拖延時間地道出了主題：「帕蕊，阿曼夏正向妳求婚！」帕蕊一聽，先是一陣錯愕，接著天旋地轉，紛亂的思緒排山倒海向她襲來。帕蕊想，以她這麼個在小村裡長大，沒上過幾天學，沒見過世面，腦子裡幾乎一片空白的少女，如何匹配叱吒風雲，氣魄膽識一流，出身軍官家庭的將領？你不但有著多年戰鬥經驗，更是神秘而令人驚嘆的政治人物。如此的婚配，豈不太過荒謬？然而，另一方面，她又怎能看盡你那挺拔的身影，馬背上的英姿，對戰士們的訓示，以及五官如刀削般深刻分明，似乎永遠敘述著故事的俊美面容？

「帕蕊，阿曼夏正向妳求婚，」西蒂卡看帕蕊想得出神便重複地說，「阿曼夏向妳求婚，爸爸要我和妳談談。」

帕蕊還能說什麼呢？

「你們的選擇也就是我的選擇」，便是帕蕊給出的答案。

大聲，極大聲的音樂。眾人瘋狂地扭動身體。女人來了，男人來了，孩子來了。沒有臉，只有頭與手腳。摩托車來了，裝甲車來了。開進什麼店裡，開上桌子，開上椅子。跳舞的人成了開車的人，開車的人歡迎跳舞的人。摩托車扭動了，裝甲車也扭動了。桌子變成碎片，車子也變成碎片。孩子們驚嚇地跑了。

帕蕊矛盾極了，她害怕極了。矛盾的是，在那彩夢中，你只給她一本書，在現實裡，你不僅允許她看見你，私秘地向你暗中示意，現在竟然還願意讓她參與你的生活，參與你最親密部份的日常！然而，一個一無所有的小女子又能帶給你什麼做為回饋？思前想後，也只有給你生上好多兒子，才是足以匹配的報酬。想到此，帕蕊卻又害羞得手足無措，她狠狠咬著自己的手背，做為女孩太過大膽放肆的懲罰。

帕蕊害怕的是，如果爸媽的選擇不是她的選擇呢？如果爸爸最後的決定和她的期望相背呢？如果因為談不成婚事，而使得阿曼夏不能在家裡繼續住下去呢？帕蕊在矛盾與害怕的情緒下過了一天又一天。她刻意避開你，不和你相遇，卻又更豎起耳朵，聽你來去匆忙的腳步聲，聽你毫不猶豫地下達命令，聽你多麼著急地對著衛星電話發問。

一個月過去了，你沒忘記莫拉就要給你回覆的期限。

「她怎麼說？」

就在你等車要出發去制高點，只有你和莫拉在辦公室時，你問了他。

「帕蕊問，你的家人怎麼說呢？」

「回她話，她是和我結婚，不是和我家人結婚。」

你要帕蕊直接回答，阿曼夏，你要這件事情首先存在兩個人之間。

帕蕊呢？再度和爸媽談過之後，她明白，自己一夕之間成了待嫁娘。帕蕊興奮極了，她不再矛盾，不再害怕，只是，心裡放下一事，另一事卻上心頭。她開始擔心，開始食不知味，開始不眠、消瘦。多少問題在她腦海裡翻騰。她問自己，什麼樣的女人才是阿曼夏的妻子？你會嫌棄她嗎？婚後要住在哪裡？一個軍事將領會有什麼樣的私生活？對一個年輕的小帕蕊而言，你太巨大了！阿曼夏。你的生活、你的思想都太遠、太高、太難想像了。在她偷偷看你時，總想，究竟為什麼你看起來那麼嚴肅、那麼憂鬱？和一個嚴肅、憂鬱的人該怎麼相處，怎麼談話？帕蕊沒有姐姐，沒有同年齡的女友可以談心事，許多心聲也只能說給自己聽。

事情進行得緩慢，卻不停歇。當西蒂卡告訴女兒，你希望和未婚妻見面時，帕蕊真是緊張到了極點，她無法成眠。

那是個晴朗的午後，四周安靜。帕蕊穿了一身綠，緊緊挨著媽媽顫抖地走進你的房間，走進一個男人的房間，未婚夫的房間！害羞的帕蕊以細微的聲音向你問安以後，緊靠著媽媽站立。

「謝謝妳們來，」你從椅子上站起，放慢速度，以溫柔的語調說話，「我很高興和妳結婚，帕蕊。妳應該知道，這個婚姻沒有任何勉強。妳同意嗎？」

帕蕊不敢看你，不敢說一句話。

「如果不願意，請現在當面就對我說，可以立刻取消。」

帕蕊仍是不開口。

「最重要的是，妳願意接受我，也接受我帶來的包袱嗎？」

帕蕊沒辦法直接看你，沒辦法對著你說話。她紊亂了，總覺得是天上的神祇降到地上來和她講話。她只輕輕地對媽媽說：「願意。」

聽到那小小細細的聲音，你微笑了，放心了，又立刻接著說：「我還想知道，妳是不是能接受一個非常簡單的婚禮？我不能提供一個妳應得的婚禮，妳知道原因。這個婚禮要是讓敵人發現了，他們一定會來轟炸。為了抓到我，他們可能會先從妳下手，所以妳會是我的弱點。如果我們想要在房子裡度過幾個安靜的日子，而不是逃避炸彈而必須躲在山洞裡，我們最好有個秘密婚禮。」你停頓了一下，見帕蕊沒有反對的意思，便繼續：「還有，我希望我的妻子不會讓其他不認識的男人看到。我喜歡只有我是看到妳的臉的人。我很高興能夠娶到妳，也希望我是唯一照顧妳的人。這些，妳都能接受嗎？」

多年以後，有人在報導中批評你限制妻子的自由。事實上，這說法並不正確。帕蕊當然有行動的自由，只是不和男人見面，即使是你的兄弟也沒人見過她的顏面。這在戰時，的確有特定的保護作用。不管因戰況的改變而有多少次的遷徙，帕蕊始終隱姓埋名，始終不和外界接觸，即便如此，敵人的炸彈仍舊能夠找上門來，受損的不單是你一家，其他民眾也受到牽連。要是帕蕊能夠讓人認出來，情況更是不堪想像。你是尊重女性的，阿曼夏。一九九二年你榮進喀布爾之後，獨排眾議，把在醫院、電視和廣播公司工作的女性都留了下來。你常說，阿富汗人應當愛護、尊重女人，讓她們擔任重要職務。伊斯蘭並不壓迫女性，真正要打擊的是傳統。不過，你的確重複告訴過帕蕊：「我希望自己是唯一有這個特權的人，可以看到妳的臉。」

15

不僅是爸爸，即便是我自己也沒想過竟然會拿到蘇黎世大學的文憑。爸爸在人前人後儘量克制，不要把我屬於學術界，在家族中算是頗有成就的事實，老是掛在嘴邊。只是這張文憑並沒有減少我找工作的難度。畢業即失業。蘇黎世是世界金融中心之一，我的專長並不完全符合這個城市的需要。再說，我的專長又是什麼？我的國外遊玩經驗放到硬碰硬的現實生活中，也只能是閒談資料而已。到處打工之後，好不容易兒童救護中心願意用我這個三十出頭的「文人」。這工作是二十四小時輪班制，每接到一通電話都要紀錄和對方談話的內容，並且立刻判斷如何處理。打電話來的人，有的只是純聊天，有的，我必須請他們來辦公室詳談。另有些情況，則要安排其他單位共同解決。不論是家長或是孩子自己來電話，我都必須傾聽。由於有過心理學上的訓練，我很快便能聽出話語間潛藏的可能狀況。這樣的工作，我頗能勝任愉快。

進入了生命的另一階段，我的生活應當如何形塑？婚姻，不是不曾思考過，只是無法想像自己會和爸媽一樣，是個家庭中人。女人，倒是從來不缺。人說，我有一雙比女人還好看的眼睛。不知道好看的眼睛是否和不缺女友有些關聯？我和每個女人的關係通常只維持五年左右，至今我尚未明白這五年期限的理由，也或許這定數只發生在我身上。然而和米莉安的關係卻是個例外。

米莉安是我和朋友聚會時認識的德國女人。當時她只來瑞士訪友，和我有更進一步的關係之後，她更能夠實現入籍瑞士、長期在瑞士生活的計畫。一開始，我就認為我們不是很適合。她說起話來，又快又大聲。我原本喜歡她的活潑熱情，只要她一發笑，任何人都會想知道原因，後來我逐漸感覺她說太多，笑太多。她慫恿我結婚，我也照做了。這段婚姻維持了七年，前五年我還試著和她一起生活，後兩年就過得很不和諧了。

我們在上個世紀末協議分手，她後來嫁了個法國人，生了兩個孩子。直到現在，只要她一來瑞士，便會打電話相約。每次和她見面，我都慶幸已經不跟她在一起。

八十年代初，我加入了蘇黎世學校。一開始時，我對這個組織抱持濃厚的興趣，在兒童救護中心的工作讓我有較富彈性的時間，運用在參與這個團體的活動上。後來，份子越來越複雜，左派同性戀者、女性主義者、無政府主義者、異議份子等等，全加入了這個陣營。結果是，不同類型的人，對於每種說法，各有各的詮釋，彼此不能妥協，沒有共識，整個組織只好分裂成幾個小團體。他們圍繞著幾個議題兜圈子，越談越離譜，視野越擠越小，全充斥著生命的謊言。我認為左派在許多國家遭遇失敗，是因為他們不懂人性，不認識自己，也讓自己不自由。

L過世後，由一個女人領導這團體。整個組織卻變得情緒化，瘋了似的，陷入一種被窺視、被追查的妄想中。

這段時間裡，我曾請了四個月的長假，和米莉安載了一車子的書到希臘的克里特島寫博士論文。在海邊所租的房子並不大，簡樸而舒適。我天天早起打字。由於目標明確，所以鬥志高昂。我的論文題目是「烏托邦與教育」。

四年前我已寫了相當多，四年後靜下心重看時，才覺得真是糟透了。我非常驚訝，也感到羞恥。我怎麼可能是那麼令人無法忍受地幼稚，怎麼會相信字辭的表面意義，怎麼會寫出那麼膚淺的、有如踩在雲端上的「作文」！所以我毅然全部丟棄，一切重來。我讓自己安靜下來，不斷地思索參考資料的內容。寫累了，便坐在陽臺上喝咖啡，看船、看海，有時也下水游泳。三個月後終於把論文完成。

從希臘回來後不久，我又去了蘇黎世學校看朋友。感覺得出來，組織裡有了某種變化，整個環境幽浮著說不出來的氣氛。成員們的表情相當奇異，有的精神特別旺盛，甚至有些狂熱，有些卻很沉默，臉部蒙上一層陰影。原來我料到的事終於發生了，組織的精神與理念畢竟是正式分裂了。歡喜的人應該是說了實情讓對方難堪，愁眉的人應該是因為別人看穿了自己的弱點，而有被揭發的憤怒與羞辱感，也因為被說中了痛處，自己隱約覺得矛盾，卻由於不敢面對而難過。

就在這種內部矛盾已然成形的情況下，組織有意擴大，打算建立能讓政府承認立案的心理研究專校，讓學成的人能夠得到正式的畢業證書，也想成立可由健保給付的心理醫院。他們甚至擬定了治療和配備藥物的細節。

在一個研討會裡，他們請來了德國、奧地利和瑞士本土的心理學家。反諷的是，這些人所談的竟然和教主L的理念相反！我在會場，觀察其他成員的表情，他們幾乎在一秒鐘內全變了樣。那是種混合著嚴重精神內傷與不相信外在劇變，卻又不得不承認自己錯誤的怪異表情。我非常瞭解他們的心理轉換，當下就決定要退出這個扭曲自己也扭曲外界現實的團體。和我有同樣想法的人也紛紛離開。我對自己曾經犯下的錯誤感到極為羞恥。

我從極左轉為中間路線有不同的原因，法國作家福樓拜的L'éducation sentimentale是把我從睡夢中喚醒的一本書。這書敘述一個擁有一切，卻只做夢、不做事的年輕人。我將書中主角和自己相較，才驚覺我和他竟然是如此相似。我們這些成員，既騙他人也騙自己，說的和做的南轅北轍，人人心知肚明，卻又假裝團結合作。我離開蘇黎世學校後，立刻被打上背叛者的烙印，而啟動了另一樁擾亂我心神數年之久的事件。

留下來的成員後來在大學裡很活躍，也激烈批評政府的愛滋病預防及治療政策。這些本身有心理疾病的業餘心理學家，在一般人眼中是非常奇怪的一群人。由於害怕感染愛滋病，每到一個地方便神經質地洗手，在外吃飯還自備刀叉，不敢親吻、握手，進入室內之前立即脫鞋，這些全是種被跟蹤、被迫害的妄想反應。社會上開始有報導這個團體的文章，卻都只是隔靴搔癢。團體內部的活動細節與複雜性，外人畢竟難以想像。於是我決定自己動筆。我陸陸續續寫了些，可惜不夠完整，自己並不滿意，最後下定決心寫成書，有系統地戳穿這個大謊言。完成後，寄給兩個出版社，其中一個來電話說明對我的稿子有興趣，真讓人喜出望外。女主編要求我再對L的生平多做介紹，這是相當困難的一部份，因為知道他詳細背景的人極少。後來我在東北部聖加崙城找到線索，越深入，資料越豐富，補足了出版社的要求。不料，書出版後，我卻吃上官司，成了被告，案子纏訟數年。

我以自己的親身經歷，加上搜尋大批資料，以及對過去成員的訪談，寫成這本詳細而紮實的書，介紹了這個團體對L的崇拜、團體的發展、墮落與消弱。我指出，雖然參加的人越多，聲勢越浩大，也就越出名，然而組織成員妄想改變世界，他們越反體制、反傳統，也就越遭到攻擊的事實。我揭發促進會其實是個階級分明的社團，影響力深透成員的私生活與性生活；以一連串的意識形態灌輸和精心設計的制度，掌控成員們的精神，而造成他們的依賴，是種侵犯精神領域的隱形毒品！雖然後來這促進會從激進的左派無政府思想，向右靠攏，其內部的組織結構仍然保有原始的面貌。我的書說明了，這社團保證人能得到治療，生活難題有解的所謂萬能機制，其實只是另一種極權團體，它扼住了成員們的咽喉，讓他們無法發聲，即便發出聲響，也只是一記悶雷，沒人理會。我大膽挑明，社團中有許多偏執狂，患有妄想症，有些甚至是吸毒者。他們煽動、唆使、挑撥、毀謗，就像在一個企業裡可能發生的那般，只不過在這團體裡，這些負面特質更集中、更尖銳，也更無可救藥。我的書成了他們的致命傷，有些擔任教職的，甚至丟了工作。他們恨我入骨，也寫書反駁我，更到處散發傳單，汙衊我，對我大肆攻擊，所依據的邏輯是，我殺了他們，他們也不留我活口！他們僱用私家偵探對我盯梢，掏空我的信箱，還告我毀謗名譽。我的書立刻被禁止發行。

當時我已離開救護中心，準備接受紅十字會派往非洲的工作。秋天我到日內瓦複習、進修法語能力。年底，我回蘇黎世等待任務。有一天，我去超市買東西回來，掏出鑰匙正要開門時，發現門鎖被撬開，我立刻明白是怎麼回事！進到屋裡，臥室、書房、起居室裡所有抽屜、櫃子全被打開，衣服、物品散落一地，凌亂不堪，連那小小的廚房也不放過。護照、法院訴訟資料、銀行帳單、稅務紀錄、私人信函、早就不看並準備丟棄的左派書籍等等，全被搜走。我氣極了，訴訟已在進行，他們還想拿什麼新的證據？

根據屋內情況，我判斷，他們至少有兩個人一起下手。一個懂得怎麼開門，另一個知道要拿些什麼。遺失的證件，警方並沒有找回來。幾年以後，案子結束，書可以繼續發行時，我和編輯商量，把法院判定不可出現的「瘋狂」、「教派」、「偏執狂」等字眼故意不刪除，而是以黑線段代替，是個玩笑也是對整個事件的諷刺，因為從上下文讀者可以輕易猜出黑線底下的幾個字。服兵役時，只規定短髮，沒規定剪髮；法院判決只不允許特定字眼，並沒禁止黑線段。

女人的臉龐，一半被陰影擋住，另一半被她自己的長髮遮住。爆炸巨響震盪大地。紙片上沒臉的女人跪地不斷挖土、吃土，吃土、挖土。紙片在黑暗裡像葉子般飛舞。女人的頭髮是椏梏、枷鎖、鐐銬，讓人不自由。女人的眼淚是漫天洪水，淹沒人的志氣。女人必須把臉和頭髮蓋住。

和米莉安分手後的九十年代初期是混亂的。我以不多的錢過著等待派駐索馬利亞的日子。直到接獲通知，整理行囊的那一刻，我仍然無法確定到國外工作的決定是否正確。

我到達索馬利亞的那個時期，他們各族群間相互傾軋、彼此蹂躪殺戮已進行了二十年。首都摩加迪疏原本有著配以伊斯蘭圖案線條的義大利殖民時代美麗的白色建築，它東臨碧藍闊遠的大海，人稱印度洋的白色珍珠。然而，經過長時間的摧殘，摩加迪疏絕大部份地區嚴重損毀。他們炸掉學校、醫院、工廠、機場、海港，挖斷牆裡的電線、拆卸機具、拔走窗框上的鋁條、搗毀共有的國家基礎建設。當飢荒來了，只有骨頭的軀殼支撐著膨脹的肚子，蒼蠅環繞著無神大眼的孩童照片在全世界飛翔時，西方的人道救助品一批批地傾倒在這個東非翹出海面的土地上。而仍有武力行動的個人或團體，把這些包括從國外運輸到最內地、災情最嚴重地區分配中心完全免費的數千公頓食物、藥品掠奪殆盡。大約十年後，我以記者身份再度踏上這片哀愁的土地時，一些自稱「自由槍手」的道上兄弟，成天端著俄式自動步槍橫掃大街小巷，不但賺進免費的威士忌、毒品與性，還強行索取過路費，一不對眼，雙方人馬立刻幹上。他們認為，摩加迪疏是世界上生活最舒適的地方，和我這個歐洲白人最不相同的是，他們可以稱王稱霸，為所欲為。

有人說，非洲的動亂肇因於受殖民的過往。我總以為，西方國家不論以軍事或以人道為理由的干預，可能延遲了動亂的結束，卻不是動亂產生的原因。非洲國家族群間勢均力敵的鬥爭，是人類掠戰本性的赤裸呈現。物品搶瘋了，眼睛殺紅了，獸與獸之間的復仇是富庶大地上演的劇碼。直到各方人力、物力耗竭殆盡，原來的政治機制便再度復活，族群長老聚集講和，把各自的嫉妒、懷疑、覬覦維持在一種危險的平衡裡。

即便在那一片片空無一物的土地上安置難民、運送醫療物資時，我也有時會望著補給車上的紅十字發呆，回想不太順遂，卻也幾乎是想做什麼就做什麼的前半生，究竟是怎麼回事。就在索馬利亞的工作告一段落，還沒去巴爾幹半島的空檔裡，我在蘇黎世又有和克莉斯丁見面的機會。那時她和班尼已經結婚，因為便宜租到了一間房子又完成裝潢，所以開了個慶祝會，我們這批老友相約去參加。

這天，克莉斯丁是我見過最快樂的女人。她又喝酒、又跳舞，顯出過度高興的樣子。只是，眼裡的光芒不見了，臉頰也不再紅潤。克莉斯丁變了，變得有些疲累，變得，有些勉強，對生活的勉強，雖然她笑得那麼開心。班尼正好相反。他整個人罩上一層冷霜，和二十年前第一次在印度小酒館裡看到他的樣子明顯不同。這天，他陰沉著臉，半閉著眼睛吹薩克斯風。他那幫政治朋友也來了，自成一個小圈圈，坐在角落裡。不知是否過量的酒精發生作用，一個大左派報紙發行人和班尼發生口角，雙方吵得相當激烈，他氣得離席，留下又憤怒又尷尬的班尼。我沒和他們坐在一起，不清楚爭執的內容。事後羅利才對我說，慶祝會當天班尼接到檢查報告，證實他得了愛滋病！一剎間，班尼那天的冷霜、陰鬱、憤怒全都有了解釋。那慶祝會好像是為了他被宣判死刑而舉行。克莉斯丁應該也知道自己的狀況，卻延遲半年後才去檢查。在那個年代，施打毒品的人相當多，由於針頭不易取得，多人共用一個針頭的例子並不少有。班尼應該是因此而被傳染。

後來我去了巴爾幹半島。有一天突然接到卡羅的傳真，說是克莉斯丁病危，我立刻打電話給她的姐姐瞭解情況。電話裡不斷傳來啜泣的聲音，真正的話語卻沒幾句。三週後，克莉斯丁過世，我趕回來參加葬禮。

二十年來，我們有各自的經歷。雖然都生活在蘇城，朋友之間也會流通些彼此的消息，然而真正的內心色彩、線條如何，卻是空白一片。班尼是左派激進份子，是個不折不扣的政治動物。我幾乎可以確定，他們不是因為愛情而結婚，而是為了行動上方便的政治結合。克莉斯丁生病時，拒絕和那批政治朋友見面，只願和家人相聚，是很容易理解的。

克莉斯丁是個非常心軟，非常有造型藝術才華的女人。她能以植物、以簡單的器皿、材料把家裡佈置得溫馨、多彩。我很可以想像，她必定是按捺下自己的興趣與喜好而儘量配合班尼的政治行動，甚至多次到瓜地馬拉幫助丈夫拍攝紀錄片。班尼先她而亡，在她也面對死亡威脅時，自然不需要再虛與委蛇地和班尼的那幫朋友周旋。克莉斯丁不接受治療，應該和她只要美好事物的個性有關。她只願自然凋零，不能看到自己被藥物摧殘。克莉斯丁的溫暖和心軟，讓她談起別人時只說好的，從不批評是非。生重病不是件值得炫耀的事，她不願面對醜陋。

在克莉斯丁的葬禮上，我聽到了最無恥的謊言！首先是神父說了死者的生平，再來是卡羅談我們年輕時代的故事，我們一起去中亞的旅行。最後是左派同志代表的發言。這人說，克莉斯丁是個好夥伴，她雖然離開了，仍然會繼續為革命而活，她的生命仍與革命同在等等的，完全是虛偽到了極點的一派胡言！克莉斯丁是以美、以和諧、以快樂為最高指示的好女人。她的死是班尼的傳染，她是冤死，是受盡委屈的犧牲者。這些自認為道德標準比別人高超的左派政治動物，竟然不讓她安息，不讓她死得清靜，還硬拖著她為他們可笑的革命而「活著」。我實在無法訴說我的憤怒！

沒有用的。想像如果當初不是這麼做而是那麼做，應該會有什麼不同的假設與推演而感到歡欣或遺憾，是不具意義的。我們這夥人把身體探出窗外許多，可能跌下樓的風險當然比別人大。我的青少年時代高低起伏，雖不像一般人走得那麼平順，卻也累積了許多奇特的經驗。每個人都必須為自己的每一步負起責任，其他的，就只能歸於幸與不幸了。比如米奇，和四十二歲便過世的克莉斯丁一樣，是不幸的。

米奇很聰明，全身散發出一股令人無法抗拒的親切感。可是印度之行把他徹底毀了，他再也走不出自己建造的迷宮。他的精神好似蜘蛛網般脆弱，只要幾件令人震驚的事件，便足以將他永遠甩出人生的跑道。去年我參加了他的葬禮。

米奇死於喝酒過量。酒精是他對抗內在地獄的唯一良方。而卡羅是幸運的。他打敗了毒癮，和他弟弟在南部開了家服裝店，不久前還當了爸爸。在他吸毒期間，曾經有幾次和死神擦身而過。

我呢？從巴爾幹半島回來後，有一天和在一家知名雜誌社工作的朋友聊天，我批評了其中幾個作者的文章，可能他也有同感吧，便把我介紹給總編輯。當我站在編輯部辦公室時，感覺就好像在自己家中那麼熟悉而愉快。自始至終，我和文字有著千絲萬縷的不解緣。接下工作後，我小心翼翼，努力把文章寫好。雜誌出刊時，我看到自己的名字和心儀的作家並列，既興奮又驕傲。當時我只是自由撰稿，提出申請被錄取後，才有一份正式的工作。除了底薪之外，如果寫出的東西夠份量，還可多賺些。我的生活於是有了穩固的著落。

我們這些人，在那個年代，用盡心神的耕耘機把社會文化的沃土做了大翻轉；也和其他國家的年輕人一樣，深陷在洶湧的群眾激情裡，瞎了般，看不到世界的實相。正如同每一種不同形式、不同質量的耽溺，總是毫無限制地索求它的獵物，我們在不知不覺中，竟成了自己青春年華的犧牲品。

16

你常對帕蕊說，阿曼夏，外國記者要來到你的基地採訪不是件容易的事，應該儘量給他們方便。你的瞭解或許是指交通上的、生活設施上的障礙而言，一些人為的，原本不存在阿富汗或鄰近國家，卻為了賺取西方記者的美金而倉促完成的設計，是在硬體設備匱乏之外，另一種傷人心神的經驗。

我和攝影師納坦這次由北往南行。我們繞道俄國，打算從塔吉克斯坦的杜相貝進入阿富汗，到達你在最北端的合賈保丁基地。我們雖然去了好些發生衝突或遭遇戰亂的國家，對於「和我們不一樣的另一套機制」卻始終難以適應；也或許潛意識裡拒絕適應。

機場大廳亂糟糟地站了一些人，其中有個小團體帶了各種攝影器材的重裝備。每個人都在說話，似乎沒人能確定是否有班機，即便有了登機證，也不保證班機一定起飛。辦理登機櫃檯前就有黑市買賣，到杜相貝的價錢是平時的兩倍。這錢雜誌社不得不給，否則不能做任何報導。老闆花了美金，我們以生命下注，全是出於自願，也怨不得誰。

塔吉克斯坦航空的機艙安全措施既簡便又單薄。沒有救生背心示範，還可以理解，畢竟中亞內陸國群山綿延，真要有事，總不能讓飛機忍著點，往西飛到裡海才墜落。可是沒有氧氣罩使用法介紹，就令人難以明白了。而扣緊安全帶、關閉手機的提醒，又似乎顯得過於理所當然，不足為道。唯一的兩個指示是，第一，起飛、降落時不許走動；第二，飛行時，不可打開機門！機上除了有熱水可喝之外，沒有其他的東西。熟悉這航線的人都自備茶葉，鄰座的老人分了我們一些。泡了、喝了以後，我們比別人多出把茶葉從嘴裡拿出來的小差事。

下機後才發覺，杜相貝機場裡有幅別處不容易見到的奇景。黑壓壓的人群裡，絕大部份是要賺取美金的特種服務業。從幫忙拿行李，到叫計程車或找翻譯員，只要一開口，就有至少十個人等候吩咐。你一定沒想到，阿曼夏，阿富汗國內衝突吸引記者採訪，竟然為鄰國闢出另一條賺取外匯的管道。城內的塔吉克斯坦飯店，自動轉型為國際媒體中心，英語成了唯一通用的語言。大家交換的訊息不外是，某個攝影記者在邊界遭到塔利班開槍射擊，險些喪命；一個電視公司記者病得不輕，躺在潘吉爾峽谷某個地方出不來……等等的。飯店裡，早上八點，扭開水龍頭，流出的是細沙。在樓下餐廳，叫一客煎蛋必須等待十五分鐘才送來。二十四小時開放的櫃檯前亂成一團，兩名忙壞了的女士，已經累得只差沒在工作中睡著。膽子夠大的房客，可以不繳錢就離開，沒人會發覺。

綠色的採訪證要價四十美元，上百個德、法、義、美及西班牙記者可以一等六小時，就為了得到許可。而延長簽證的費用，竟然是許可證的四倍價錢！不就有人說，如果記者再多停留一個月，塔吉克斯坦明年就不需要種棉花了！不繳二百美金連線，光有手機也沒用。租個當地手機呢？也不行，因為所有手機都早已出租一空，下批貨還卡在海關裡，出不來。會說英語的學生都是他們國家的財務精英，至少有一半的記者需要翻譯人員。晚上的咖啡廳、酒吧全是國際記者的天下，大家談著前線的戰況、談著傳染病、談著來此地採訪是多麼沒有意義。而在感到無意義的同時，都一致贊成再點一瓶伏特加。

我們搭上了四輪傳動車，顛簸了近十小時，全身的骨頭幾乎都震掉了。晚上十一點，潘吉爾河岸邊，我們依序下車排隊。海關問我前面的大鬍子：「哪個國家？」

「厄瓜多爾。」大鬍子答。

「哪個國家？」海關提高了聲音。

「厄瓜多爾是在南美的一個國家。」

「美國？」

「是的，在南美。」

「啊，美國。」海關笑開了嘴。啪一聲，一個官印蓋在厄瓜多爾記者的護照上，然後在紀錄簿上寫下ＵＳＡ。

我們終於來到阿富汗。滿天星斗是這個國家和世界的唯一共有。

那麼昏暗。我看得那麼清楚。有人提著藍子賣什麼吃的。十來層的寬長石階上人來人往，階下是條流動的灰河。雅絲明突然出現，背對著我疾疾前行。我喊她，她走得更快，離我更遠。我又喊她，追了上去。瞬間，雅絲明消失在人群裡。我旋轉起來，瘋狂地旋轉起來……

這裡沒有路，所以沒有路燈。這裡沒有店家，所以沒有咖啡牛奶。這裡沒有報紙、沒有電纜、沒有網路。這裡沒有戲院、沒有啤酒，也沒有洗衣機、煤氣爐。這裡只有下午六點以後的禁止外出；武裝的孩子；到處都是灰塵；許多不知名的奇異蟲子；還有，驢子是一般人主要的交通工具；瘧疾、肝炎，以及各種皮膚病。巴基斯坦進口的可樂一瓶二美元，俄製自動步槍一把一百美元。由一千五百個院落組成的地方，他們喜歡稱為「城市」。

合賈保丁，民情保守、思想封閉。外國人在此地喝酒被逮，罰鍰一千五百美元，立即遞解出境。打算在這裡工作的人必須自己攜帶所有的東西，從速食餐、衛生紙，到電腦和衛星電話，都必須自己裝箱，搬上吉普車，以一小時二十公里的速度，艱難困頓地運來。阿曼夏，你的基地和戰鬥前線有段距離，又有最新資料提供，是國際媒體駐紮的大本營。西方記者「聞」到衝突不可能很快結束，便把為了報導而不惜一切的自力救濟本事，移植到合賈保丁來。房舍簡單而實用的記者招待所裡，有電、有燈，還可以打電話又上網，更有熱水供應，可以天天洗澡！四個當地人負責炊煮、清潔的工作，所以有熱食可吃，也可以安靜地睡覺。

附近聽不到槍聲、爆炸聲，塔利班在二十五公里之外。我們要求更接近敵人一些，於是有人牽來兩匹驢子給我和納坦，其他四個人則是徒步陪伴。因有驢子可騎而被納坦笑成是中產階級的我和他自己，到了必須上行的崎嶇山徑時才明白，為什麼我們騎驢，他們走路；原來目的就是不會因著我們不善走山道而耽擱時間。不論是踩、踏、蹲、爬，我們看來腳步不可能找到著力點的地方，他們都能一步步往前，把那些彷彿削切了幾面的扁岩，以及可以讓一個腳板分處至少三處凹凸的石土，一逕拋棄在後。驢子踏在千年的礫石上，我卻有種異樣的感覺，或許是一隻小螻蟻面對大山時的謙卑。不知走了多久，原先爆破的悶響逐漸清晰可聞。其中一個聖戰士指著不遠處，表示塔利班就在那山頭後面時，突然咻一聲從耳際劃過，我本能地把脖子一縮，卻惹來他們三個人的訕笑，另外那個年紀最輕的少年也不過咧咧嘴。這個娃娃兵，大概還不曾剃過鬍子，就已經學會使槍。

我們吃得真好，一天三次同樣內容的熱食，薯條、羊肉和馬鈴薯，以及蕃茄洋蔥沙拉和麵包。前三天吃這些，真是絕佳美食；第四天就成了一種義務，要能有個梨子也挺不錯；到了第五天的中餐、晚餐，我就只能吞下溶於水的阿斯匹靈藥片；第六天拿出從莫斯科帶來的速食湯、香腸和紅茶；到了第七天便彷彿喪失了饑餓的感覺。晚上有熱水洗澡，算是天下第一美事。強力電池讓我們可以就著光線敬謹地從桶子裡舀出第一瓢水澆在身上，第二瓢水是種享受，第三瓢就是奢侈了。只是，即便在室內，做個乾淨人也只有短暫的時間，從頭到腳再度覆上一層沙不過三個鐘頭以內的事。上廁所也是另種風景。除了地上的坑，牆上也有洞。坑是處理那件事情需要的，而牆洞就有另外的作用了。透過第一個洞可以看到西方記者忙著把一箱箱的器材裝上四輪傳動車，攝影記者扛著大型攝影機到處閃躲，怕撞人或被撞。透過第二個洞就看到穿著長衫寬褲，來來往往的阿富汗男人，有的背著布袋牽著孩子，有些牽著的驢子上坐了個穿罩袍的女人。在家的廁所裡可以坐著看雜誌，在合賈保丁的廁所裡，可以蹲著看人生。

一直等不到你的消息，阿曼夏，好心的阿富汗兄弟便幫我們準備了娛樂節目。聽說是要去看北聯的訓練營，我們立刻帶著好奇心跳上吉普車。一路上塵土飛揚。風刮起時，砂礫撲面，能見度不到一百公尺，開車的兄弟猛按喇叭。我們來到兩個山丘之間的凹地，以為會看到射擊靶場或障礙設施，實際情況卻只是兩隊人馬踢球厮殺。我心想，這大概是從戰線輪流換下來的一批人。長時間躲在壕溝裡，繃緊神經、避開流彈，或注意指示準備進攻，總不是辦法。

有人問我們，是否也願意下場賽一局？我不但對一開跑就土石紛飛不感興趣，以我的年齡和這些習慣在山嶺間鍛鍊的年輕人賽球，不見得恰當。納坦一心想取得這些難得的聖戰士休閒鏡頭，據說這訓練營由鄰國資助，沒有拍照許可便不能有所行動，所以納坦顯得相當失望。我瞭解他的失落感。錯過這個機會，意味著他少了一次讓自己更出名的可能，也等於是少進帳的宣告，這對於靠按快門賺取生活的人不是個好消息。特別是和幾年前的大豐收相比，這次的挫折感就更不難想像了。

那次的阿富汗之行，目的是想看看南部的大片罌粟田。南下之前，我們先在峽谷繞了一圈。翻譯員告訴我們，就要經過的曠野平臺上，正要舉行布茲卡西。我早就聽過這種中亞大草原上盛行了幾世紀的運動比賽，現在有機會目睹，實在令人興奮。

我們來到的空曠場地幾乎被連天的峭壁所圍繞。場子邊聚集了許多人，參賽的峽谷好漢各騎一匹駿馬。場地中間有個大白圈，圈內躺著一隻去頭、去尾、斬斷四肢到膝蓋的羊。

布茲卡西的規則是要奪取圈內的羊屍後，繞行全場，再把無頭羊放回原處。原則看似簡單，要真正做起來就不那麼容易了。因為，即使速度夠快，先到達圈內的人不見得有能耐拖起地上的羊，而要讓快跑中的馬匹突然減速又突然加速，不是禦馬能手絕對做不到。騎士必須能夠迅速進入白圈，在雜沓的馬匹間彎下腰，瞬間將羊身提起，以大腿或膀子夾住，跑出白圈，繞場的同時，還要防止不斷企圖奪羊的對手進攻偷襲。整個過程全在馬上進行，時短而緊湊。由於無頭羊重四十到七十公斤，搶到羊的人不一定能全程保羊，參加的人除了必須有極好的騎術之外，還要有一邊快速騎馬一邊保住羊身的本事。

由翻譯員開路，我們搶到了個好位置。人越集越多，我們的三人小組便分散了。等了好一陣子，比賽正式開始。一聲令下，約二十人同時朝著場子中的標的物狂奔，揚起塵土如霧。突然，我看到納坦就等在白圈不遠處。這人瘋了！我高聲大喊：「快離開！快離開！納坦，馬群來了！快跑！快跑！」就在我第二次喊他時，納坦已被馬群淹沒。騎士一下子飆出了白圈，我和其他觀眾立刻飛奔到場子中，把倒在地上的納坦火速抬離，因為馬群就要再轉回白圈。

納坦驚魂未定，有人遞水給他喝。

「你不要命了！」我又氣又急地說。

「機會難得。」

這人似乎一點也不後悔。

「拍到了嗎？」

我很懷疑，在緊迫混亂的剎那間能搶到什麼鏡頭。

「快門按下了，不曉得結果。」

看到他只有幾處擦傷、瘀傷，知道馬匹沒在他身上踩過，讓人放心許多。

後來回到蘇黎世不久，我的報導還沒開始寫，就接到納坦要我去他工作室的電話。我依約前往，搭著電車，一路好奇。電話中，納坦的語調是少有的興奮，他卻不願事先透露一些。到達後，他領我到暗房。我首先看到，固定在面對面兩邊牆的細線上吊著一張放大的照片。借著小燈，我走近看清楚照片內容時，激動得說不出話來。不僅是這照片的內容令我震撼，納坦怎麼搶到這鏡頭的過程讓這照片更顯得珍貴。久久之後，我才聽見自己說：「納坦，這是幾個世紀以來，也可能是幾個世紀以後，唯一的一張照片！」

照片的背景是馬蹄高抬，身連身，重疊擠在一起的三匹馬，以及撐開在馬背上，穿著長靴的腳。在一片塵土灰濛中，一隻大手正抓起橫躺在照片前方毛茸茸的黑羊。人人都知道這是在一秒鐘裡發生的事情，只有納坦讓這一秒鐘變成永恆！後來這照片得了大獎，也是理所當然的事了。

聖戰士在訓練營裡的足球賽沒看完，我們便起程去參觀一所學校。在塔利班治理下，整個阿富汗就只有潘吉爾峽谷設有女子學校；這是你的堅持，阿曼夏。只是我們這次看的，仍是原本就有的男孩學校。校舍似乎剛蓋好不久，外牆是美麗的天藍色。大教室裡約有一百個八、九歲的男孩。他們也穿著和大人一樣的寬鬆長衫長褲，席地而坐，就著手中的本子，身體向前向後地搖擺吟唱。休息時，我也就地和他們坐在一起。透過翻譯，我問：「你們長大以後喜歡當聖戰士嗎？」

環繞著我的孩子們全搖頭。

「為什麼呢？」我繼續問。久久沒人回答。我帶著鼓勵的眼神再問了一次，才有個小小的聲音說：「會很快死了。」

這下子，孩子們全點點頭。美國中央情報局料定，潘吉爾峽谷以彈頭推進的反坦克手榴彈的操作員，活不過三個星期。說是潘吉爾人命定要成為炮灰，似乎也不為過。

「那麼，你們喜歡當什麼呢？」

這個問題立刻得到回答：「老師。」

孩子全點頭。

另一個說：「當工程師。」

孩子又全都點頭。

我注意到一個坐得離我較遠的男孩。他那雙水汪汪又黑又大的眼睛，很輕易地就讓人不得不看他。當其他人因提到理想中的職業而顯得有些興奮時，這男孩只安靜地微笑著，就像個害羞的小女孩被問到妳喜不喜歡當新娘那般。男孩注意到我正看著他，立刻把頭低了下去。

記得塔利班剛竄起時，南部大城坎達哈就曾發生過，兩名指揮官為了搶奪一個小男孩，而導致兩邊人馬大打出手的事情。塔利班規定，女人不得不出門時必須穿大罩袍，也一定要有男性親屬陪同。在一個沒有女人的社會，性想像只好移轉到隨時都可以看到的小男孩身上。阿富汗原本沒有一個善待女人的公共機制，市集上的海報或唱片封面，常有擦上白粉、塗上口紅的男孩照片。塔利班一來，所有娛樂全都禁止。其他國家的父親們擔心女兒的安危，阿富汗正好相反，女孩不出門，不會出事。有男孩的爸爸們害怕兒子會無端失蹤，會遭到強暴。

家中的牆是凹凸的石壁，家的外面是鐵灰色的山岩。路，其實是一整片峭直的岩塊，刀鋒般矗立著。無際。到任何地方都必須大步跨越、攀爬、舉吊……一出門必定有割傷、刮傷。急著找什麼人，穿過窄小的石洞，整個人弓著身子，蹲踞前進。

這個記者招待所人來人往，聽說曾經有將近二十個人同時住宿的紀錄。我猜想，當時應該至少有兩個拍攝紀錄片的團隊和其他幾個國家零散的記者吧。我們在的時候，還有德國、義大利及日本來的人。有一天，大家先後來到早餐桌，一天開始，或許還沒完全清醒，也或許正盤算著今天該去什麼地方，和什麼人見面，人人自顧吃著、喝著，不說一句話。突然間，靜默的空氣被一聲悽慘的嚎叫劃破。就在我們面面相覷，不知所以的時候，又連續聽到好幾聲，大家不約而同快走出去。

三隻拴在木欄邊的狗，頭上血淋淋。兩個阿富汗人手裡各有一把刀。看到我們一張張驚愕的臉，他們卻笑著說：「把狗的耳朵割了，牠們會變得很兇，晚上睡不好，更可以守門。」

在每兩個人就有一人背著自動步槍的地方，有稱職的看門狗不是什麼壞事。畢竟是戰區，狗不是給人撫摸、疼惜用的，也不能拿來醫治寂寞。我在蘇黎世所住的那個社區裡，每天黃昏總有個高大的女人牽著一隻黃狗沿街走，不論晴雨，從不缺席。她總是戴著手套，把狗屎裝入自備的塑膠袋後帶走。聽鄰居講，這女人養狗的目的，是逼自己必須每天外出散步。

「明天還要割掉牠們的尾巴，」阿富汗兄弟繼續說，「兇猛的狗才能賣好價錢。」

那天下午變了天。太陽消失，烏雲密佈，大風刮起，大量黃塵飛捲，除非拿手帕遮蔽口鼻，否則無法呼吸。人人匆忙走避，我們也從小市集趕回招待所。塵土由空氣承載，緊閉門窗既然擋不了空氣，也就擋不了細塵。所有的器具、桌椅、櫃子、地板，沒一處逃得了這無聲的侵襲。我們一整天出不了門。滾滾黃塵在晚間的燈光下不停旋轉。如果可以選擇，我倒寧可讓雪茄來侵蝕我的肺，而不是無所不在的含塵空氣。

一覺醒來，太陽又露出了臉。在半個地球外的家，是下雨下雪，在這裡是颳風下塵。如果不是風塵留下的處處痕跡，難以從今天的天氣想像昨天在外時不能看清旁邊人的情景。

合賈保丁的街上沒有任何號誌，載貨載人的車輛呼嘯著開過，讓人懷疑這些四輪交通工具是否有煞車裝置。唯一讓我了解的交通規則是，誰把喇叭按得又長又響，誰就能優先通過。其實路上有個交通警察，可惜沒人注意他手上紅白色木牌的指示。我在一旁看了好一下子，確定這人對交通起不了作用，才讓翻譯員請他到路邊聊聊。

「你每天在這裡工作嗎？」

「不一定。有時在郊外，有時在市集。」

「好像沒人按照你的指揮開車。」

「沒關係，以後會好些。最重要的是，我有個工作，有薪水。」

「多少？我可以知道嗎？」

「每個月有七十公斤的麥子和三美元現金。」

「滿意嗎？」

「我已經六十三歲了，能住在這個全阿富汗唯一沒有塔利班的地方，離前線又有段距離，沒什麼可以抱怨的了。」

「如果阿曼夏能夠打垮塔利班，你希望以後有什麼樣的政府？」

「能夠讓每個人有工作做，最重要的是，沒有戰爭！」

我繼續和他聊，他也暢快地說這說那。這交通警察住在離工作地點一小時車程以外的地方，卻沒有公共交通工具可以回家。如果幸運能攔到一部往他住處方向的車，便有機會在晚上看到三個女兒，否則就得隨便找個地方過夜了。至於他怎麼從家裡出來上班？大概就像回家一樣，也像我當年從歐洲到中亞旅行的方式——搭便車。

「每天找車不是太不方便了嗎？」

「還可以，」他說，「只要沒有戰爭，什麼都好。」

一直等不到你的消息，阿曼夏，我們只好像觀光客一樣地到處走走看看。今天賣鍋子的沒出來擺攤，聽說是病了。一個背長槍的長鬍子男人就坐在空攤子旁的小椅子上，身旁圍了一圈人。我們很好奇，也湊上去探個究竟，才知道，原來這些人在收聽廣播。短波收音機傳出男人急促的聲音：喀布爾被炸、坎達哈被炸、馬沙伊沙利夫被炸……這麼精簡地聽到新聞，實在令人羨慕。這裡人在得到消息後，可以從容思考；我們得到消息，順手傳給別人後，立刻忘記。他們聽了新聞，可以放在心裡一整週，我們卻天天被新聞浪潮所淹沒。他們的時間花費在從甲地到乙地，我們的時間則花在消費別人的資訊，也製造資訊讓別人消費。

隨後我們逛到了一個較特殊的地方——一個診所。小男孩大概只有六、七歲，和他打招呼，他不理會，兩眼無神地看著前方，偶爾打個寒顫，不說一句話。他和爸爸坐在長凳上，診療室相當大。除了長凳外，還有張桌子、一把椅子。桌上有個寫著俄文字的木箱，還有日本進口的顯微鏡。桌子後坐著一名微笑著、慈祥的長者，他是這一帶唯一的醫生。孩子的爸爸笑笑地慢慢講話，說是，一家大小都得過瘧疾，也都吃藥治癒了，現在帶小兒子來做檢查，看看他是否也染了病；說是，孩子發燒已有幾天，兩眼直視，問他叫什麼，也不見回答，全身力氣全抽走了似的。他除了顫抖，有時還好像就要窒息。醫生從男孩的手指紮出幾滴血，必須等血乾了才能檢查出究竟。醫生笑笑地說，這藥是多少錢，男孩的爸爸也笑笑說，必要時就得賣東西來買藥。醫生把玻璃片上的血放在顯微鏡下看仔細。兩分鐘後抬起頭來說：「是瘧疾！」醫生宣告。

孩子的爸爸不笑了。醫生在病歷單上，孩子姓名的旁邊畫了個加號。醫生再拿出一張紙，寫上藥劑名稱。那個爸爸開始數鈔票付錢。

藥房就在診療室內牆後，有另一個入口。這個藥劑師真是個快樂的人，因為他每天有三百個付現款的客戶，其中每十人就有一個買瘧疾藥。那爸爸又數鈔票付錢，藥品比診斷費貴兩倍。然後，他們準備離去。慢慢地，小心地，爸爸把小男孩放上驢背，他自己也騎了上去。天氣很好，他們消失在黃土藍天一線隔的地平線上。

不等你了，阿曼夏。雜誌社只讓我出差兩週，一半的時間過去，沒見到你，納坦也走了。他不是雜誌社雇員，自己的工作室要料理，否則生活就沒有進帳。除了戰功之外，你在國際上還有兩個受矚目的成就——辦教育和打擊毒品走私。我必須想辦法從這兩件事上著手。合賈保丁是這幾年逐漸成形的聚落，許多居民是為了逃離塔利班才飄泊到這裡來。在一個閉塞的地方打探消息，並不特別困難。

我去找犯人。

這或許是全世界最容易進入的監獄重地，最容易接近囚犯的地方了。沒有審查，不需要特別申請，一切由翻譯員安排即可。我們來到合賈保丁的外圍，車子就停在一棟大建築前面。這裡關了大約一百五十個人犯，大部份是塔利班俘虜，以及其他觸犯刑責的人。他們說，和塔利班談仍有困難，和哈侃聊聊倒是可以。

門開著，窗子也沒有鐵杆的裝置。四個男人，他們是三個扒手和一個毒品走私犯，坐在十平方公尺的大房間裡，只要願意，他們可以隨時走出房間到廣場去洗臉或踢球。不過，離開場子到外邊去，卻是禁止的。十個背長槍的少年負責看守他們——三個扒手和一個毒品走私犯。

他叫哈侃，二十九歲，生活經歷很可以是同儕的代表。哈侃不能讀，不會寫，沒受過任何職業訓練，沒有固定收入，卻有三個小孩。有時他在別人的田地裡幫忙，賺的一點錢不夠家裡開銷。有天，有幾個人請他背一袋東西到塔吉克斯坦的邊界去，代價二百美元。哈侃答應了、背了、走了、做了，整個行程最終卻在北聯民兵的手裡結束。他們說：「哈侃，你背了二十五公斤的海洛因，走那麼遠的路，太辛苦了，現在可以一口氣休息半年！」那裝貨的袋子上應該印有專產海洛因賈拉拉巴市製造工廠的字樣，這，哈侃當然不知道。

「你現在覺得怎麼樣？哈侃。」我問他。

「這裡很無聊。」哈侃靦腆地笑笑。他有著細細的眼睛。

「家裡人不來看你嗎？」

「沒有人知道我在這裡。」

「你是說，自從你離開後，就和家裡斷了聯絡？」

哈侃點點頭。

「你太太和孩子怎麼生活呢？」

「不知道。可能親戚、鄰居會幫點忙。」

哈侃揚揚眉，說得無關痛癢。不知道是對無法改善的生活條件早已痲痺，還是他的情緒不曾進化發展？

這牢裡，每天三餐有吃、有喝，其他的時間不是坐著就是望向窗外。沒有粗長的鐵欄杆，沒有嚴密看守的警衛，也沒有企圖越獄的犯人，因為外面的生活不見得比裡面好。

瑞士監獄不也關了些不願出獄的罪犯，特別是觸犯刑法的非法移民。只要一出獄，他們就可能被遣送回母國。犯人也有應享的人權！左派常這麼說。所以除了不能外出，監獄裡的生活比外面還要有吸引力。自己租的房間不比牢房舒適，吃的東西比不上獄中餐廳的伙食平衡又顧及營養。牢裡盥洗、休閒、工作、娛樂設施全都乾淨得不帶傳染源。生病時，緊張的是獄方，任何人都擔不起犯人病死在獄中的醜聞。

是啊，人權至上！

來亞瑟夫家之前，我一路上覺得不對勁，卻說不出個所以然。他們說，這孩子特別，我當然要來看看。

那是下午時分，我們來到一戶算是小康的人家，首先出來迎接的是，一隻狗和五隻雞。亞瑟夫的爸爸高高瘦瘦，滿臉皺紋，熱情而又保持距離。他領我們到房間時，亞瑟夫正盤坐在薄毯子上做功課，看到陌生人來了，他有些不知所措，很顯然，事先沒人告訴他會有客人來訪。亞瑟夫看人的眼神堅定，一點也不害羞、閃躲。我的直覺是，這孩子不同，是還不會拿湯匙就已經會拿筆的那種不同！

「我聽說，你叫亞瑟夫，今年十一歲。」

看了亞瑟夫第一眼就知道，我不需要向對小孩子那樣地和他說話。

「對，請問你是誰？你為什麼來我家？」

「我是瑞士記者。」

「瑞士？記者？」

「瑞士是個離這裡很遠的國家。記者就是把新聞、消息寫出來讓大家讀的人。」亞瑟夫點點頭。我停了停，知道碰到了一個不只被問，也喜歡問人的對手。我繼續說：「我並不是一開始就打算來拜訪你。我是來找阿曼夏的，卻一直等不到他。你知道阿曼夏吧？」

「當然，這裡的人全知道他。」

「談談你一天的作息吧，亞瑟夫，我對像你這麼一個阿富汗男孩的生活感到好奇。」

不知從什麼時候開始，房間裡進來了一些人。

「沒什麼特別的。我早上去學校，不和爸爸下田工作。下午我先清理動物的糞便，以後才做功課。」

「亞瑟夫是個聰明的孩子，」原本安靜在一旁亞瑟夫的爸爸說話了，「我和他的三個哥哥不會讀、不會算，他是我們家第一個上學的。他應該在政府裡做事，不要像我，都已經有白頭髮了，除了種田，什麼都不會。我自己就像個瞎子，我兒子應該要比我有出息才行。」

我深深地點頭，表示瞭解。

「你最喜歡什麼課，亞瑟夫？」我繼續問。

「算數。算數很重要。」

「為什麼？」

「因為到處都需要，特別是我爸爸在市場上賣米或買驢的時候，我喜歡幫他忙。」

突然另一個聲音說：「我常跟亞瑟夫講，如果他不上學，我們家就全是瞎子。」原來那是亞瑟夫的媽媽。這女士當然可以在陌生人面前發言，不但因為她是身在不受到塔利班治理的潘吉爾峽谷，更因為她生了四個兒子，其中一個又是絕頂聰慧的明日之星，她是有理由大聲說話的。陸續進來的人把這房間擠滿了，小孩特別多，卻沒人作聲。我又問亞瑟夫：「你將來有什麼打算？」

「工程師。我希望長大以後是個工程師。」

亞瑟夫眼睛一亮，說得非常賭定，彷彿他手上就握有一張文憑那般。

醫生、老師、工程師是阿富汗男孩夢想中的職業，代表了尊嚴、驕傲、地位以及穩定的收入。我呢？我在亞瑟夫這個年紀時只忙著做三件事：搗蛋、作弊、踢足球。

「妳希望亞瑟夫也成為聖戰士嗎？」我轉向孩子的媽媽說。

這問題雖擾人清夢，卻不能迴避，畢竟他們仍是處在戰時，身在戰區。

「亞瑟夫應該去當兵，每個男人都要保衛自己的國家。不過，我希望亞瑟夫加入軍隊時，不要有戰爭。」

「贊成你媽媽的看法嗎？亞瑟夫。」

他沒直接回答，只說：「我想，這戰爭不會那麼快結束。昨天我在收音機裡聽到，喀布爾有很多小孩被炸死。」

回程途中，我終於釐清了來之前不尋常的感覺。原來我以為會不習慣和一個小孩談，以為會是像小學老師的家庭訪視工作。其實我是採訪了一個小大人，而他那深具自信的媽媽似乎是這孩子不同於一般的關鍵。

山裡的夜晚來得早，沒有咖啡館、沒有酒吧、沒有可以談得來的人。鋪了水泥地的浴室裡剛換了燈泡。原想把鑽進頭髮裡的沙洗掉，只是水龍頭裡的水也有沙。

記者工作是個奇怪的行業，必須逼迫自己去找出異常的人，寫出異常的故事。這本在超市買的筆記簿已經跟著我走了幾個國家，某些頁面上有泛開的水漬，有樹葉的印痕，也有螞蟻、蚊子的屍體。

我裹著睡袋坐在地板上，打算寫日記。寫什麼呢？就寫村子裡的神長嗎？老人曾在喀布爾讀過神學，他寫詩，也會以《古蘭經》裡的句子醫治精神病，還從早上六點到深夜二點接見一些請教問題、尋求解答的人。他以簡單的話告訴一些樸實簡單的人，塔利班是靠撒謊起家，才受到歡迎的，並且說：「你們要小心啊，塔利班知道老實人尊敬神長，所以他們把神長拱到第一線，自己卻躲在幕後操控，而且利用《古蘭經》、曲解《古蘭經》，來達到他們邪惡的目的。」

我也可以寫，那個對自己帶人查獲幾十公斤海洛因而感到自豪的村長。他時不時公開燒掉沒收來的毒品，也抱怨，他的工作得不到聯合國的支持；而擁有一個溫度計，已足以讓他顯得與眾不同，特別神氣。還有在市集買護照的事情，當然也可以記上一筆。翻譯員打算去莫斯科，我們光顧了賣護照的攤子。該填出生年月日時，翻譯員只知道是一九六一，卻忘了確切的日子。到底他是忘了，還是不曾真正知道，大概連他自己也說不準。鄉間人，四時運轉比每天時日重要得多。他們大半只記得「河水漲到路邊那年出生的」，或者「是在某某人的房子被雷電打坍的那年出生的」。一個家庭裡的孩子數目也不可以清楚說出，講明白了，精靈會嫉妒，會降災。剛出生的嬰兒也不立刻給名字，以避免壞精靈叫了他，帶走他。

商量的結果，我們決定四月十日是個好日子，是翻譯員的生日。攤子旁還有另一個人，他說，他自己買過四本護照，每次都是在送到杜相貝蓋官印的途中遺失了。攤子上的護照，一本要價五十美元。

前一晚，有人聽到美國直昇機降落的聲音。

「離這裡不遠」，一個德國電視台的人說。

親眼目睹，卻沒有一個人。那法國攝影記者把家當都帶上，說是要到降落地點去守候，晚上就要睡在那裡看星星。要是星星變成了美軍直昇機降落，他就可以搶獨家，賣個好價錢……

17

大日子終於來臨了，阿曼夏。那天一早，你就下令把所有人撤出奧斯妥伊地區。雖不尋常，戰士們也不疑有他地聽命行事。下午時分，帕蕊正在廚房準備你喜歡的綠茶加牛奶，西蒂卡突然進來說：「帕蕊，事情做完了就到浴室來。」

浴室一詞或許稍嫌誇張，那不過是隔壁另一個也有著壓得密實泥土地的小房間罷了。只是地上有個較大的洞，讓用過的水有處可倒。西蒂卡看著滿臉不解的女兒說：「我已經幫妳燒好了熱水，把自己洗乾淨，今晚，妳就要嫁人。」

帕蕊聽了，不自覺地驚惶一陣，眼淚便不聽使喚，涑涑地流了下來。這個婚姻是她同意的，也是她期許的，怎麼一旦日子來臨，卻又拖拖曳曳，不知所以地不願不捨起來。帕蕊拿了小木凳坐在冒著煙的熱水前，一下子想癡了過去。

結婚是阿富汗女人一生最重大的事情。婚禮前一天，女性親戚、鄰居、朋友圍繞著她聊天、說笑、出主意。一群女人可以盡情聒噪一整天。大喜的日子，新娘梳洗、化妝，穿著最美麗的袍子、戴著最華貴的手飾。就像電影裡的女主角，被圍繞、被簇擁，而顯得可望不可及。她坐在夫婿身旁，音樂響起，有人高歌，男人在屋外彎腰、提手、踩著輕鬆有力的舞步，揚起陣陣塵煙。歡慶的幾天裡，快樂的喜宴連接不斷。新娘是家族聚會中的焦點，是賀客心目中的公主。

而現在的帕蕊，獨自坐在昏暗的小室裡，面對著一桶熱水、一桶冷水，身處戰爭時期，要嫁的是隨時都可能被刺殺的將領，不但沒有一個平凡的婚禮，就連遊牧族中最窮苦人家女孩的遭遇，也要好過她許多。這是場能夠一圓她終日夢想的婚禮，也是場將帶給她肝腸寸斷的婚禮。

西蒂卡媽媽戴著馬毛製成的手套，一邊溫柔地揉搓著帕蕊的身體，一邊說：「妳就別難過了。只要我們國家一太平，妳就立刻會有一個盛大的喜宴。不要哭，帕蕊，總不能要嫁一個特殊的男人，又要有個正常的婚禮啊。妳也知道我們的習俗，女孩子的頭髮要留到結婚前才剪去，阿曼夏說，他喜歡妳自然些，就不剪妳的頭髮了，可是眉毛還是要修。我請的幫手就快到了，我們還是快點吧。」

不久，準備的工作就開始了。姨媽為帕蕊抹乳霜、撲粉、上睫毛膏、畫眼影、塗口紅。帕蕊年輕的臉龐一點一點地改變，慢慢地多彩起來。帶來衣裳的太太和西蒂卡把帕蕊一層層裹入新衣裡。白棉長褲、鑲有亮片的白袍穿上了身，頭髮上別了一條白色短紗巾，披肩是一色的綠，象徵希望與幸福。就在帕蕊準備自己的時間裡，阿曼夏，你和岳父莫拉忙著新郎應有的裝扮。你穿上了有刺繡點綴的白色長袖襯衫、白色長褲，以及絲質綠色長外套。

正當你和證婚的神長、莫拉和他的堂兄以及祖父一起在房裡吃便餐時，西蒂卡已經悄悄把一大塊綠布張掛在你那兩間加蓋房間外面的土牆上。她快快佈置了你們的新房，給帕蕊補妝，拉整衣服，並且讓她坐在鋪有刺繡點綴大毯的蓆子上。時間已到半夜，訂了婚的兩人仍舊不能見面，家中長輩會穿梭來去，詢問雙方是否真心接受婚禮。當莫拉的堂兄彎下腰正要向帕蕊說話時，她又情不自禁地掉下淚來。

「為什麼哭呢？」堂伯和藹地說，「全世界的女孩都希望能獲得妳這個位置，妳應該引以為榮才對啊。選擇妳做妻子的人是個以整個生命、整個靈魂為我們百姓作戰的男子漢。有哪種喜宴能比得上妳就要在他身邊生活一輩子？妳雖生活在地上，卻如同已經在天上了。孩子，妳要知道，今天妳是我們家族的榮耀啊……」長輩的安慰，讓帕蕊寬心了些。其實，她並不一定是因為沒有喜宴而哭泣，真正的原因她自己也說不上來呀。

突然間，你踏入了房間。極度害羞的帕蕊立刻低下頭去。過了好一會兒，待她稍稍抬眼，偷偷看你時，帕蕊的心好似就要停止跳動那般！阿曼夏，你穿的一身純白，讓那件綠色套袍更顯得晶亮。你看起來那麼出眾，那麼俊逸，整個周遭全淡成了背景。不著戎裝的你，儒雅而深沉。將官退位，你現在是一介平民，一個就要步上人生另一階段的阿富汗男子。感懷不是沒有，時間卻不允許你透露。當你坐到帕蕊身旁，她一陣慌亂，以為自己就要昏了過去。這，你當然沒有心緒察覺。你和帕蕊，彼此都還很陌生。這時候，原本兩位新人應當喝些象徵幸福的甜飲料，在布塊下從一面沒有人用過的鏡子看見彼此之後，再由長輩丟出糖果，讓成群的孩子歡喜地搶著拿。可是這些程續在你的婚禮中都省了去。只有帕蕊的祖母丟了些糖，也只有兩個弟弟開心地撿來吃，卻不懂這是姐姐的喜糖，因為這是個不像婚禮的婚禮。拍照留存在一個婚禮上往往是要費心地安排，在這事上，你又締造了個例外。人人只想到要在俄軍有任何行動之前，趕快圓滿辦完這個婚禮。

男人逐漸離開房間，只剩女人們和新人在一起。通常喜宴就在音樂與舞蹈開始後舉行。可是你們的婚禮沒有這些。沒有賀客、沒有音樂、沒有喜樂，也沒有人知道。很快地，西蒂卡、姨媽、祖母也都離開了。在先前神長的主持下，你和帕蕊締結終身。她十七歲，你三十四歲。那天是四月的十二日或十四日。天上正高掛著滿月。

這一夜以及以後的好幾夜，什麼也沒發生。你等待著，阿曼夏，希望能和帕蕊彼此更熟識、更相知。讓帕蕊不再害怕、緊張，和你相處能夠覺得舒適。新娘是那麼年輕，在某些事情上，她是閉著眼睛長大的。帕蕊在一個閉塞的、空荒的峽谷出生，不懂得什麼是收音機、電視機，不曾有過正式的學校教育。不斷地躲轟炸、躲警報，是少女時代生活的內容。而你，阿曼夏，除了自己的姐妹，三十多年來從未蹦觸過任何陌生女人。自從在理工學院輟學後，為了躲避暗殺，便一直過著有保鑣、有隨從的秘密生活。在你的周遭，女人不是不存在，就是躲了起來。你雖然接觸過另一性別的外國人、醫護人員或記者，卻沒人知道你在和對方握手時，內心的不自在。而現在，面對帕蕊，面對一個害羞的年輕女孩，你的束手無策真是難以想像。在夫妻相處這件事上，你和帕蕊都必須重新學起。

婚禮後第二天一早，你和新婚妻子彆彆扭扭地梳洗、祈禱，喝了茶之後，又立刻回到了戰士那裡，如同什麼都沒發生過。

你一向威嚴，阿曼夏，你的不苟言笑把你和其他人拉開長長一段距離，即使是貼身隨從也不敢正眼看你。而帕蕊，這個膽小的女孩，總是拿兩手遮著自己的臉和你說話。剛開始，你只把她的兩手輕輕移開，她的眼睛沒有了遮攔，只得往下看。你什麼也沒說，以為過陣子她就會自然些。事不盡然。有天晚上，你把她的手移開後，嚴肅地說：「我知道妳在指頭後面偷看我。妳怕我，我也害怕要和不正眼看我的女人過一輩子。所以妳現在就看我吧。」

帕蕊照做，把手移開。正當她瞥你一眼，又要把頭低下時，你突然驚呼：「太遲了，妳的眼睛已經跑到兩邊去了！」

然後兩人都開心地笑了起來。從此以後，你對帕蕊總會有些小捉弄、小頑皮。或許你藉此平衡外界嚴峻的生活，切斷和那個令人厭惡世界的聯繫。在帕蕊面前，你可以全然不設防，即便已結婚十多年之後，為逃避塔利班而暫時寄居塔吉克斯坦的杜相貝時，你內心裡的那個頑童仍然時不時要出現捉弄帕蕊一番。比方，有天晚上，帕蕊帶孩子去睡覺時，你也向她道了晚安。等她回房，卻不見你在床上。她到處找，廚房、浴室、辦公室，就是不見你蹤影。最後帕蕊走到園子裡打開空屋的門，才看到你藏在黑暗裡，頭上攤開一張餐巾紙！帕蕊覺得又生氣又好笑，轉身跑走。你追上她，把她一擁入懷，夫妻倆笑得好不開心。帕蕊已習慣你來來去去的生活，也從來不把她的擔憂讓你知道。

剛結婚的那幾年，你們住在岳父母家旁邊加蓋的兩個房間裡。一間房用來辦公，另一個是小水間，缺乏任何現代化的設備。天冷時，帕蕊就在鍋裡放入冷水，待水煮滾，出現蒸氣時，她再慢慢加冷水，整個房裡的空氣就有些潮，有點暖和。有時你整天騎馬，睡在石頭上，或連續不斷的緊張情緒引發背痛宿疾，帕蕊就會輕輕按摩你的背，讓你舒服些。你原想把旁邊的地買下來，蓋間真正的浴室，可惜地主不願賣。其實，以你的地位，大可命令那人把地讓出來，然而這不是你的作風，只淡淡地說：「哪天他改變主意了，我們還是有機會增蓋。」

在你流傳全世界的照片或影片裡，你總是一身的乾淨、整潔、挺拔，是在策略與戰功之外，最令人驚訝的特點。帕蕊明白，你在梳洗時才能稍為放鬆。你喜歡水流的感覺，喜歡水能潔淨的妙處。有一間能舒適洗熱水澡的浴室，向來是你的期望。願望不能達成，就只好繼續蹲踞在侷促的小水間裡儘量讓自己乾淨。

就在你同時和蘇聯軍隊，以及由巴基斯坦支持的黑克馬提亞伊斯蘭激進份子作戰時，你仍然不顧瑣碎，不嫌麻煩地把數學、地理、波斯文、歷史等等書籍帶回家來，教妻子讀書、識字。即便是只有少少一點時間，你也喜歡和帕蕊分享知識。有天，你帶回來一大張阿富汗地圖，並對帕蕊說：「妳看，有了這張地圖，以後妳就知道我在哪裡了。」

帕蕊瞪大了眼睛，她無法想像走過的那些路怎麼縮變成大紙上的細線。這是種沒有課本的地理教學。你一點一滴建立起帕蕊的信心，鼓勵她，訓練她表達自己的意見，有時你甚至會徵求她的看法。不論妻子怎麼說，你總是用心聽，正如你向來細聽任何人那般，不論對方的年齡，也不管位階。不久，你和帕蕊之間便發展出一種特殊現象。只要帕蕊知道你就要回來，她的臉便會散發出一種光芒，變得非常美麗，這是幫忙家事女孩的察覺。每當她看到帕蕊的這種變化，就會去焚燒發出香氣的種子，讓室內瀰漫香味，顯得溫馨。帕蕊把自己準備好，寸步不離地等待你進門。多少次，她在晚餐桌前等得睡著了。

阿富汗習俗裡，新嫁娘可以幾小時，甚至幾天不做家事，這是她一生中唯一空閒的時間。可是為了讓帕蕊把時間都給出來，你刻意讓她在過了新婚期之後也不做任何家事。和岳父母住一起的那五年裡，帕蕊真是被你寵壞了。

有時夜半，帕蕊的哥哥帶著信件或消息來敲門。帕蕊起身應門後，才輕輕將你喚醒。你從不關機的無線電話也總是在床頭吱吱作響：這裡，這裡，前線，前線失守……敵人往前進攻……三個弟兄受傷……第四組沒彈藥了……。你常在驚嚇中醒來，電話機緊貼在耳旁，整夜在房裡踱步。有時帕蕊半夜醒來，看到你正專心在祈禱。你是個信仰虔誠的人，阿曼夏，偶爾在言談中，你會感謝父母傳授信仰。在以相當原始的方法與配備做生死交鋒時，除了自己的經驗、智慧，從看不見的那位來的力量，是你渴求、亟需的。你背誦《古蘭經》的章節，冥想經文的涵義，戰事初始的幾年，你請了《古蘭經》神學家駐紮軍隊，一有空檔就要討論個幾小時才肯罷休。

你起床後做早禱，行走時一邊默想，然後開始做體操。由於房子外面只有一小塊空地，你從屋內活動到屋外的窗檯下。你也讓帕蕊跟著做，教她幾個基本動作。因著駐防與逃難，你們曾經搬遷了幾次。只要住家有個園子，你一定拉著帕蕊的手在園子四周跑步。早餐時，你通常喝一大杯蘋果汁、紅蘿蔔汁，或是帕蕊為你準備的綜合果汁。她總是仔細將杏仁、葡萄、無花果、棗子浸泡一段時間，再打成富含維生素的果泥。你出遠門，帕蕊一定準備一袋水果乾讓你帶著上路。

站在一排樓的走廊上，看見對面的男人在傳動帶上不說話，沒表情。他從左邊到右邊，消失；再從左邊到右邊，消失；再從左邊到右邊，消失；再……

帕蕊第一次懷胎四個月時，你又必須出征。指著遠處山頭，你對妻子說：「等到那山口積滿雪，我還沒回來，就把兒子取名為阿瑪赫，如果是女兒，就叫她艾沙。」

第二年春天，當山頭的白雪就要退去而重新露出光禿的山頂時，仍舊不見你的蹤影，阿曼夏，你年輕的小妻子只能獨自面對一場巨大的挑戰。

帕蕊的陣痛持續四個晝夜，她的媽媽、姨媽、產婆所能承受的焦慮已經到了極限。帕蕊又哭又號，疼痛入骨。女人們試過了所有的法子，孩子仍是生不下來，只好趕緊打電話給戰線上的莫拉。

爸爸雖趕了來，也不能幫上什麼忙。派輛車去請醫生來？不可能。來回一趟就要兩整天的時間，帕蕊能等那麼久嗎？把帕蕊運出山谷？也不可能，就算不遭到襲擊，所有道路沒有一處平地，帕蕊如何受得了劇烈的顛簸？

突然間，帕蕊看不見了！

「媽媽，媽媽，」帕蕊大叫，「我什麼都看不見了，全變黑了，媽媽！」

西蒂卡嚇得渾身發顫，卻毫無辦法，她是否就要失去自己仍是孩子卻就要成為母親的女兒？帕蕊躺在黑暗裡絕望地想，自己如果就這麼死了，你會怎麼說？阿曼夏。你會怎麼對待把妻子交代在他們手中的岳父母？莫拉始終聯絡不上你，只是焦急地在房外走來走去。

終於，阿拉應允了這群善良人們的邀請，阿瑪赫誕生了！帕蕊是個纖細的年輕媽媽，阿瑪赫卻是個胖壯的男嬰，難怪你的妻子要受這麼多苦了，阿曼夏。疲累已極的帕蕊，終於沉沉睡去。那是一場無夢的好眠。睡醒了，莫拉踏進房來看女兒。這原是習俗所不允許，懷孕、生產畢竟是女人家的事。然而莫拉就是要親自看女兒一眼才放心，大家也懂得。那麼這喜事該如何讓你知道呢？你的婚姻仍是個秘密。透過無線電話說明，萬一被截聽了如何是好？想了許久，莫拉有了個主意。

你在幾個月前設立了學校，其中有個老師教學期滿要回家，正好是你駐守地的方向，莫拉請他帶信，也特別請他發誓，信必須親自交到你手中。

老師做到了。

他步行了好幾天，終於把信交到你手上。你並不立刻看信，而是先問了學校近況，待他告辭，你也得到時間獨處時，才把信打開。讀了信的內容，笑容就再也沒有從你臉上離開過。大家議論紛紛，卻不知所以。不明白額上皺紋一天天加深的你，為什麼突然如此開懷。帕蕊生頭胎，一舉得男，這天大的喜訊你卻不能談論，不能分享，真是個快樂的痛苦啊。等你趕回家，已經是二十天以後的事了。

家人見到你回來，空氣中揚溢著不可外傳的喜氣。生產時受許多苦的小妻子把兒子遞了過來，你抱著裹得密實的阿瑪赫，用粗糙的手指輕輕劃過他稚嫩的臉頰，顯出無限柔情。不因為是個男孩，接下來的五個女兒，你同樣愛憐疼惜她們。按照習俗，你散發了些錢給窮苦人家，也宰了牛分贈給其他人，如同發生了好事、壞事都應該做的一般，只不過這次是在編造的理由之下。

蘇聯軍隊離開阿富汗之後，人們才知道你已經結婚的消息，這時第二個孩子也出生了。你和帕蕊仍然生活在窄小的屋子裡。有時和來人討論問題，你膝上還坐了個小娃娃。讀書、寫字、思考是你多年不變的習慣。你需要安靜時，帕蕊會把孩子帶到西蒂卡媽媽的房裡，讓你有充分獨處的時間。對於帕蕊，你不是叱吒風雲的潘吉爾雄獅，不是改寫阿富汗歷史的頑強將領，而是個柔情的丈夫，一個寵愛孩子的父親。而你的幽默、你的頑皮，也時常讓帕蕊笑得直不起腰來。

有時你會故意捉弄她說：「帕蕊，我想再婚。到底是我還是妳要選這個新太太？」或是：「噢，親愛的，我的第二個太太就快來了，妳會好好對待她嗎？」要不就是：「帕蕊，我的好天使，妳一定很高興，妳很快就會有個新姐妹，因為我又結婚了。」每次帕蕊就笑著聽你胡謅，她對你堅絕反對一夫多妻的風俗非常清楚。一夫多妻是阿富汗女人的心頭恨，肉中刺，是家庭不和諧的主要原因。《古蘭經》裡雖然規定娶其他妻子的條件，在一些穆斯林心目中，可以娶四個妻子的觀念卻是根深蒂固。你的戰士如果不是基於妻子死亡或殘障等特殊原因而要另娶時，一律革職！

阿富汗社會裡，重男輕女的習俗是你無法忍受的。帕蕊生下第三個女兒索雅幾天後，你的妹妹來訪。她抱著嬰兒，卻哭著說：「怎麼又是個女孩。」

帕蕊也失望得跟著掉淚。這時你恰巧進屋裡來，看到兩個哭泣的女人，便問：「怎麼了？發生了什麼事嗎？」

妹妹回說：「我是為你感到難過。我一直幫你祈禱，這次一定要是個兒子啊！」你很不高興地說：「這嬰兒有什麼不好？她殘廢了？她是聾了？瞎了？跛了？妳們哭什麼呢？這是個活生生的女穆斯林，是她父母的驕傲啊。我寧可有二十個女兒，也不要有個不長進的兒子。我不要再聽到這些莫名其妙的說法！」

幾個星期後，索雅生病了。她嚴重腹瀉、嘔吐，一天天消瘦下去。醫生讓帕蕊餵她開水，也把她放入水盆裡降低體溫。你們夫婦輪流抱著出生不久的嬰兒。有天夜裡，帕蕊看著高拔的你抱著小孩在廊上來回走著。你對著躺在臂彎裡哭鬧不停的小女娃輕輕說話、低低吟唱。什麼和平、什麼安定都只是易碎的玻璃，這無限愛意的一幕，才是要記得一生一世。當夜，你接到緊急任務，一早就要趕到喀布爾。就在直昇機備妥，你正打算要出門前，發現小索雅的指甲轉成了灰藍色。

「這樣下去不行，」你對帕蕊說，「索雅必須住院。現在妳們和我一起去喀布爾。」帕蕊在半小時內收拾妥當，把大兒子和兩個女兒交給媽媽照顧，你們立刻出發。到了喀布爾，索雅住進有四百個病床的大醫院，接連三天注射水份及藥物治療，才逐漸恢復健康。

那是塔利班尚未進城前幾年，醫院的主持人是個女醫師，後來成了健康部長。她的妹妹畢業於喀布爾理工學院，算是你的校友。姐妹倆在醫療和教育領域各有專長。在那段時間裡，你和她們談了許多，有時甚至討論到深夜。你問她們有關阿富汗婦女的問題，從她們身上得到從未聽說過的知識。這是你第一次和阿富汗知識份子詳談，反諷的是，她們都是阿富汗社會向來忽視的另一性別。像這樣可以為國家出力的女子，在塔利班主政時期，不但禁止工作，連外出都受到極大的限制。你，阿曼夏，對這種精神上的暴行有多麼鄙視、多麼厭惡啊！

18

冷了。十一月天。迷濛了一個下午，現在竟然滿天鑲綴星鑽。不像上週四，今晚的維也納咖啡廳裡，沒有那些想成為作家的人組織的所謂文學夜，安靜了許多。少掉把自己打扮得像聖誕樹的老女人在眼前晃，正舒服。窗邊墨綠色長厚的簾子在柔和的燈光下暗成一片，只看得到從中間勾攔住簾子，好似攬住女人纖腰的金色繩段。喜歡來這裡坐坐，除了有舒適的高背彎腳椅之外，也因這餐廳提供從不間斷的爵士樂。啜著濃郁的咖啡，我奇怪自己為什麼對於和米莉安離婚這麼無動於衷？為什麼情盡了，人就要變得冷血？也罷，安靜等待紅十字會的外派工作，離開這座城市，離開這裡的人，把自己和現實拉開一段距離。

城市燈光應和著闇黑天空裡的繁星，遠處教堂上的十字架隱約可見。咖啡廳外的道路並不寬敞，石板路上來回的車輛稀少。兩個年輕女子走過。膚色較深的那位立即抓住我的視線。她有一雙大而靈動的眸子，青春在她臉上輕快地跳躍。她瞥見我後，轉眼看女友的剎那間又回神看著我。一種神秘的感覺突然向我襲來，攫助我全身，讓我不能動彈。在我和她對看的兩秒鐘裡，總覺得她是那麼熟悉，雖然我清楚知道，她確實是個沒有關係的陌生人。她們走進咖啡廳，就坐落在我身後一張空桌旁。我感覺到她正看著我，我的背在灼燒。不可回頭，我警告自己。這女孩是個陷阱！

她們開懷的笑聲夾雜著斷斷續續的談話，似乎還要去什麼地方和什麼人見面。半小時後，她們走了。我也跟著輕鬆下來。一個人生活，沒什麼不好；我突然不著邊際地這麼想。是下意識裡為自己設限，還是透過安慰的形式欺騙自己？

步出咖啡廳，空氣出奇冷冽，拉高風衣領，我找不到現在就回住處的理由，去喝杯Portwein吧。走過往湖邊方向的兩條街，橫越七號電車軌，再向左拐入禁止車輛通行的小路，就可以看到從少年時代就開始光顧的小酒館。那時，我們這批好友常聚在這裡射標。雖然老闆五年前退休換了人接棒，裡面的海報、陳設一直沒變，連每晚播放不同拉丁美洲音樂的傳統也保留下來。店裡的木桌椅全被煙味薰透了，滲出一種特有的老木年華，滄桑歲月的味道。

女孩們坐在圓圓的高處。是把麵糊攪成的圓。不斷下著雪雨，女孩們相約要往圓的中心跳，就像跳入一口井。一個下去了，應該很冷，卻傳來她愉悅的驚呼聲。男人打開巨大的帆布袋，抽出一段鋼條，在書架的頂端攪爛什麼黑黑糊糊的東西。

酒館門簷上的小燈亮著。我壓下門把，推開門，嚇，是她！剛在維也納咖啡廳裡看到的女孩！她先是也很驚訝，立刻就笑了出來，說：「是你！」

然後，奇妙的事發生了。她拉著我的手，像拉著個老朋友一般，步出酒館。當她碰觸我時，我可以清楚感覺，她全身的每一個細胞都在跳動。就在酒館的大門旁，就在酒館的小燈下，我們竟然天南地北地聊了起來。

那個寒夜裡，咖啡廳裡外的相互注視，我想要喝杯Portwein的轉念，以及她正要走出酒館買煙所造成的巧遇，讓雅絲明擁有了我日後九年的生命可以揮霍。當時二十三歲的雅絲明有著無限能力重新點燃我年少時的青春之火。原以為和米莉安離婚後，可以享受一段沒有情感與理性交織衝突的恬淡日子，怎料到突然闖入的雅絲明不允許我過和緩步調的中年生活。她的多變與繁華如同一枝魔術畫筆，不但為我灰撲撲的生命上彩，也讓冬季無聊的蘇黎世城頓時亮麗起來。她極富彈性的肌膚，以及在暗淡燈光下古銅般神秘發亮的色澤，總是誘發我無限的想像，也一次次促使我讓想像成真。十九年的歲數差異，不但沒有隔開我們之間的距離，反而加深我們探索彼此的決心。我們很快就住在一起。

雅絲明五個月大的女兒娜蒂亞是個神奇的生命。當我第一次把這小女娃抱在懷裡時，一股從未有過的欣喜從深處緩慢而堅實地逐漸昇起。我無法看罷她的笑靨與啼哭，總是要把她逗弄得笑出聲來，一天的生活才顯得完整。我很快學會給她換尿片，學會怎麼給她洗澡，學會怎麼餵她喝奶、怎麼哄她入眠。只有雅絲明在醫院裡值夜班，我沒有替手輪抱哭鬧不停的娜蒂亞時，才會有些焦急。

正當我開始一個新生活，並且滿意自己的新角色時，紅十字會通知我必須趕赴巴爾幹。原本以為能夠把我從失意泥沼中拉拔出來的工作，在短時間內已轉變成破壞我喜悅泉源的殺手。我一邊不甘心地整理行李，一邊看雅絲明逗著娜蒂亞玩。一剎間突然明白，我不願意離開不是因著年輕的、令我著迷的雅絲明，而是還在襁褓中的小女兒娜蒂亞。是的，女兒。什麼時候開始，一種父親鍾愛孩子的親情在我心裡悄悄生根，待我發覺，卻已無法拔除。

八十年代的加入心理認知促進會，以及出書被告事件，把我從建造新世界的左派夢幻裡催醒，於是看到，原本遭我唾棄並且計劃要摧毀的，正是提供我沃土，允許我作夢的那個體制。在蘇丹的四個月時間裡，我負責和其他夥伴發送醫療藥品及安置難民，終於明白了什麼是赤貧，什麼是一無所有。而在前南斯拉夫工作的日子裡，才看到什麼是人性。

巴爾幹半島自古就是個衝突的大爐灶，族群、宗教、意識的糾葛，讓這個地區每隔一段時間就必須重劃疆界版圖。當二十世紀最後十年，由於舊蘇聯垮臺及東西德統一的效應，世界各弱小民族極力爭取獨立的同時，原本巴爾幹被強勢體制壓抑的民族分歧，便趁勢而起，以公投自決的手段取得獨立。塞爾維亞總統米洛舍維奇眼看南斯拉夫就要分崩離析，便以緊縮政策，將塞爾維亞的科索沃省內阿爾巴尼亞人的自治權收回，而開啟二次大戰後最嚴重的巴爾幹危機，導致科索沃解放軍與塞爾維亞政府軍的激烈武裝衝突，並使得波士尼亞境內發生民族清洗的屠殺事件。

我分配到的工作是探訪被監禁的人，以及尋找失蹤人口。我和夥伴們常駕著漆上紅十字標記的吉普車，經過一個又一個荒廢了的村子去執行任務。有的地區被燒了大半，徒剩綿延幾公里長的廢墟。有些人家關羊、關雞的欄柵傾倒、斷裂，當然動物也不見了蹤影。路段被炸開了大洞，雨後積水，在路上池子裡戲水的，不是小孩，而是三兩隻鴨子。毗鄰而居的世代好友，在政客操弄下，原本今晚一起喝酒歡慶的，明早制服一穿，便可以機槍相向。有的人，父親是塞爾維亞人，母親是科羅埃西亞人，現在被迫要選邊站。我參加過你兒子的成年禮，你參加過我女兒婚禮的雙方，翻掌間竟成了不共戴天的仇人。

在衝突、戰爭地區，紅十字會永遠是個中立的角色。照料塞爾維亞、波士尼亞以及科羅埃西亞的難民和戰俘是我的工作內容，而不問哪幾方敵對，哪幾方聯盟。

在科羅埃西亞時，我們曾到過一個監獄探訪。那監獄其實是個廢棄的工廠。廠房圍繞四周，中間已經失修的水泥地上長出了雜草，窗子上全是銹得發紅的鐵欄杆。監獄裡排著一片片木板，躺在上面的人一個挨著一個，像牛棚裡的牛隻。裝有幾個水龍頭的空間裡，還有半乾或乾涸很久了的血跡，看不出來是浴室還是刑房。有個塞爾維亞戰俘異常消瘦，躺在最靠邊的木板上。我們懷疑他患有肺結核，建議應該隔離。不久後我單獨再去到這個監獄，看到他和隔壁床之間只砌上一道矮牆。顯然看管監獄的人並不瞭解隔離的意義。眼看病人已經無法支持太久，我決定送他就醫。

我原本就不強壯，抱起這個生病的年輕人時，竟然還覺得他輕如羽毛。我先送他到塞爾維亞這邊，一個由救難組織支持的小醫院。院方說這人重病，小醫院無法做任何治療。我只好把他送到科羅埃西亞那邊，建在地底的大醫院。到達時，一個女醫師出來接應。她一看到病人是敵方的塞爾維亞人，立刻拒收。這讓我血脈賁張起來。我極生氣地瞪著女醫師大罵，責備她不應當違背醫德，拒收病人。熬不過我的堅持，她打算把年輕人放在待死者病房。這房裡已有三個垂死的老人。一個閉眼呻吟，一個上氣不接下氣地困難呼吸，一個瞪著空洞的雙眼，臉色有如白蠟。這女醫師一進門就大喊：「有個塞爾維亞人要住進來！」三個躺在床上奄奄一息的病人突然掙扎著要坐起來。他們扭曲著極兇惡難看的臉，從喉嚨裡擠出混濁恐怖的聲音，張舞著十指做攻擊狀，活像是地獄裡的惡靈。我當場責備女醫師，為何故意要當著這些垂死者的面前挑起仇恨！

有天，我們來到科羅埃西亞省境內，較少塞爾維亞人居住的村子。許多塞爾維亞人拖運著他們極少的家當，被迫遷移，去到自己族人聚居的地方。有些從祖父母時代就開始定居在村子裡的老人，抵死也不肯離開。不過，要把這村內塞爾維亞人在極短時間內全部趕走，一點也不困難。只要在這些人家的圍牆上以羞辱的字眼噴漆，把他們的暖爐、馬桶、爐灶、傢俱、門窗……，全搬上農耕機運走，再由領導人和他的親友瓜分，沒拿完的，還可以載到市場去拍賣。另種方式是，朝塞爾維亞人的園子裡丟手榴彈做為警告，如果屋裡的人不搬走，三天後科羅埃西亞人回來炸房子時，人也跟著被炸死。當難民與等死之間，其實並沒有太多的選擇。

這個村子裡，塞爾維亞裔的年輕人全走光了，只剩下無助的，因害怕而顫抖的老人。有對老夫婦，房子被毀了，只能棲身在廢棄的豬舍裡。一個分明神智清楚的八十三歲老人，卻非要給關進精神病院不可。臨時收容所裡有個骯髒的、混亂的、害怕得躲在角落裡獨自哭泣的老婆婆，她的親人全逃到塞爾維亞那邊去了，看守員卻不准任何人和她聯繫。小老百姓們根本沒有什麼政治作用，這些極不道德，甚至是觸犯刑法的行為，純粹是要羞辱他們罷了。

在這場根本不需要發生的戰爭當中，竟然人也可以當成貨幣使用，人命可以付款抵債。塞爾維亞和科羅埃西亞都各有對方的人質或戰俘，雙方可以討價還價，甚至是原本彼此熟識的，也可以在一夜間翻臉成仇。比如，科羅埃西亞人說：「聽著，你那五歲時偷摘櫻桃的兄弟就在我手中，他現在像隻正在發情的母狗，哭著要我幹他。你最好把我們那二十二個人放回來。」塞爾維亞人則說：「你媽是隨時隨地給人上的臭婊子，別忘了，你在學校時也沒有能耐從一數到二十，現在竟然還敢跟我要那麼多！只能五個，算是便宜你了。」

有時真的換人，有時只還給被割了喉的屍體，或加級——交出不一定可以辨認得出身份的無頭屍！有些則是透過通訊談價。談判雙方各利用電話和他在遠方的手下聯繫。如果甲方臨時知道，落在乙方的人已被砍斷一隻手臂，他當然不會把已經俘虜的，交還乙方一個全人，而立刻在電話中下令，也砍斷被俘虜的乙方人一隻手臂。如果乙方不服，認為甲方故意以錯誤訊息取乙方人一隻手臂，乙方負責人也立即在電話中下令，砍下甲方人質的一隻手臂。

夜裡，大雨中開車迷路了，不能回家。沒有任何燈光。包裹在恐懼的氣泡裡，必須找旅店過夜。明早，就知道回家的路很簡單。頓時天明，草原上的小道清朗。回家的路真的很簡單。

更有一次，雙方相約在橋上換俘。橋樑沒有腹地，以確保對方不會在背後埋伏。就在雙方持槍各拉著套黑色頭罩的人質走向橋中時，突然甲方發現來者並非他所要的人而中途喊停。乙方以為其中有詐，立刻倒退著往回走。站在橋端的甲方人不明究裡，認為乙方臨陣反悔而對空鳴槍示警。乙方人手誤判為甲方開槍射擊而開火，導致雙方當場火拼，不但換俘不成，更是車爆、橋斷、人亡。

曾經，一名塞爾維亞指揮官邀我們到訪。到達營區後，隱約嗅得出空氣中有血腥味。指揮官給我們看的照片和錄影帶，內容全是四肢不全，受盡虐待後死亡的屍體。這些暴行到底由敵方科羅埃西亞的正規軍、民兵還是一般人下的毒手，以及事發時間、地點、原因等等重要資料，指揮官都不做說明。顯然他只是要我們看廣告，故意放出消息，希望我們能夠傳出去。

通常去戰俘營探訪時，必須打起精神，把所有感官磨礪得更尖銳，才能從被捕者的眼神、姿態、語句暗示裡探究出潛藏的訊息，以幫助我們研判失蹤者可能的去處，以及何時、何處又可能有戰役或屠殺發生。有個波士尼亞的戰俘營長，二十七歲，蓄長髮，會說德語、法語，和我們談話時還摟著女友，酒氣衝天。他有一輛像隻蚱蜢一樣的摩托車。還有個科羅埃西亞的二十五歲戰俘營長，他曾在瑞士南部義大利語區的餐廳裡工作過，知道我來自蘇黎世，便和我稱兄道弟，特別熟絡。他還要了我的電話號碼，打算日後有機會再到瑞士時，好方便聯絡。他明白告訴我，一旦成了俘虜，命就不再屬於自己。比方，他隨時可以讓俘虜站成一排，先不做任何說明，只讓某個年次出生的人站出來，然後命人用槍托把他們活活打死。

「為什麼？」我問。

「不為什麼。」他答。

塞爾維亞的俘虜營裡也少不了赤裸的血腥。他們先把虜獲的科羅埃西亞人及穆斯林的鼻子、耳朵、手指、生殖器割下，再切斷咽喉，然後將屍體丟到河裡，或載到附近原本生產動物飼料的工廠焚燒。另些可以提供給暴虐百科全書的是，以靴子把屈膝跪地的俘虜踢倒，然後在他全身踐踏，或是以棍棒脅迫，讓他們快速向前跑，以頭撞牆，一次、兩次、三次，直到頭破血流，昏迷倒地。

戰爭地區，水、電、運輸、通訊、清潔等等平時視為理所當然，不感覺其存在的維生系統或基礎建設，全都停擺。有能力的，放棄工作，逃離家園。走不了的，就數著日子過日子。戰爭開始不久，商店缺貨、斷糧，黑市猖獗。不久，人們自動組織某種形態的市集，拾回人類初始聚居時所進行的以物易物活動。時間一久，能拿的都拿，能給的都給了，只剩下活生生的生存鬥爭。

殘酷是人的獸性得以盡情發揮的瘋狂。其實地獄不存在於死後，而是在你我眼前的戰場現世。被俘的女人必須遭受強姦直到懷孕並生下敵人的孩子後，才可能獲得釋放。精神病院裡有個九十歲的老人，成天流著口水，光著下體，夾著乾涸瘦巴的生殖器在地上爬行。他驕傲地告訴我，第二天就要和護士結婚。有些人是無法承受巨大刺激而瘋狂，有些人的瘋狂是特別製造出來的產品；比方那個三十五歲種麥子的米洛徐，他被逼必須留長鬍子，必須穿著女人的內衣唱歌跳舞。

這是場沒有勝利者的戰爭，是場只求不被打死，明天還可以看到日出的戰爭。戰役的起因不為民族、不為榮譽，而是謠言的指使，是人殺人的促進器。聽說科羅埃西亞的小孩被塞爾維亞人烤來吃了，就是科羅埃西亞出兵的時候。聽說塞爾維亞人被科羅埃西亞人集體砍頭了，就是塞爾維亞人要對方償命的時候。沒人有興趣查證實情，因為新的真理是，越殘酷的謠言便越真實。

這是場以牙還牙的戰爭。敵對者可以任意逮捕，以殺人做為洩憤的手段。所謂的軍事行動，與國家、民族絲毫無關。

巴爾幹半島的悲慘不是國家主義作祟，而是道德嚴重缺席。原本好客熱情的人，第一次殺人是被迫，第二次、第三次之後也就成了習慣，等到殺紅了眼，人便轉成了獸。士兵的臉蛻變成動物模樣，冷酷而毫無表情。我看到馬匹開車，看到獅子掘墳，看到犀牛巡邏。牠們的腦子只輪轉著一件事：殺人見血，見血殺人。

前南斯拉夫原是國際左派所稱道的國家，採行非中央集權的自我管理社會主義制度。反諷的是，九十年代初期的災難，雖然保持著這個運作模式，卻是朝另一方向前進，是自行經營的搶劫掠奪，以及不需中央下令指揮的大屠殺。在村裡、城裡的少數族群遭遇搶奪、強暴、擊斃、驅逐。罪犯及外籍兵團加入猛虎、白鷹、毒蠍等武裝組織，提供武器、運輸以及精神上的支援。然而，少了一般人的密切合作與通風報信，也就沒有發生民族清洗的可能。殺人是赤裸的、公開的，既不需隱藏，也沒有秘密。早上在東波士尼亞的比耶利拿村裡，孩子們看著當足球踢的人頭，晚上在塞爾維亞的貝爾格勒，人頭們的親戚就已經得到消息。幾乎沒有一個武裝組織不自備有錄影機，專門紀錄敵人幹下的，令人憎鄙的暴行，然後讓這些影片流竄天下，激發海外僑民的同仇敵愾，而吸收大量捐款。而在家鄉前線，紀錄片就成了「戰士們」的興奮劑，片子一看完，個個就是在鬥牛場上準備一決生死的公牛。看到夥伴們的殘骸、斷肢，看到生殖器塞入屍體的嘴裡，心底的邪魔立刻得到釋放，惡靈立刻得到救贖。

不僅是男人，女人和孩子也都像吸了毒品一般。他們為自己的丈夫、兄弟、父親擔憂，卻也心生驕傲，被一種怪異的喜悅所充塞；這種喜悅把他們從無聊的平凡生活中高舉出來，和別人的情緒相結合，而讓每個人的虛弱與孤寂消失無形。

塞爾維亞人把波士尼亞裔的鄰居剝奪精光，並不能說明他的貪婪。殺死對方之前，還能幸災樂禍於他的顫慄與乞求，也不能宣告他是暴虐狂。這些種種都是扭曲的榮譽，都是沾血的頌揚。

以往，我總以為戰爭是遭到逼迫之下的解決問題途徑，是種絕地反攻，是不得不有的殘酷。南斯拉夫的經驗讓我清楚瞭解戰爭，讓我聞到了血腥，讓我看到了真正的生活，瞭解到人究竟可以有多麼鄙劣。我們在各處洞穴、地下室尋找戰俘，親眼目睹、親耳聽到訴說不盡的悲慘。為了自保，為了自身的利益，人是否可以有理由變成獸？

我在瑞士所認知的好價值，在那裡全不管用，也完全不存在。多少年前在學校談論、在書本上讀到的倫理道德不再是空泛的教條，那些原本嚴肅、無聊，令人發昏的字眼，全有了新的品質、新的面貌。在此之前，我從未料到，向來對於名聲、地位、錢財、正確、錯誤等一般的判斷標準，可以在一剎間對我完全失去意義，也才恍惚大悟，尼采認為的「『惡』是道德家所無法說出的那一部份」，到底是怎麼回事。

我和紅十字會簽了兩年合同，中間除了回來參加克莉斯丁的葬禮，我也提前一年解約，原因是雅絲明以離開我做為威脅。回到瑞士後，我只將自己認為重要的事情留在腦海裡，其他的，根本不願再去回憶，最好是能把它們從記憶中剔除。要是在報導中讀到世界某個地區發生戰亂，我立刻可以在腦海中形成影像，甚至聞到氣味。我終於懂得，為什麼正義、愛、友善、仁慈是重要價值，我也喜歡告訴別人，為什麼這些是重要的價值。

和紅十字會解約後，我立刻面臨失業的尷尬窘境，只好又回到救護中心去打工，直到我為雜誌社寫稿，有了底薪，才真正安定下來。我和雅絲明、娜蒂亞住在三房一廳的公寓裡，一班電車便可到達市區。日子尋常，不痛不癢。

嚴格說來，娜蒂亞是我帶大的。我送她上學，陪她做功課，為她說床邊故事。雅絲明在醫院值班時，我去購物，為娜蒂亞做飯、洗衣，也和她一起整理房間。假日，我們三個人到林子裡去散步、烤肉。雨天不出門時，唱歌、接力說故事、玩遊戲就是理所當然的室內活動。

我時常唸自己寫的報導給雅絲明聽。如果她聽得入迷，就表示我寫得好；如果她邊聽邊打哈欠，我就會把那段重寫。我認為好文章必須人人看得懂，意象必須精確、適當，文字必須流暢、高雅，也能喚起人們的情感。就這樣，有爸爸，有媽媽、有孩子，我過了整整九年平凡、知足的家庭生活。

問指揮官，兩軍都穿著阿富汗傳統長衫時，如何分出敵我？指揮官指著遠處沙漠上兩三長排的戰士，其中一人揚起長刀，砍下另一人的頭，提起人頭示眾。這頭戴著京劇裡女人的鳳冠。劊子手將人頭晃了晃，鳳冠上大顆大顆的珍珠也跟著晃了晃。

我瞭解雅絲明沒有耐心又反覆無常，卻不明原因地願意繼續和她在一起。一開始，她是吸引我的，就如同她也吸引別的男人一樣。她時常說者無意，聽者有心地以為別人抹黑她，而她的反擊既快且猛，我懶得和她爭辯，她卻怨我不會吵架。在巴爾幹半島時我很能承受心靈與身體的重擔，在家，卻無法忍受一個發威的女人。雅絲明的情緒快如閃電，令人提防不及。她可以讓一屋子亂成一團，東西丟得到處都是。做飯時，整個廚房翻天覆地，卻可以在極短時間內收拾乾淨，一切復原就序。

雅絲明的媽媽是印度人，爸爸是瑞士人。他們在印度認識後，回蘇黎世定居。雅斯明有個嚴守教規的穆斯林媽媽，曾不許她參加游泳課，也要求她包頭巾，不過像雅絲明這樣的個性，當然不可能依從。她媽媽的行徑令人無法意料。她可以笑臉迎人，非常慈愛，也可以在一夕間變得暴躁易怒，讓人無所適從。雅絲明就在這種環境長大，個性也在兩極間擺盪，毫不顧慮其他人的感受。

雅絲明內心矛盾、分裂，常為小事大發雷霆，在工作上卻可以果斷地快速做決定。她的哥哥在十七歲時曾經精神分裂，以後穩定了一段時間。後來病發，全家人亂了陣腳，不知如何是好時，雅絲明出面決定是否把哥哥送去醫院。

我一直努力經營我們的關係，一直以為她是我最後一個女人，也一直害怕分開。然而害怕的事終於來臨。我們在一起四、五年後，她開始流連在外，開始把大小事情全丟給我處理。我天天在固定時間送娜蒂亞上床，也參加每一學期在學校的家長懇談。娜蒂亞正是需要特別照顧的時候，雅絲明卻常在晚間出去跳舞。是她對女兒全然放心，還是她不再對女兒盡心？我明白雅絲明有許多吸引男人的條件，可以想像她如何在酒館、舞廳裡和男人打情罵俏，這些想像也把我逼得近乎瘋狂。有好幾次，我差點就要衝到蘇黎世那幾家夜店，把她找出來，問她到底要怎麼過日子才稱心！

雅絲明的離開當然並非全無預兆，事情一旦發生，我仍然痛苦到了極點。她離開的理由不是很清楚，或許她不再愛我，也或許是年齡差距的緣故。遭竊、被告，不能動搖我，南斯拉夫與非洲大陸的血腥不曾讓我退縮，即便是雜誌社總編輯覺得我的文風不對他的胃口而要我走，在失業情況下丟了住房，必須在橋下過夜時，也都擊不倒我。然而雅絲明的離開，讓我承受情緒上的巨大災難。別人是以酒澆愁，或是找新的女人來填補，我只能默默吞下苦果。就像肚子劇痛又沒有藥醫時，只能獨自蜷縮在一角等著痛苦過去。雅絲明見不得我受苦，不是因為她不捨得我，而是因為她想到我的痛苦是由她引起時，便有犯罪的感覺，只好儘快逃離。

我始終將娜蒂亞當成親生女兒，比她的母親還母親。在國外採訪時，除非電訊系統不良，我沒有一天不打電話給她，沒有一天不和她說話。娜蒂亞通常叫我的名字，只有在開玩笑時會說：「我怎麼會有這樣的爸爸！」

有次娜蒂亞住院，我急壞了，只有在醫生不把肺炎當成大病的神情中，我才安下心來。一生中，我從未下過重大決定，只是隨波逐流。有時自覺是個沒有用的人，擁有一個尚未填滿的人生，總認為應該做些更好更重要的事情。走過了大半生，唯一不讓我失望、痛苦的女人只有媽媽。她一直有些悲傷的樣子，一讀到好的小說，一定介紹給我看。她要我們滿足、幸福，不要因追求地位、頭銜而逼迫自己做超過能力的事。甚至在我大學畢業後打算攻讀博士學位，她也不贊成，總認為，我一旦有了博士頭銜，會變得看上不看下，成為驕傲而失去人性的學者。

雅絲明的離開也正是我失去媽媽的時候。媽媽的腎臟一直有問題，直到沒有藥可醫。她只要一個簡單的葬禮，我們依她。我掉淚，是因為永遠失去一個知道自己職責所在，也從不背叛她的男人、不背叛她家庭的好女人。

小時候，只要鞋子有了小洞，就是買新鞋的時候。媽媽會帶著我搭公車去買鞋，公車下車處也正好是鞋店門口。我們下了車，公車繼續往前開，上了斜坡往左轉以後，便看不見蹤影。我目送著巨大的車體消失在轉角處，它究竟開往何方，一直是我小小心靈上的疑問；轉角後是怎麼回事，一直是我好奇的重點。直到現在，對於任何引起我好奇的事物，「轉角後到底是什麼」的情結，便立即出現。這種無盡的好奇，竟成了我生命的基調，領著我走訪一般人不屑的國家、地域，一探衝突的究竟。

生活其實可以很簡單。一本好書，一篇好文章，一支動人的曲子，一幅令人眼睛一亮的畫作，和幾個好友進行一場有趣、快樂的談話都足以讓我感到愉快。寫稿把我閉鎖在到處是電腦螢幕的辦公室裡，只有在採訪時才能把自己放逐到南美叢林，去會晤靠贖金維生的游擊隊；到南亞的長河，去嘗試什麼是熱得無法思考；到東非的危城，去探訪無政府狀態下的人怎麼過日子；到中亞大漠，去瞭解什麼是真英雄……其他的時間，我在蘇黎世城裡移動，偶爾去林子裡健行，有時去湖邊游泳。心裡想著，讓我感動的風景，必須是有點蒼茫、有點孤獨、有點感傷吧。

19

九十年代喀布爾的亂象自然引起全國性的動蕩。百姓的日子過得艱困，基礎建設也無法提供最基本的需要，人人懷疑是否還有回到正常生活的可能。鄰國將這時期的阿富汗泛指為軍閥割據，以掩飾它們暗中對阿富汗政局的操縱與影響。然而，一個勾心鬥角的內部永遠讓敵人有機可乘。國外勢力扶持阿富汗的軍閥，也是因為這些軍閥願意被扶持。塔利班有巴基斯坦做為依恃，從南部發展起，順利向北挺進。拿下首都喀布爾之後，雖然在北方的非帕斯圖族地盤裡不再有勢如破竹的運道，卻也從北聯的彼此猜忌中收獲豐盛的果實。北聯各領導人的陰謀、背叛、出賣、變節，複雜的合縱連橫與難以言說的殘酷行徑，讓塔利班佔盡幾乎統治全阿富汗的優勢。

馬紮伊沙裏夫城原本由烏茲別克裔的多士頓所控制，卻被副手出賣。塔利班雖進了城，不久後卻又必須逃逸，因為哈紮拉族大舉反抗，殘殺數千塔利班。多士頓逃過一劫，整軍後再向馬紮伊沙裏夫反攻。然而就在他勢弱的那段時間裡，哈紮拉族在混沌中奪得權勢，多士頓只得另覓地盤。塔利班耐心等待敵人自相殘殺後，第二次入城。他們以極兇殘的手段為不久前被殺的兄弟報仇，城內數千人被槍殺、刺殺、剝皮，或在貨櫃裡悶死。也只有在馬城陷落後，北聯各領導人才不得不接受你的召集到潘吉爾峽谷來，阿曼夏，並推舉你做總指揮。

「同樣的一批人，指揮官，九二年在喀布爾是惡名昭彰的割據軍閥，現在有什麼理由可以說情況會好些？」我提出尖銳的問題。貨櫃形辦公室裡偶爾會有人來去走動。

「這次各方都同意一起制定保障社會正義的規章，每個部族都會透過自由選舉在政府中佔有適當比例的席位。」你的回答相當有說服力，阿曼夏。

「可是像多士頓這樣的人，他的話還有什麼份量？他原本是共黨的殺手，曾經和你並肩作戰，卻又串通黑克馬提亞背叛你，後來和塔利班勾搭，現在又回頭和你站在一邊。還有，哈紮拉人怎麼會信任帕斯圖的塞亞夫？這人九四年在喀布爾砍下那麼多哈紮拉族的人頭，還把它們插在木棍上示眾！」

「不能彼此信任確實是阿富汗一個很嚴重的問題。有些人擔心自己的未來，有些人要的，比他們能力所可以得到的還多。雖然以前發生了不愉快的事情，現在我們終於討論出具體的方案，保證每個領導人未來在政府中的角色。他們也都知道，靠自己單打獨鬥成不了氣候，只有和其他人合作才有展現自己權力的機會。目前聯盟運作得還不錯，都在我的掌握之下。戰鬥在什麼地方開始，在什麼時候結束，都由我來發號施令。」

你說得不疾不徐。依然皺著眉，依然半張著看起來嚴肅而疲憊的眼睛。「兩邊的男人都留鬍子，兩邊的女人都穿大罩袍，人們應該會問，為什麼要支持北聯而不支持塔利班？」我挑釁地問。

「我們的訊息很清楚。第一，我們贊成自由選舉，也希望能有聯合國成員來觀察。第二，我們反對任何形態的恐怖主義。在我眼裡，賓拉登是個罪犯。你也知道，要這麼說並不容易。我為聖戰獻身，他也一樣。不同的是，他成了整個伊斯蘭激進份子的領導者。我接到來自世界各地的電話，他們問：『你是穆斯林，為什麼反對賓拉登？』如果我不把他當敵人，加入他的陣營，事情就方便多了。可是我堅絕反對他的想法和做法。第三，我反對販毒。有部份毒品當然會經過我們的地方運送出去，可是這些毒品還會經過許多沒有戰爭的國家，他們的反毒行動應該比我們處於戰爭中的國家還要方便進行才對。」

我順著你的語意，提出可能讓你難堪的問題，說：「在你的領域裡還是有人種鴉片，我就在村落的田裡看過。」

「在巴達赫珊那一帶住著伊斯梅里人，他們屬於伊斯蘭的一個教派，幾百年來已經習慣鴉片，都上了癮。鴉片是他們的收入來源。不過如果你去茄亞的監獄，一定會看到大毒梟沙林。我們一下子就沒收了他半公噸的鴉片。雖然他有錢、有影響力可以為自己關說，卻沒什麼作用。現在是他第三年坐監服刑。」

「聯合國最近公佈塔利班已經停止生產鴉片，可是阿富汗仍是世界最大鴉片出產國。為什麼會有這個矛盾？」

「塔利班聚積了相當多的存貨，足夠兩三年外銷。不生產鴉片的不是塔利班領導人穆拉歐瑪，而是最大的鴉片出口商。他們停止生產，就等著價錢抬高。對於這種情況，我手中有足夠的情報。從加拉拉巴到坎達哈及黑爾曼是鴉片最大生產地，也在塔利班的控制範圍，他們抽百分之十的稅。製作完成的鴉片，每公斤必須繳一百八十美元，才能蓋官印。如果貨是以飛機運到喀布爾，再運到昆督磁，賣鴉片要抽稅，運輸也要抽稅。沒有塔利班的官印和報關手續，鴉片出不了國界。」

「所以塔利班壟斷整個鴉片產業了。」

你點點頭。

塔利班崛起之前，我曾在南部訪問過兩個小學女老師。我永遠不會忘記她們篤定、熱心的神情。大罩袍不是塔利班的發明，而是阿富汗的傳統。然而，當罩袍成了隔離的宣告，隨時隨地必須穿著時，就是女人的災難了。罩袍給人閉塞、冷漠的聯想，可是把罩袍下的女人等同於罩袍帶給人的聯想，才是天大的誤會！

「讓我們再談談人權及女人的權利問題。」我接著說。

「你沒看到嗎？在峽谷區，女人可以工作，女孩可以上學。我們也有些改善婦女生活的措施。在你們眼裡，或許是一小步，可是對阿富汗這麼一個國家，已經是重要的進步了。」你似乎對於這個議題很有心得，願意多談些。「比如，甲乙兩個部落發生爭執而導致傷亡時，錯誤的一方必須以女孩或女人做為補償。沒人事先詢問女孩的意見，就把她白白給掉。我一直反對這個習俗，也下令禁止了。女人怎麼可以是償債的物品！我曾經碰到過例子是，有個女孩必須嫁給一個男人，可是女孩堅絕反對這個婚姻，我下令調查其中的細節。那個男人的父親是個權貴，代表三千個家庭，有四百個武裝男丁。兒子娶那女孩是他的安排。我把消息傳出去，只要不逼婚，我可以幫他保住面子。結果他來找我，要吻我的靴子，還說：『你要做什麼都可以，就是不要碰我在村裡的名聲和威望，還是請你讓我把兒子的婚事辦完吧。』我們雙方堅持不下，談話沒辦法進行下去，邏輯和常識都派不上用場。後來我只好擺出幾百個士兵的排場，才讓他改變決定。」

「所以你就多了一個敵人？」我半揶揄地說。

「你是指，小村子裡的小霸王要和游擊部隊比高下？」我們都笑了出來。

現在的軍事地圖看起來和八十年代的並無兩樣。塔利班控制阿富汗的城市以及交通樞紐，一如當年的蘇聯。你正重覆歷史，退守難以進入的山脈峽谷，從事游擊戰。你是頭，阿曼夏，是中心，是引擎。只要你一倒下，聯盟立刻分裂，塔利班就能把整個阿富汗變成他們心目中阿拉的王國。

「你覺得男人一生中最重要的是什麼？」

這事我早就想知道，阿曼夏。我想知道，像你這麼一個與眾不同的男人，究竟是什麼讓你異於一般，什麼價值讓你必須堅守。你想了想，雲淡風輕地說：「我倒是從來沒和人談過這件事。你這麼一問，現在我所能想到的是『做決定』。」

「什麼意思？多談些吧。」

「下決定以後，路就出來了，其他的，也跟著簡單起來。比方和蘇聯作戰吧。當我決定和他們周旋時，我們倒底會輸、會贏，到底會有多麼困難、多麼辛苦，到底會持續十年、二十年，都已經不重要了，我只知道要做到底。現在我決定不對塔利班讓步，我們會受多少苦，可能會失去多少土地，目前都不是最重要的。」你的答覆令我驚訝，阿曼夏。有多少人想盡辦法要離開阿富汗，你卻決定留下，也為這個決定不惜代價。

「這決定比你自己的生命重要嗎？」

「我想，人一生當中總有某個目標值得獻身吧。」

「你有太太和孩子，可以帶著他們去杜相貝、倫敦或巴黎安靜地生活。你從未想過這件事嗎？」

「從來沒有。」

一棵好大的樹，有許多大片的葉子。一隻手伸長了要摘葉子。手靠近時，葉子成了大塊麵包。手摘了麵包丟下地時，麵包變成了鴨子，跑走。葉子變成麵包，麵包變成鴨子，跑走。葉

子變成麵包，麵包變成鴨子，跑走。葉子變成麵包，麵包變成鴨子，跑走……

戰士已經往下走到河邊準備渡河。我們的車停在一道泥牆後面。下車後，順坡走下。天最多還會再亮一個小時，戰士就要在黑暗中過水。有的把彈藥抬上一部蘇聯的舊卡車，有的擦拭著槍枝，有的三三兩兩站在較高地方的樹後，免得被敵人偵察到。有些穿著蘇聯軍褲，有些連鞋子也沒有。他們背著機槍或抱著火箭推進榴彈。看到我和納坦走來，羞怯地笑了。

夜襲塔利班基地是由一波波火箭彈飛越峽谷地開始。每次十枚或十二枚齊發，紅色弧形射程墜線讓黑天黑地襯托得鮮明。擊中某處後爆炸發出的，有如厚重橡木門砰然關上的聲響。砲火交鋒大約持續了一小時，地面攻擊於是開始。你的弟兄們，阿曼夏，在黑夜掩護下，冒著被機槍擊中或誤觸地雷的危險，向敵人的戰壕逼進。戰鬥在五六公里外的地方進行，傳到我們耳裡只剩狂亂而微弱的啪啪啪聲響。我們驅車到小丘上觀戰，所在據點的組長叫哈崙，約三十多歲，窩在地道裡，就著一盞煤油燈看地圖。哈崙負責戰線上的大砲部署，他以小學生用的塑膠分度器量出坦克所在位置的軌線，輪流接聽三個電話，不斷地把地圖看來看去。不久後，一名士兵端茶進來，我們盤坐在地上喝茶。電話通訊像潮水般一波波襲來：我們又佔了一個據點，是個大彈藥庫……敵軍沒士氣，全跑了，我們多了十個戰俘……哈崙給我們看傳來報告的位置。就在此時，戰士們正從兩翼包抄一個位於戰線關鍵點的小鎮可瓦耶尬。這地方有巴基斯坦、阿拉伯的自願軍，而緬甸、中國、車臣及阿爾吉利亞人所組成的畸形「國際聯軍」部隊，更幫著塔利班在中亞地區散播激進伊斯蘭思想。有些人當然是因著賓拉登而來。大約從九七年開始，塔利班便以穆斯林的兄弟情誼窩藏了賓拉登，而賓拉登也以數百萬美金和數千名人員做為答禮。塔利班的最大支持者一直是派送指揮官、軍事顧問及常備軍的巴基斯坦。你的監獄裡不就關了上百個巴基斯坦的戰俘？阿曼夏。

哈崙把收報機調到可以接收對方消息的頻率上，傾過身來給我們聽。塔利班慌亂的聲音清楚而明顯。一個人叫著說他已經沒子彈，另一個則大吼：瘋了嗎？你們瘋了嗎？他們已經抓了一百個人，你們還想去送死？……然後用下三爛的雞姦、獸姦等字眼罵個不停。哈崙大搖其頭，說：「他們不是要代表真正伊斯蘭？聽到他們怎麼講話嗎？」

情況雖然好轉，前景卻仍然不明。塔利班曾經為了獲得國際承認而放手一搏，連續半年重砲轟炸、密集進攻，企圖給你致命的一擊。根據你的情報，一萬五千名重武裝塔利班繞過無法攻破的潘吉爾峽谷，直接到達緊鄰塔吉克斯坦的北疆地帶，沿著邊界向右移，目的是把你擠退到不得不投降的地步，讓你斷糧絕食，逼你現身。他們的確幾乎成功了。你控守領域內的村落、小鎮一個個陷落。追蹤你行止的記者，也都不看好這一輪的戰況。八萬倉皇逃生的人，加入十萬人無家可歸的隊伍。難民多，食物少，許多人以草充饑。這些難民大多是塔吉克和烏茲別克族。他們說，只要帕斯圖的塔利班攻陷一個村落，就殺害男人，強暴女人，把少年賣做奴隸。曾有一個老男人把身上的大毯子移開，掀起毛衫，給我看橫過他腹部的一道長疤。他說，那是一個塔利班以匕首刺傷他後，讓他在路邊等死所遺留下來的。阿富汗人只效忠部族，不認識國家。國際觀察家認為，你是塔吉克族，阿曼夏，不太可能統一全國。

我們往南行，經過幾公里長的壕溝和地道，來到蘇聯軍隊留下來，曾受過重砲轟擊的舊基地。一個當地的組長就棲身在這棟殘破的建築裡，風吹進張口呼喊的窗子，他的士兵坐在一角，正準備著他們的武器。組長打電話指示河對岸的手下備馬接應我們，然後陪我們到渡河處。我驚訝地看著就要載我們過河的皮筏，納坦則不住地按下相機快門。我以記憶、以情感捕捉未來的回憶；納坦在製造回憶前總有許多的手忙腳亂。這皮筏應該是按照在亞歷山大大帝時代就有的技術所做成的。八張帶腳牛皮的周邊全密密縫死，像氣球一般吹得鼓漲，由木塞子栓住腳部，然後綁在木框下方，這框的中間當然有交叉縱橫的木板或木棍固定在四周。每隻皮筏可承載十人左右，四周各有人以槳划水。對岸已經等著三個背著機槍的士兵，就要帶我們到前線去。

一整個下午我們在行進中度過。有時步行，有時騎馬穿過空無一物，平滑如天鵝絨的沙地，一路起伏，向南而去。寬廣大地，沒有任何聲響，只有風；沒有任何可以看的，只有無盡的沙丘和藍灰的天空。一回頭，只見緣線上站在丘頂對著我們揮手的士兵。

或許塔利班從看不見的某處透過望遠鏡認出我們，也或許他們截聽了這一邊的通訊，就在我們走上最後一道斜坡的半途，對方發過來的砲彈就掉在身後不遠處。我們從馬背上跌下，趴在沙土上，然後沒命地往上跑。就在到達丘頂時，第二顆砲彈落地。接下來攻擊不斷，直到我們連爬帶滾地衝進壕溝裡，才感到安全。

塔利班一開火，駐守附近丘頂的兄弟就以無線電通知，組長大叫掩護，其他人立刻把我們拉下到「狐洞」裡，約在五到十秒鐘之後，清楚地聽到子彈擦過空氣，然後就是爆炸聲。除非砲彈入洞，躲在洞內是安全的。當然沒人知道砲彈是否已經垂直落下，因為一旦發生，洞內的人也立即斃命。

轉眼間的從生到死，讓我難以接受。而這種詭異的，自己存在與否的懷疑，正以十秒鐘為間歇，不斷重覆出現，逼迫我練習。很快，我已分辨不出是厭煩、是恐懼，一心只想離開。組長說，他剛接到消息，塔利班將會發動正式攻擊。不管願不願意，我們外來的記者都必須趕緊離開。爬出壕溝，在下一波砲彈飛越之前，我幫納坦背好另一個鏡頭，深吸一口氣，我們同時下坡快奔。組長站在丘頂，大聲叫著和我們道別。我聽到自己急促的呼吸聲，感到滿心的絕望。急促與絕望足以隔離砲彈的聲響，以及在心底就要冒竄出來的背叛感覺。為了自己的生命，為了還能夠活著回家看娜蒂亞，我疾疾離開你的兄弟，阿曼夏，以為那畢竟是你們的戰爭，以為一個記者就不應該多情。

十分鐘後，一切都已結束。我們坐在另一邊的丘脊上，望著不遠處受襲的山丘，每落一彈便激起塵土，發出悶響。於是我在安全的地方，又開始幻想自己如何和你的兄弟出生入死、並肩作戰。是的，在安全的地方。

一週後，你搭直昇機飛到哈崙的駐守地，計劃在北線發動一場大反攻。那是一片較為平坦的不毛之地，右前方是凹陷一層的另一大片平原。山嵐飄渺處，隱約看得見平原上一些耐旱植物。你坐在石堆上，透過放置在三角架上一個巨大的軍用望遠鏡探勘地勢。你知道塔利班的所在位置，他們大概也清楚你們駐守的地方。你獨自用望遠鏡看了許久，側臉輪廓尖削像把斧頭，額上是永不消失的深陷皺紋，杏仁形狀雙眼上的睫毛長又濃，彷彿劃上了眼線。有人趨前報告，你頭一轉，直視的眼神有如穿刺的尖刀，把來人嚇得說話結巴。你的問題簡潔精準，對方答案中的每一個字也都逃不出你的耳朵。你出眾，不在於你的好看，而在於無法停止看你。早聽說你的背部出了問題，阿曼夏，現在我希望知道得更多，所以問了你的好友，也是親近隨從阿布杜拉。為了不讓你聽見，他輕聲對我說：「阿曼夏自己說他好多了，可是我知道那不是實情，看他走路的姿態就明白了。他需要至少休息一個月，不過，那不可能。」

砲彈落下更多。天近黑。你和手下排列祈禱。你們站立、跪地、俯身、再站起，手心向上，迎接阿拉。直到天已全黑下，祈禱才結束。從外界來看，你幾乎失掉了這場戰爭，阿曼夏。五年以來，塔利班企圖分裂你的聯盟，奪去你大半領地，把你侷限在東北部一個角落裡。你雖然防守容易，通到塔吉克斯坦的補給線卻是一條難行的漫漫長路。諷刺的是，蘇聯垮臺，變了身的俄羅斯因無法容忍其南疆有股激進勢力存在，所以成了你的支持者；伊朗、印度不也都一樣。

塔利班始終認為，靠近塔吉克斯坦邊界的塔羅坎是你最重要的據點，所以調動主力到這條戰線上。你以V字型包圍塔羅坎，發動一系列在夜間進行的猛烈攻擊，讓塔利班深信，你執意要奪回塔羅坎。然而，領軍二十年的你，心裡所想的不同於常人。塔羅坎並不重要，半年不息的持續戰也不重要，只要你的部隊能夠挺得住，能夠堅持到塔利班無法忍受而內部自爆。反抗勢力的無法捉摸，是因為目標不在贏戰。游擊隊只要守在山丘上不斷騷擾，直到對方失去戰鬥意志。你明白，巴基斯坦不可能無限期支持塔利班。此外，因著殘酷法令和徵兵的叨擾，某些由塔利班控制的地區，出現了反抗的行為。好比幕沙卡雷鎮的抗暴行動，不但組織良好，規模也大到塔利班必須緊急派出六百人鎮壓。

晚餐時間，你邊嚼著食物邊告訴其他人，很快就會有另一波游擊行動。表面上，你正進行著一場不輸不贏的戰鬥，這當然也是你的本意。另一方面你卻悄悄在全國各地部署了反間戰士。

「不久後，」你宣佈著，「就會有場和塔利班的全面性戰鬥。」

巴基斯坦利用神學士帶來傳統的戰爭，阿曼夏，你卻以神出鬼沒的游擊戰回應。

晚餐後，食具退下，地圖鋪上。你和組長們俯身看著地圖，煤油燈在牆上映出一個個巨大的身影。還有多少坦克？還有多少火箭砲發射器？還有多少砲彈？多少槍枝？駐守位置是否依照指示改變了？你的問題一個接著一個拋出，組長們必須快速據實回答。有時你停下計畫說明，開始理念的闡述，泥牆上飛舞著你的手勢影子，修長的手指在燈下晃動。組長們大都是和蘇軍打過仗的老戰士，也比你年長，聽你說話的樣子卻像是受罰承訓的小學生。

「你今晚攻擊的計畫可能不會太成功，不過還好，可以繼續。這不是我們的主要目標，只是要引他們加強火力，也會有更多死傷。我們的主戰場是在別的地方。」你對一個組長這麼說。採用的是聲東擊西的策略。

你的思考超越這些人許多，阿曼夏。有時你似乎難以決定，究竟要向他們解釋你的想法，還是直接下達命令而希望事情的發展如你預期。曾經和你交手的俄國人正在軍校裡研究你的戰略，而你，兩個十年以後的現在，仍然突然從掩護體冒出開槍，仍然要組長們瞭解你的思考邏輯。

夜深了。跟隨一名可以連續工作三十六小時而不休息的指揮官，不是件容易的事。你的詳細周到，是為了避免弟兄們的傷亡。一個組長接著一個組長，一個問題接著一個問題，一個討論接著一個討論，一個細節接著一個細節：別從卡蒙山丘上打，你只是浪費子彈而已……避開靠近村子或房子的據點，塔利班已經相當深入這些地方，很容易誤傷老百姓……先密集發砲讓大量灰塵揚起以後，才讓你的人開吉普車衝過去救重機槍……

在攻擊前你決定到前線去探敵人的虛實。你還不十分確定能否按照計畫拿下他們的脊頂位置，也擔心手下不懂得從後翼逃逸而平白在前沿受到攻擊。透過望遠鏡，你看到塔利班補給了卡車，也判定只有一條路通向不同的定點。如果能攻下這個路段，對方就不得不撤退。你忽然站起，快速走向白車，保鑣、組長們也立刻跳上其他車輛跟著。車隊揚起沙塵，一轉彎開向河邊，在泥地上困難前進，泥水濺髒車身。涉水過淺灘時，突然一部車熄火，一夥人幫忙把車拖出來，全都加速衝上無人地帶，接著下車步行。爬坡、匍匐、無聲息地逐漸靠近交火的前沿。這是個死亡區，任何移動的東西都會招來一陣掃射。

死亡區裡沒有戰鬥、沒有人聲，是一片永恆的沉寂。淒涼的靜默比最激烈的砲火更令人心寒。突然間，一聲槍響，一個組長聽見飛過他耳旁的子彈聲，落彈處就在你兩腳中間的沙地上。你發出信號，通知躲在丘背的弟兄掩護，快速回到車內。這招奏效了，阿曼夏。你讓塔利班看到你，讓他們誤以為你以此地做為攻擊重點。此外，你還看出有兩條路可以通向對方的駐守地，繞過之後，又在他們背後銜接。

我用一個大鍋煮你的話。這些話是一連串的鐵字母。我以鐵鍬徐徐攪拌，把字母話撈起來看看，又放下去煮。水煮開，鍋正冒煙，一隻小烏龜爬出鍋來，發出惡臭。鍋翻倒，燙水流出，成了火紅的熔岩漿，穿過草原，向著大河，源源流去。

你累極了，阿曼夏。就像你習慣做的，鋪著薄毯子躺在壓硬了的泥土地上，把頭枕在手臂上，身體蓋著外套。你睡了幾分鐘，一個組長走進來，你問他迫擊砲是否就位了。你再睡下，不一會兒，另一個組長進來，你問他子彈都發放了嗎。這次你發現我也在土房裡，便問：「你去過的國家裡，最喜歡哪一個？」

「當然是阿富汗！」我答。

「去過非洲嗎？」

「去過。」

「盧安達？」

「也去過。」

「那裡發生了什麼事？為什麼有屠殺？」

我大略說了些。是因為我告訴你，一個就要斷氣的圖奇人對我說，他最渴望的是，能有人可以去愛，而觸發了你什麼聯想，你坐了起來，說：「幾年前在喀布爾時，我以為戰爭已經結束，所以開始在潘吉爾蓋房子。一個房間給小孩，一個房間給我和我太太，另外一個大圖書室放我的書。我們搬了幾次家，一直保有那些書，都放在箱子裡，希望有一天能把它們全擺上架子，好好讀書。可惜，那房子一直還沒蓋好，書也都還在箱子裡，真不知道什麼時候才有時間讀。」

說完，你又躺下。很快地，你終於累得不醒人事而沉沉睡去。

不明白，你為什麼對我這個和你的人生完全無關的西方記者談論你的私事？是這種完全無關，才能讓你的私事保持私事？

天色逐漸暗下，攻擊正要開始。外頭山腰上的士兵其實都還是年輕的孩子，他們守在黑夜的荒野裡。那裡有地雷、有烽火，還有敵人的坦克。你在指揮部衝著電話機大吼，似乎有些組長不在他們應到的崗位上，讓手下直上山丘而不是盤旋到達，結果是誤闖地雷區。

約二個小時以後，有個組長被你召回。你看到他，憤怒極了！

「我從來沒叫你從下往上打，我知道下面很可能埋了東西。」

你的每個字把那組長壓得抬不起頭來。

「我們本來就不是計劃直接攻擊，你上次也是犯了同樣的錯誤！」組長吱吱唔唔，暗示著，可能是地面部隊的過失。

「我不管，」你繼續說，「這些都是我的孩子，也是你的孩子。這些孩子是一頭頭的雄獅，錯誤在領導人。你從山腳攻擊起，在地雷區損失那麼多弟兄，在我眼裡，即使你拿下了對方的駐防地，你還是輸掉這場仗！」

一小段時間和你的兄弟出生入死，阿曼夏，現在是我們離開的時候了。把行李丟上小卡車，我們決定到野戰醫院走一趟。那是個圍著泥牆的大院子，頂上架著帆布，煤油燈散發出暗淡的光芒。一卡車的傷兵剛運到，就是踏上地雷的那一批。他們因過度驚嚇失神而不能言語，臉孔被炸藥熏黑，眼神散漫，沒人知道究竟發生了什麼事。醫護人員把傷兵抬下卡車，放在鐵床上。我看著一袋子的內容物，幾分鐘後才明白過來，原來這些骨頭、鮮血和衣服碎片，曾經是一個人的腿。有個人的腳斷到腳踝，另一個人斷到膝蓋，而失去整條腿的那個人似乎不感到疼痛，也似乎不清楚自己的狀況，只不斷地說他覺得背不舒服。

我走了出去。夜涼如水。我靠在牆的一角。明月清冷。遠處傳來爆炸的悶響。如同這荒野大地，我的寂寞無邊。

20

九八年的盛夏，塔利班再度進入馬紮伊沙里夫城。為了報復哈紮拉族，他們的手段殘暴而猛烈。在清真寺祈禱後出來的男人立刻被逮捕，關進貨櫃箱裡，送到南部坎達哈之後便下落不明。房屋被燒毀，牲畜被燒死，逃避不及的老人、小孩、女人全遭屠殺。八千多條人命一剎間化為烏有。幾天後，屍體在路邊發臭了，沒人敢去收拾。不僅是馬城，從喀布爾到峽谷地必經的恰里卡鎮也不得倖免。這小鎮也曾是你的據點之一，阿曼夏，鎮內的慘狀也不亞於靠北的馬紮伊沙里夫。

那天晚上，你疲累到了極點，回家後立即去房裡躺下。帕蕊張羅好正打算叫你去吃晚餐時，看到你將臉埋在手掌裡。原來你哭了！你含著淚對帕蕊說：「這些畜牲，這麼殘忍。他們怎麼會是阿富汗人？妳說說看，帕蕊，這怎麼可能？」

你不但因百姓受苦而自苦，也非常擔心家人的安危，擔心自己的住處就是敵人攻擊的目標。有一次，威力強大的炸彈就落在離家不遠處的難民營旁，奪走三十條人命。屍體破碎橫飛，還有人在樹上找到連上了頭髮的頭皮……

那天，你無心吃晚餐。

二十年來，你沒有一天的安寧，沒有一刻的輕鬆。這個擔子太沉重，你終於病了，阿曼夏，是要人命的瘧疾。你發高燒，卻仍不停地工作。有天夜裡你回到家，再也站不住，整個人癱了。你岳父和帕蕊扶你上床，輪流把溼毛巾放在你額上降溫，你也不住地顫抖，看著令人害怕。第二天，一早就已來了幾個組長等候你的指示。你不但不見好轉，更是昏迷得不醒人事。醫生、家人全都束手無策。別人有難，靠你處理；現在你自己病倒在床，卻沒有人能夠為你出主意。往後幾天，時間如同靜止一般。帕蕊害怕極了，她不斷祈禱，乞求阿拉，乞求一個奇蹟。

終於，你醒了。親近的手下扶你坐起，好讓你能打電話、能祈禱，只是你仍虛弱得站不起來。身體的高溫好多天後才逐漸退去。有天，帕蕊準備早餐前，先來看看你的情況。你已醒，安靜地躺在床上，兩手遮住了臉。帕蕊輕喊，你卻一動也不動。你的呼吸和緩，帕蕊以為你正想著重要的事情，便離開去為戰士們準備早餐。稍後，她為你端來沒有油脂的湯汁和一些米飯，坐到你身邊，輕輕按摩你的腳，才發覺你正非常輕微地在哭泣。她把你的手從臉部移開，靜靜為你拭淚。你看著妻子卻不說話。帕蕊問：「不舒服嗎？」

「不，正相反，我覺得好多了。」你悶聲地回答。

「那麼，為什麼哭呢？」帕蕊再問。

你不語，好像和什麼人正在進行一場無法解釋的，無聲的對話。等到你再次講話時，卻是讓帕蕊非常害怕。你說：「我剛才和老天談了，如果是因為我才讓這麼多人受這麼多苦，那就把我的生命收回吧。我願意以自己的性命換來阿富汗應得的和平。帕蕊，如果真有這場交易，我隨時可以走。」

這是帕蕊所無法接受的，即便在最困難時期，你和她都不曾想過會夫妻分離。你這一生逃過多少暗殺、避過多少意外，從來沒有政治野心，也不懂得為自己尋求利益。帕蕊聽了你這話，涔涔淚下，哽咽地說：「如果老天有意，也必須是我們一起走。」

除了肉體的痛苦，沒人知道你臥病期間，靈魂有過什麼經歷，更不明白這些經歷對你個人、家人以及阿富汗人民有什麼意義。你等不及完全復原，便又收拾好自己，再度踏上征途。

情勢急轉直下。峽谷內幾個重要據點相繼失守，你現在更是沒有睡眠時間。有天近午夜，你把房門關上才打電話，不讓帕蕊聽到內容。一點左右，岳父來了，你又把帕蕊支開，讓她去準備你的衣服。帕蕊感覺事情有些詭異，便躲在門外聽你們談話。

「對方很快就要發動一次大攻擊，」你對莫拉說，「我打算像以前對付蘇聯軍隊一樣，把他們引進來，然後教訓一番。可是現在情況不同，我有了家庭，有了顧慮，所以需要你的幫忙。」

「沒問題，」莫拉說，「我會把他們帶去巴航德。」

「不行，塔利班遲早會攻下巴航德。我可以戰到最後一滴血，可是一想到如果家人被抓成為人質，我怎麼繼續下去？現在時間非常緊迫，他們明天一早必須去塔吉克斯坦。飛行員已經在準備了，我希望你能和他們一起去。」

在門外的帕蕊聽到這個消息簡直嚇壞了。你打算離開她和孩子們，而且還要把他們送到國外去！她開門，衝了進去，氣急敗壞地說：「我隨時都可以逃亡，在阿富汗的任何地方都可以，絕不到國外去。」

你看著妻子無法控制情緒的樣子，溫柔地說：「不會很久的，想想孩子們吧。稍過幾天，我應該可以想出解決的辦法。妳趕快去準備吧。」

傷心的帕蕊帶著痛苦、焦急的心情，乖巧地迅速收拾好三大箱的衣物，她沒讓家裡幫忙的女孩也一起做，就怕消息走漏，讓村人以為你們全家要單獨撤退而引起恐慌。帕蕊輕輕叫醒孩子，給他們穿好衣服。天未亮，你們便上車出發。一路上霧氣凝重，空氣清新，蘇軍的坦克殘骸鏽躺在河床上，沒人理會。家人是否能夠回來，你是否有機會去杜相貝和他們見面等等問題，你連想也不敢想。轉了一個山頭，霧氣突然消散，你們來到一處平坦的停機坪，大家相繼登上，直昇機順利起飛。旭陽照遍山嶺，馬羊群聚漫步，一顆顆石礫清晰可辨，一株株孤單的旱草在晨風裡搖曳。生活其實可以如許和諧無爭，現在你卻必須送別家人出國逃亡。這場戰爭原本不是你所要，歷史將你無情地寫了進來，阿曼夏，你再也不能迴避。

機艙裡，你坐在飛行員旁邊，小女兒坐在你膝上。引擎聲大，各個神情緊張，尤其是孩子們的心情沉重，他們從未看過你那麼嚴峻的表情。沒人知道你心裡想些什麼，直昇機竟然朝著敵人駐守地低飛而去。你要對方知道你的位置？是嘲笑，因為他們眼睜睜地看著你飛離，卻什麼也不能做？還是挑釁，因為他們沒料到你會以這個方式嘲弄他們？你們低飛得幾乎就要撞上山頂白雪。在機身上升之前往外看的一幕是，幾個武裝的塔利班笑著朝天空揮手。正是你們的低飛，讓他們把你們看成是自己人，而卸除了心裡的武裝。這就是你的大膽用計，阿曼夏，你讓生命中最親密的人，在最危險的地方，得到最大的安全。

飛行途中，你把孩子一個個叫到跟前，緊緊地摟著他們，親吻他們，恨不得自己能化做小小的分子，鑽到他們的皮膚裡，和他們合而為一，永不分離。在一個隨著風吹而晃動的機身裡，在一架隨時會被發射來的炮彈擊中而起火墜毀的飛行器上，在下不著地，上不著天的半空中，你和你至親至愛的人一起面臨一場可能的訣別。你的心緊緊揪住，難過得無法言語。

是分手的時候了。你陪著妻小飛抵位於邊界的合賈保丁。下了機，在外人面前你不能對帕蕊有任何親近的表示，只是轉過身，短短地對看一眼。就在這剎那間，你的愛、你的知心話、你心的撕痛、你的牽腸掛肚，滾動成團團烈火，向著帕蕊撲面燒來，你似乎看見了帕蕊在罩袍裡的憂悽面容。你陪他們飛越了最危險的一段，邊界以北應該安全了。提著小袋子，你走離直昇機，帕蕊和孩子繼續往杜相貝飛去。

都市的馬路很寬。進入一棟有玻璃帷幕的暗色大樓。焦急地找誰？一個很重要的人？升降機往上、往下，在樓梯間跑上跑下。踏出門，有陽光，榕樹下有人泡茶、聊天。要找的人不在。一個空間，天花板亮著燈，無窗，有幾台縫紉機。回身看到外面一個昏暗的場子，許多啤酒大圓桶，裡面燒著什麼？要找的人不在。

抵達杜相貝之後，立刻有人來接應。他們先把帕蕊和孩子們安置在一家招待所，幾天後才住到一個大房子裡，生活所需一應俱全，甚至有架電視機。帕蕊和孩子第一次來到這麼一個大城，高大的建築、美觀的樓層、輝煌的飯店、巨大的公園，全都讓他們驚訝不已。他們有那麼多要和你分享，你卻不在身邊。帕蕊焦急地等著你的電話，天天期盼你的訊息，阿富汗卻有如從地球上無聲息地消失，你也似乎從人間不著痕跡地蒸發了。一陣子之後才知道，原來你返回基地後，向塔利班發動全面反攻的大行動，收復了塔羅坎，也擊潰敵人的士氣。由於計畫密集，行動不斷，加上通訊不易，所以無法立即通知帕蕊。

你逐漸意識到，在峽谷地默默對抗塔利班並不足夠。阿富汗的情況必須讓國際社會瞭解，爭取聲援。於是你在杜相貝設立辦公室，借著方便的交通與通訊，你較能透過各國的外交人員與媒體，將自己的理念與計畫傳播出去。於是，除了原有的峽谷軍事行動之外，你在鄰國開闢了外交戰線。只要在杜相貝的時間，你雖可以時常回家，卻不規律，停留的時間也不長久。

有天，例外地，你告知帕蕊要回來吃晚餐。她準備了豐盛的一桌，選了一條好看的桌布鋪上。早早讓孩子睡下後，便開始等你。到了十點，為了不讓自己心慌，便拿出伊朗詩人西敏北巴哈尼的詩篇來讀。你喜歡這女詩人的作品，阿曼夏，也教會帕蕊讀她的詩。帕蕊特別記得你常唸的，那段描寫不靠言語也能心領神會的句子：

他
溫存地在我身邊
聽懂我的心語
卻不動我的唇

帕蕊最喜歡有關等待的那幾句：

我心的星子
快步走來
夜就要降臨

[illegible]放入詩裡：

整個夜晚，帕蕊把你捧在心上，不明白你為什麼不回來。直到清晨四點，你回家看到滿桌的食物，感到抱歉與不忍。你在外面早已吃過，卻忘了和妻子的約會。於是你說：「太好了，我餓得很，一直沒時間吃飯哩。」

前一天的晚餐成了後一天的早餐。帕蕊讀「等待」給你聽，把最後一句改為：帕蕊的心碎了，再回來。你聽了窩心，笑著說：「如果每次我遲到，你都能讀這麼美的詩給我聽，我就要常常讓妳等。」

自從嫁給了你，帕蕊一生不斷重複「等待」的詩情：

夜晚走到了底
第一道陽光乍現
我永遠等你

現在的帕蕊，獨自度過空白的黑夜，就為了傾聽你的足音。她不等了，她只聽，冥想著那句：

他

溫存地在我身邊……

帕蕊在杜相貝的生活突然多出空閒時間，因她不必再為戰士們準備伙食，也不需要和前來乞討的婦女見面，而有更多心思照顧孩子。較大的幾個上伊朗學校，由於同是波斯語，孩子沒有就學的困難。他們早上到校，下午在家。就像所有的孩子，電視是他們喜愛的大玩具。塔吉克斯坦雖是阿富汗鄰國，有關阿富汗的消息卻是極少。偶爾大兒子阿瑪赫看到家鄉的消息，便大聲喊媽媽和妹妹們來看。這些報導大都是喀布爾婦女和孩子們受難的消息，令人心痛。

有時你在杜相貝家裡時也加入看電視的行列，也看不同的頻道。你雖不懂英語，阿曼夏，卻有相當好的法語基礎。過去在喀布爾的法語中學時，便對法國的文學、歷史有所涉獵，你甚至崇敬戴高樂。法國朋友們也送你有關的書籍。你在峽谷地岳父母家的房子已經相當小，卻又堆滿了書。有次帕蕊問，你是否真的讀得下那麼多書。你玩笑地學著老學究的語氣說：「沒錯，女士。妳夫婿廣泛、超群、非比尋常的知識，是妳無法想像的。」

帕蕊整理你的行李時，常會不期然發現一兩本新書。無論你到哪兒，一有小段空檔時間立刻看書，回家後便對帕蕊講述內容大綱。在家讀書，而帕蕊就在身邊時，你會停下來告訴她，什麼國家有什麼東西，發生什麼事情，或更複雜的：「妳一定不能想像這個將軍有什麼作戰策略。注意聽，他說……」

這時候的帕蕊什麼也不講，只對你的聲音以及敘述的內容感到驚訝。你也時常給帕蕊書看。她就讀過你介紹的，法老王時期有關醫藥的書，俄國凱撒琳女皇的傳記，以及其他歷史上重要女性的生平。你有一個膽大的夢想，希望國家統一之後能夠讓女性知識份子在政府機構裡擔任要職。你曾對帕蕊說：「女人不貪婪，值得信賴。我們大可閉起眼睛來，把韁繩交給她們去駕馭、去管理。」

而對帕蕊本身，你就半開玩笑地說：「那麼妳呢？對於我和孩子們的幸福，妳能做什麼呢？還是要跟我們去打仗？不要嗎？那麼，我得想想妳將來可以做些什麼……」

搭直昇機從合賈保丁越過邊界到塔吉克斯坦首都杜相貝，大約有兩個小時。如果你在下午到達，直到晚禱及晚餐前那段時間，是你和孩子們玩得最盡興的時候。你會從一個身經百戰的將領，蛻變成和孩子笑鬧成一團的慈祥父親。帕蕊始終無法理解，你如何把生活分配成前十分鐘還和小孩玩捉迷藏、打枕頭戰，後十分鐘能透過電話處理屍體、指揮進攻。

你也注意孩子們的功課，不斷問起他們在學校的發展，也督促他們讀詩，特別是哈費茲和莫拉納兩人的作品。可能因為這個緣故，兒子阿瑪赫的老師對他詩的習作讚賞有加。因著你的鼓勵，外表酷似你的兒子，對電腦資訊有莫大的興趣。你也讓女兒們報名參加功夫課。男女孩應同樣受教育，是你不變的理念。

八個月後，你的家人終於可以回來過節探親。塔利班的威脅還在，所有的行動仍是秘密進行。帕蕊和孩子們回來後，你拿出一大張捲紙，攤開來，才知道是一間房子的藍圖。那地原是屬於你父親，兄弟姐妹們商量由你來繼承。這是你第一次有自己的房產，卻對帕蕊說：「現在雖然不是蓋房子的時機，也不是想這件事情的時候。可是，萬一我死了，有了這房子，至少還留下點東西給孩子。」

從此，這話就常掛在你嘴邊，似乎是讓家人為你的突然消逝預做準備。你興奮地講述房子構造的所有細節。二樓有房間、浴室及書房；一樓有接待公眾的客廳以及給自家人的小起居室。廚房設在園子的盡頭；園子裡應該有游泳池，因為孩子們在杜相貝已經有游泳課，將來回峽谷後女兒們卻不允許在河裡游，很是可惜。有自己的游泳池，她們會玩得更開心。你要的，只是一個舒適、樸實的住家，最怕房子蓋好後，路人會指指點點地說：「看吶，這就是阿曼夏住的地方，真是奢侈啊！」

即便在戰時、在戰地，你也儘量要讓孩子們有正常的，像世界上許許多多平凡家庭一樣的生活。在一個晴朗的早晨，帕蕊準備好野餐的吃食，你駕著車，載全家去河邊郊遊。你和孩子們在河邊玩丟石頭比賽，帕蕊不但為你們拍了照片也錄了影。你一直對這些數位攝影器材著迷，住國外的親友也會順手帶回來送你。整箱的照片裡，多的是你和孩子們騎馬、練習空手道、打水仗的鏡頭。當時快樂的紀錄是搶在一個永恆的失落之前完成。

家人到你位在邊境合賈保丁的辦公室聚首，自然是安全些。可是到峽谷內地來探望親友也是人之常情。就在你們住了兩天之後，如同平時，帕蕊拿出剛烤好的麵包、鮮奶油、蜂蜜做為午餐。你突然從收報機得到十萬火急的消息，塔利班的飛機已經出發，到它投擲第一顆炸彈之間，你們只有四分鐘的時間可以躲避。在慌亂中，你抱起小女兒，其他五個孩子和帕蕊也各自找掩蔽處。有的躲在泥牆後，有的在樹叢裡。炸彈落地點離你家只有幾百公尺，揚起的塵土把你們掩蓋了大半……

> 陰暗無彩。一個黑頭在平臺上，完全沒有後腦。沒有後腦的半頭長又大。有人餵食，半頭面無表情地嚼著，嚼碎的食物從口通到後面，糜爛的糊狀物在沒有後腦殼的頭部翻攪。

二十世紀最後一年仲夏，有個國外來的婦女團體要向你遞交建議書。內容提及，男女平權應載入阿富汗憲法裡。你打算把接見的事情交給帕蕊處理，因為「女人和女人好說話」，也因為這團體裡有一個在法國生活的阿富汗女士，她應該可以有些作用。在峽谷時，帕蕊也見過許多婦女，不過都是在你名下要求處理的事件，現在要她獨自挑大樑，總是有些羞怯與惶恐。你希望帕蕊告訴她們，阿富汗婦女在塔利班統治下的實情，用意在經過她們的宣傳後，能夠引起國際注意。

那時你最擔心的是境內難民問題。峽谷內聚集了來自全國各地不願在塔利班法令下生活的同胞，他們不懂家庭計畫，婦女的流產及生產死亡率也相當高。你寄望婦女間能夠談出如何幫助姐妹們的具體辦法。你特別希望住在國外的阿富汗僑民能為國家出力，你不能忍受阿富汗的聽明人出走國外，憑白讓塔利班愚弄百姓。每次你碰到這些僑民便不客氣地直問：「你們在那裡賺多少錢？能不能捐些出來幫助國內的家庭？」

你的盤算是建立家庭幫助家庭的機制。第二年在倫敦的阿富汗僑民大聚會裡，你的呼籲終於有了結果，他們成立基金會，捐款濟助難民。

「我可能去趟歐洲，」有天，你突然對帕蕊說，「這旅行事關和平，妳覺得呢？」除了巴基斯坦和塔吉克斯坦，你從未去過其他國家。國際上不知有多少政要曾邀請過你，卻都讓你婉拒了。這次是歐盟議會和你談了幾次後才敲定的。

「怎麼問我呢？只要你認為是對的，就應該趕快去做啊。」

這似乎已成了你的習慣，已經決定了的，總要再和帕蕊談一次。

「情況越來越嚴峻，我必須讓其他國家知道，阿富汗人民當恐怖份子的人肉盾牌已經夠久了。歐洲聯盟是不同國家力量的集中，在歐盟議會發聲可以同時讓許多國家聽到……」

那天你和帕蕊談了許多，對歐洲之行抱持很大希望。

你要參與戰事，有解決不完的民生問題，又要準備重要的旅行，時間非常緊迫。你請姪子訂購帶往歐洲當禮物的阿富汗地毯，讓小叔去請理髮師來。你理髮時通常都帶著小女兒，讓理髮師也順便為她剪髮。這次，你竟然把小女娃忘了！你和分別代表帕斯圖、哈紮拉及烏茲別克部族的三個組長，從杜相貝飛往巴黎。你們受到歡迎的程度讓你大感意外。你在歐盟議會的演講內容如同一記棒喝，讓沉睡著的歐洲突然驚醒。你的意氣風發經由電視轉播，傳遍歐洲每個家庭，讓人們見識到，在神秘、安靜的中亞古國阿富汗竟然有這麼一位不平凡的將領存在！你在薩爾茲堡說：「阿富汗的情況不是單一區域的問題，而是整個國際上的問題。如果沒有人向阿富汗伸出援手，很快地，整個世界都會受到威脅。」

當時有誰會想到，你的警告是五個月之後震驚全世界九一一事件的預言！

在六天的行程裡，你只給帕蕊打過一次電話。你興奮地說：「我從這些人的眼裡看出，他們瞭解我的意思，也會來幫我們。這趟遠行應該是很有收穫的，我們不再是那麼孤單了。」

除了歐盟議會，你也有機會和阿富汗的僑領聚首商談。你不斷強調，為了阿富汗的未來，僑民應該和你團結一致，緊密合作。歐洲行給了你更多信心，你開闢的這條外交戰線是必要而正確的。回到杜相貝機場，許多阿富汗僑民的男孩、女孩拿著鮮花歡迎你歸來。有三天時間，你接見了許多人，不斷講述在歐洲的見聞，以及和阿富汗僑領交換意見的經過與結果。「我把訊息帶到了，他們也瞭解我的想法」是你一直重複的一句話。你只願意談人民的大團結，不願意聽到烏茲別克族、帕斯圖族、哈紮拉族等等族群間的爭鬥。你的歡喜之情感染了其他人，大家都認為阿富汗即將步入另一階段，資金會不斷挹入，生活會得到改善。你的希望成了人們的希望，你所相信的，峽谷人也難以置疑。

日子照舊過著，你依然忙碌。只是有個現象，帕蕊覺得越來越奇怪。你們夫妻越是有一段獨處的美好時光，你對自己死亡的想像就變得更加分明。有天晚上帕蕊送孩子上床後回到房裡，看你安靜地躺著，便輕輕依偎你身邊。

「帕蕊，」你嚴肅地看著妻子說，「答應我，如果我出事了，妳不會像那些死了丈夫的女人一樣，到處訴苦，哭個不停。答應我，妳不哭。」

「真要死的話，也是我先走，快不要這麼說！」

帕蕊嚇壞了，不明白你為什麼沒來由地這麼說。

「這事很重要，我可能隨時會喪生。」

「不是今天，不是明天，不是明年，也不是未來二十年。」帕蕊焦急地說。

「這種事誰都料不準的。我要妳控制自己的情緒，像男人一樣堅強。」

「我不是男人！」

「我不要妳失掉勇氣，妳必須活得很好，為了孩子……」

你的話語有如遺言交代，阿曼夏。是你的情報顯示敵人加強對你的獵命行動，還是你的神以只有你和祂瞭解的方式通知時限？

夏天開始了。潘吉爾上空籠罩著一股詭異的寧靜。時間似乎被一個泡沫包了起來，靜止了，凝結了，不再屬於人間。你的房子終於蓋建完成，傢俱大約放置妥當，就等著細節佈置。有了新房子，你似乎輕鬆了些。帕蕊看著你邁著大步走上小徑，和鄰居閒談。有時你坐在客廳的墊子上，沉浸在自己的思緒裡。轟炸仍然時來時往，你在新家旁也蓋了個防空壕，現在躲警許要方便多了。

阿瑪赫幫忙搬動沉重的書箱，你一直猶豫著是否應該做書架，是否應該把書拿出來。如果再來一次大逃亡，整理書籍是那麼費時啊！你和唯一的兒子邊忙邊聊天，有時你突然說：「如果我發生了什麼事，你不要為我報仇，知道嗎？」你太了解阿富汗境內的爭端了，阿曼夏，它們不見得全是擁有或分配的問題所引起，有多少是出於無謂，甚至是愚昧的復仇心計啊！你痛恨這樣的輪迴，你不要自己的家人沾惹這種塵埃。有時你笑著問兒子：「如果我死了，你會夠強壯得把我背上山嗎？」帕蕊偶然聽到這些片段，總以為是父親告訴兒子，生命不是純由物質構成的哲思勸誡。

帕蕊喜歡和你在園子裡討論還可以種些什麼植物，這是轉移幾乎每天要面臨不安定生活注意力的最好方法。你卻指著遠處山巒的平臺表示，以後你就要葬在那裡。帕蕊當然不願意談這些。事後才知道，你也曾向最好的朋友阿布杜拉這麼交代。

你太信任記者了，阿曼夏。有些記者對你不好，很不好！那是八月的最後一天，兩個偽稱為摩洛哥報紙而來的突尼西亞人，正和「媒體同行」起程去合賈保丁。接下來的幾天，他們向外事部申請和你見面的許可。

那是個平常的日子，帕蕊準備了包著乳酪的餡餅給你當早餐，鄰居的太太們也恰巧拿來她們家昨天婚宴上的食物。你嚐了嚐，大加讚賞，她們也開心。當天下午，帕蕊在屋裡整理墊子時，聽見你在園子裡喊她。帕蕊從窗子探出頭來，你對她說：「把錄影機拿出來，我明天就要走了，想給你們錄影。」

你先拍了妻子在陽臺上，拍她和孩子們在一起，然後由她拍你和孩子盪鞦韆，然後你們在園子裡喝茶。那棵老蘋果樹已結了許多果子，成熟的蘋果發出陣陣清香。帕蕊說：「很快我就可以做果醬了。」

在那個不落雨的藍天底下，你有一個多麼和樂的家庭啊，阿曼夏。

夜晚。一如平常，你在園子裡講電話，和各地聯絡。你的心裡總是不平靜，總是要知道前線發生了什麼事，國外有什麼消息。過了一會兒，你上樓來叫妻子，說是要賞月。帕蕊已穿了睡衣，也沒披上頭巾便和你下樓。屋外月光明亮，你們手牽手在園子裡散步。你為帕蕊朗誦詩句，無邊際地聊著，直到深夜。第二天一早，帕蕊醒來時，你已坐在窗邊。你要妻子相陪。由於房間在二樓，她怕被在屋外和大門前的警衛看見，遲疑著。你不在意地拉著她的手坐下，似乎在爭取時間，要儘量延續前一夜在園子裡的談話。吃完早餐，你到阿瑪赫的房裡看他的作業，欣慰地笑著對帕蕊說，不僅是兒子的表現，其他幾個女兒的功課也都讓你放心。

「我要走了，帕蕊。」

這是你最後一次叫妻子的名字。

帕蕊倚著欄杆送你下樓。你頻頻轉身抬頭看她。帕蕊再到陽台看你出家門。你似乎不願走，卻又不得不走，不斷回頭看著妻子，以眼神再次向她道別，直到坐進車裡，揚塵而去。

過了幾天，聽說你要回來，帕蕊做了準備，卻又不見你人影。帕蕊早已習慣等待，她明

□，戰士的時間難測。第二天下午，帕蕊正在為你縫被子時，她弟弟塔力突然來找，急著要帶她去父母家。

「再等等吧，這是給阿瑪赫他爸爸的被子，就快要縫好了。」

「不要縫了，妳現在必須回杜相貝！」塔力粗魯地說。

「去杜相貝？」帕蕊狐疑地問。

「這裡有戰鬥。」塔力說。

「怎麼會？一點炮彈的聲音都沒有！」

「是阿曼夏，他要妳馬上去。」塔力相當著急。

帕蕊不明白，你不是在阿富汗境內的合賈保丁嗎？你們不是剛決定，不要再去杜相貝了嗎？怎麼才幾天，計畫全變了，而且不是由你親自告訴帕蕊。這事太不尋常了。

「要去幾天？我必須帶什麼東西？也要帶阿瑪赫他爸爸的東西嗎？」

「隨便妳，可是要快。」塔力不耐煩地說。

這時，哥哥卡勒力也突然來了，帶著臉色蒼白的阿瑪赫。到底怎麼了？孩子們早就在外公家，就等帕蕊過去吃飯啊。

「究竟發生了什麼事？」

帕蕊看到兒子的情況，非常不安地問，「阿瑪赫的爸爸在哪裡？」

沒人回答她的問題，只催她快整理行李準備上路。

「不要出任何聲音，」卡勒力說，「戰鬥就要開始，如果鄰居看到或聽到妳要離開，一定會引起恐慌。」

帕蕊理了個箱子，把你的燙好的衣服也收了進去，立刻跟著兄弟驅車去父母家。

消息是由莫拉說出口的。

「帕蕊，阿曼夏出事了！」

帕蕊一聽，只覺得天旋地轉，似乎和這世界斷了聯繫。她的眼前突然一片漆黑，整個人跌入冰冷的河水裡，幽幽地沉浮，只斷斷續續聽到，兩個阿拉伯人、假記者、爆炸……在她腦海裡，盤旋著的只有一句話：阿曼夏出事了！阿曼夏出事了！……然後昏了過去。不知過了多久，當帕蕊恍恍惚惚再度醒來時，只聽到弟弟塔力大嚷著：「你答應我很快要回來的。你就在這裡答應的，就在這椅墊上。你還要教我空手道……」

西蒂卡媽媽打了塔力一記耳光，說：「不許這麼哭鬧！現在還不是時候。阿曼夏的情形必須保守秘密。不許哭！」

家人扶著帕蕊坐了起來。她撐著靈魂問問題。可是媽媽卻說：「現在知道的就是這些，他們在電話裡只說兩個阿拉伯人假冒記者，在採訪時引爆炸彈……」

「所以他是死了，媽媽。如果像日本神風駕駛員的自殺炸彈，他就活不過來了，媽媽。」

帕蕊徹夜祈禱，現在她終於懂得什麼是心已破碎。

背景是白光　人物全是黑影。一場混亂的暴動。一個瘦小的女孩拿著長槍向四面開火。她跳躍奔竄，慌亂狂亂。一個男人向她開槍，她像個不死的英雄，身中數槍卻不倒地，許久之後終於不支而躺下。正當男人得意於自己的勝利，女孩一躍而起，對準男人開了一槍，他應聲而倒。女孩因完成最後的工作，才滿意地死去。

從你秘書那裡得到鑰匙，帕蕊開門進了杜相貝的家。她不知道你會以什麼方式迎接她，阿曼夏，還是你就像一隻受傷的動物躲在房裡一角，就等著她來安慰。她打開每個房間的門，她聲嘶力竭地喊你，她跑到花園找你。你在每一個地方，帕蕊卻只找到她自己。你回來過了。床上的被子是你折疊的樣子。理髮師也來過了。地上還有沒清掉的髮屑。你用過的浴巾和拖鞋仍有些潮溼。就在床腳，不也有雙鞋了正等你回來？你把自己梳洗乾淨，去赴了和死神的約會。

你們生活的片段緊緊纏繞著帕蕊。你曾對妻子說：「妳以為我天生就有個軍事靈魂嗎？我恨透了戰爭。我連動物被虐待都於心不忍，更何況是人！妳想，我們的生活會有正常的一天嗎？孩子們可以好好去上學嗎？我多麼希望在美麗的風景裡有個自己的小房子，能夠早上去工作，晚上回家，帕蕊，告訴我，這天會來到嗎？」

你說話的聲音，你走路的樣態，你進門時的微笑，你對著電話大吼的神情……這些平時不注意的小事情，現在全在她眼前浮沉，把帕蕊逼得就要瘋狂。可是你在哪裡？為什麼沒人通知帕蕊應該去什麼地方看你？為什麼連你死了都要下落不明？有人說你嚴重受傷，已送到巴黎去；有人說你仍在塔吉克斯坦，正接受法國醫生的治療；電視上卻報導你遭受攻擊，已經死亡。實情如何，混沌未明。懸疑、猜測、傳言更是可怕，到底什麼時候，人可以有個安寧？帕蕊已無法照顧孩子，也聽不見任何安慰的話語。她聾了、啞了、瞎了，是個只看得到外形的活死人。沒有人可以喚醒得了她，除了你。然而，是生？是死？你究竟在哪裡？阿曼夏。就連你岳父，一輩子獻身聖戰，一心支持你、保護你、對你忠貞不二的莫拉，也得不到確切的消息。

他們把你從冰櫃裡移出來。一個受人愛戴、崇敬的戰士已成了一具慘白、僵硬的屍體。你一頭的捲髮燒焦了，身體全都是傷痕。原本厭惡冬天，總是急著拿碎布塞住小洞，免得寒風灌進屋裡來的你，現在自己卻是變得那麼冰冷。帕蕊慢慢靠近你，她仔細端詳你。從脖子到腰部佈滿無數小洞，胸膛整個炸開來。帕蕊輕輕碰觸你的頭髮、你的臉、你的皮膚、你的手。多少年的征戰，她看過多少人在眼前斃命，她撿過屍塊、抬過屍體，你的情況卻是她從未見過的悲慘！現在她清清楚楚看到你的死亡，卻又同時幻想，你就要從屍床上坐起來，站起來，穿上她為你燙好的衣服，出發去指揮作戰……

那天上午，兩個阿拉伯人假扮的文字記者和攝影記者，進入你在合賈保丁的長方形辦公室。除了翻譯員、專為你拍紀錄片的遠親達緒提之外，還有阿富汗駐印度大使卡黎里也場。

一開始時，他們提出的問題相當空泛，只是有關阿富汗境內的情況、戰役、巴基斯坦……逐漸地，他們把問題集中到賓拉登身上。「如果你打贏了這場仗，會怎麼處理賓拉登？」

你不願意回答，只說「現在可以錄影」之後，轟然一聲巨響，年輕的翻譯及其中一名假記者當場死亡，另一名被衝進來的保鑣擊斃，卡黎里嚴重受傷，站立位置距離較遠的達緒提兩手灼傷，奔出辦公室外。

爆炸後，無以計數的小金屬片飛射你整個身體，噴躍出來的一塊鋼擊中你的心臟。他們立刻要以直昇機飛越國界，送受傷的人去塔吉克斯坦的醫院。你在正要出發去停機坪的車子裡斷氣。事發後，為了防止塔利班趁北聯沒有領導人的空檔發動攻擊，在局勢不明的情況下，你的好友阿布杜拉宣佈全面封鎖消息。直到你過世一週後，才對外證實你的死訊。

他們要把你葬在潘吉爾峽谷，阿曼夏。你的遺體以一大塊白布包裹著。原本要先送你回家，卻不可能。直昇機降落處早有數不清的男人在等待。路，全已堵死。你的遺體抬出來時，號啕聲震撼山谷。有的人淚水橫流，不斷打自己的臉。有的人摔跌在粗糙的石子路上，以頭搗地。無盡的悲痛，難以抑止。只有在這個時候，阿曼夏，人們才領會你對他們的意義。不論是峽谷的原住民，還是辛苦逃亡來的難民，全都把希望寄託在你一人身上。他們咬緊牙關，撐過艱難，知道跟著你南征北討就是要終止戰爭。而在這些時候，在這長長的二十年裡，你沒有出賣國家，沒因著自己的利益，讓他國來干涉阿富汗的內政。你以自己的力量，完成別人眼中的奇蹟。

那天，你的岳父、十一歲的長子、從國外趕回來的哥哥，及其他男性親友參加你的出殯大典。你的棺木蓋上了國旗，士兵穿著簇新戎裝，腰配長刀，踏著整齊的步伐，以隆重軍禮向你辭行。你以四十八歲英年，見證了什麼是頑強抵抗，至死不屈；見證了什麼是堅持原則，永生不渝。原本喪家有三天時間接見致哀的親友，你的家，三週裡有絡繹的訪客。

老家的新房子在你死前三個月蓋好，你的書仍然還沒有全部擺上架子。你婚禮所穿的絲質綠色長外套，是帕蕊最珍貴的，你的遺物之一。她堅守承諾，除了親戚之外，這一生一世不讓其他男人見到她的面容。

帕蕊躺在你們的床上，再也無法成眠。過去，你在山嶺間時，總要到夜深了，才有時間給妻子電話，現在移睡到小女兒床上的帕蕊，只要在夜裡聽到電話聲，立刻驚醒，以為是你，心就要狂跳不已。

在那平臺上，就在那塊你自己選定的長眠處，一座樸實的、綠頂白身的圓形陵寢孤獨地站立著，日日夜夜俯瞰你摯愛的峽谷，傾聽狂奔怒吼的長河。自你走後，潘吉爾沒變，阿曼夏，你的衣服仍掛在櫥子裡，你的椅子仍在窗邊的老樹下……

21

一切都是那麼模糊不清。四周靜極了，只聽到自己太陽穴跳動的聲音。我似乎睡了很久。想要移動手腳，卻有些困難。我想講話，嘴唇竟然像黏住了一般。我緩慢移動眼球，過了一會兒，模糊消退。我看到了牆，白色的牆。靠近我的地方有個點滴架，順著下垂細窄的塑膠管，我看到了自己的手臂。突然我明白過來，我在病床上，在醫院裡。可是，為什麼？我很累，無法繼續思考，就要沉沉睡去。

我在虛無裡浮沉，感覺不到自己的身體。我沒有重量、沒有想念、沒有欲望。究竟過了多久，我聽到幽遠的人聲，掙扎了一陣子，我才能再把眼睛張開。我看到一張臉，一張微笑的臉。我看到了納坦。

「老天，你終於醒了！醫生說，只要你醒來，認得出人，應該就沒問題了！」納坦的話奇怪極了，到底發生了什麼事？

「你聽到我說的嗎？」他拿手在我眼前晃了晃。
「你知道我是誰嗎？」
「這是什麼地方？」我聽到自己這麼說。
「哇，太好了，你有反應了！知道你昏睡多久嗎？兩個星期。老兄，你把我嚇壞了。」
「這是什麼地方？」我再問。
「杜拜。」
「為什麼在杜拜？」
「你撞傷了。你忘了騷動的事嗎？」

納坦告訴我，一個月前，我們一到喀布爾就到內政事務處拿採訪證。請了翻譯，雇了車，立刻南下坎達哈。主要目的是要看看赫爾曼那帶的鴉片田，以及找到願意接受我們訪談的大毒梟。有人介紹我們認識一個赤腳醫生兼販售輪胎的地方長老，還受邀在一個美麗的花園裡飽餐一頓。第二天，我們不聽勸，去了當地最熱鬧的市集。一路上我們被許多人包圍著走。市集裡，鴉片就擺在蔬果旁邊一起賣，買菜的人可以順便買鴉片回家。突然，納坦在人群裡看到有人亮出一把尖刀！為什麼？要對付誰？沒人知道。我們嗅到了危險，便假裝悠閒地慢步往回走。這時候，我們仍舊被包圍在人群裡。到了市集邊緣，有人吵了起來，後來加入的人越多。在我們打算快步離開時，卻已經走不了了。所有的人都在講話，都來勢洶洶，都不懷好意。

道誰開始了推擠，一發不可收拾，情形越來越混亂，我和納坦讓人群衝散。他看到我被推倒，撞上了綁攤販蓬子的鐵杆，倒地後一動也不動。很快地，不知從哪裡冒出武裝警察，所有人一轟而散。他們把我送到坎達哈醫院，再轉到喀布爾，院方表示無能為力。由於瑞士在喀布爾沒有大使館，只有向德國使館求助。折騰了一個星期才把我移送到杜拜。

「那麼，阿曼夏呢？」他是我第一個想到的人。

「哪個阿曼夏？」

「納坦，你別開玩笑了。光是他的特寫你就不知道拍了多少張。」

「你才開玩笑呢。這人我沒聽過，更別說為他拍照了。」

「我們跟著他的部隊走了好多天，阿曼夏是在潘吉爾峽谷和塔利班作戰的指揮官啊！」

「塔利班？什麼是塔利班？你究竟說些什麼？」

「納坦，」我嚴肅地看著這個好夥伴，「我的頭還痛著，不要跟我開這種玩笑，行不行？」

「是誰開誰的玩笑呢？你昏迷這麼久，我都快急瘋了！」納坦皺著眉頭說。

「在這件事上，不是你瘋，就是我瘋。唯一能夠澄清的辦法就是我們再去一趟阿富汗！」

我沒有力氣，卻篤定地說。

「我們已經出來一個月，再不回去總編就要跳腳了。」

「告訴他只要再一個星期，以後我就能交給他一篇二十頁的獨家報導。」

我突然不再虛弱，突然又是鬥志旺盛。我要回峽谷找你，阿曼夏。我要回你家，去找英雄。

雖然納坦滿心的不願意，我們仍然快速辦了簽證，以信用卡提款，再度飛到興都庫什山區。納坦一面要我小心慢走，提醒我還沒痊癒，一面覺得我不可理喻，變得瘋狂。

四輪傳動車顛簸進入峽谷地時已近中午。我要求司機開到揚革拉克，之後我們徒步走過每條小路彎道，你的新房子卻無論如何也找不到，阿曼夏。我問遍全村，沒人知道有這麼一棟園子裡有蘋果樹、有沙坑、有鞦韆的二層樓房子。我們花了幾天時間跑遍幕沙卡雷、塔羅坎、巴航德、巴達赫珊、合賈保丁……除了地名正確之外，沒人知道有蘇聯入侵這件事，也沒人聽過阿曼夏與塔利班。我忿怒到了極點、我沮喪到了極點。我仍然聽到遠處沙丘上爆破的聲響，仍舊聞到和阿曼夏及組長們在泥房裡吃燉羊肉的味道。那些確實發生過的事情，那些有血有淚會說會笑的人物，如今都哪裡去了？為什麼人人都認為我喪失了理智？為什麼納坦說我腦部受損，睡了太久，做了奇怪的夢？

這個世界騙了我，可是我不願沉默。納坦被我的固執逼迫得不再爭辯，只是安靜地陪伴。我們騎著驢子到怪岩林立，崎嶇難行的村落深處，以為可以找到消失了的歷史。除了幾個窮苦閉塞的家庭之外，我們只收獲了滿眼的蕭瑟與破敗。我們乘筏渡河，又爬上沙丘頂端，以為可以看到蘇軍修築的防禦工事。放眼所及，除了一山接一山的荒荒大漠之外，我們邂逅了的只是天地間無邊的寂靜與安詳。

然後我們來到了那條不寬的小路。我知道路盡頭的平臺上獨獨站著你的陵寢，阿曼夏。我過你的傷痕，見過帕蕊的眼淚，現在我們就要來和你接續訪談。我領著納坦，以朝聖的心情一步步隨著小路盤旋而上。我因著就要和老朋友見面而緊張、而興奮。我們上到了平臺，卻，空無一物！長寬的幾層石階、鋪了石板的廣場、兩邊有如就要飛翔鷹鳥的路燈，還有白身綠頂的小圓房呢？這些都哪裡去了？我明明親身參與，和你對坐面談。我仍能數得出你額上的紋條，仍能感受得到你看人時的犀利。我再度來到你家，你為什麼不在了呢？阿曼夏。

我站立在平臺上久久，四周是綿延的高山。一股冷從我體內逐漸昇起。那是不讓人顫抖的冷，是種絕望，是種徹徹底底的冰寂與死絕。山風呼嘯，我看不到天地的盡頭……

釀文學34　PG0600

英雄不在家

作　　者　顏敏如
責任編輯　孫偉迪
圖文排版　張慧雯
封面設計　王嵩賀

出版策劃　釀出版
製作發行　秀威資訊科技股份有限公司
114 台北市內湖區瑞光路76巷65號1樓
電話：+886-2-2796-3638　傳真：+886-2-2796-1377
服務信箱：service@showwe.com.tw
http://www.showwe.com.tw
郵政劃撥　19563868　戶名：秀威資訊科技股份有限公司
展售門市　國家書店【松江門市】
104 台北市中山區松江路209號1樓
電話：+886-2-2518-0207　傳真：+886-2-2518-0778
網路訂購　秀威網路書店：http://www.bodbooks.com.tw
國家網路書店：http://www.govbooks.com.tw
法律顧問　毛國樑　律師
總 經 銷　聯合發行股份有限公司
231新北市新店區寶橋路235巷6弄6號4F
電話：+886-2-2917-8022　傳真：+886-2-2915-6275

出版日期　2011年10月　BOD一版
定　　價　320元

Printed in Taiwan

國家圖書館出版品預行編目

英雄不在家 / 顏敏如著. -- 一版. -- 臺北市：釀出版,
2011.10
面； 公分
BOD版
ISBN 978-986-6095-33-7（平裝）

857.7 100012232

讀者回函卡

感謝您購買本書，為提升服務品質，請填妥以下資料，將讀者回函卡直接寄回或傳真本公司，收到您的寶貴意見後，我們會收藏記錄及檢討，謝謝！如您需要了解本公司最新出版書目、購書優惠或企劃活動，歡迎您上網查詢或下載相關資料：http:// www.showwe.com.tw

您購買的書名：________________________________

出生日期：________年________月________日

學歷：□高中 (含) 以下　□大專　□研究所 (含) 以上

職業：□製造業　□金融業　□資訊業　□軍警　□傳播業　□自由業

□服務業　□公務員　□教職　□學生　□家管　□其它____

購書地點：□網路書店　□實體書店　□書展　□郵購　□贈閱　□其他

您從何得知本書的消息？

□網路書店　□實體書店　□網路搜尋　□電子報　□書訊　□雜誌

□傳播媒體　□親友推薦　□網站推薦　□部落格　□其他________

您對本書的評價：(請填代號　1.非常滿意　2.滿意　3.尚可　4.再改進)

封面設計____　版面編排____　內容____　文／譯筆____　價格____

讀完書後您覺得：

□很有收穫　□有收穫　□收穫不多　□沒收穫

對我們的建議：________________________________

____

____

____

請貼
郵票

11466
台北市內湖區瑞光路 76 巷 65 號 1 樓
秀威資訊科技股份有限公司 收
BOD 數位出版事業部

(請沿線對折寄回，謝謝！)

姓　　名：________________　年齡：________　性別：□女　□男

郵遞區號：□□□□□

地　　址：____

聯絡電話：(日) ________________ (夜) ________________

E-mail：____